光文社文庫

虚ろな十字架

東野圭吾

光　文　社

虚ろな十字架

プロローグ

井口沙織《いぐちさおり》には、母親に関する記憶が殆《ほとん》どない。物心つく頃には、もうこの世にいなかったからだ。幼稚園時代、なぜ自分にはママがいないのだろう、と友達の母親が迎えに来てくれるのを見て羨ましかったのは覚えている。三歳の時に病気で亡くなったのだということは、小学校に入ってから理解した。その病名が脳腫瘍だと知ったのは、五年生の時だ。

母親は、まだ三十一歳だったという。

「料理が上手で、優しい女だった。どちらかというと健康的なタイプで、あんな病気になるとは夢にも思わなかった」と父の洋介《ようすけ》はよくいっていた。

洋介は、化学工業製品を扱う会社の技術者だった。本社は大阪だが、彼の勤務先は富士工場といい、隣町の富士市にあった。彼は毎朝、車で通っていた。

小学校の四年生まで、沙織は学童保育の世話になった。午後六時半まで預かってもらえるのだが、いつもその終了時刻ぎりぎりに洋介が迎えに来てくれた。父の顔を見ると、ほっとした。

五年生になると学童保育には行かず、学校から直接帰宅するようになった。一人で留守番をするのが苦痛ではなくなったからだ。本を読んだり、映画のビデオを観たりしていれば、時間はあっという間に過ぎる。学校に友達がいないわけではなかったが、沙織はそんなふうにして一人で過ごすのが好きだった。

その頃から洋介の帰りが遅くなっていった。それまでは朝も夜も食事を作ってくれたのだが、徐々に難しくなった。洋介が会社帰りに買ってきた弁当で晩御飯を済ませることもあれば、沙織が一人で宅配ピザを齧《かじ》りながら父の帰りを待つこともあった。

やがて、自分が料理をすればいいのだ、と気づいた。ある日、スーパーで食材を買い、図書館で借りた料理本を見ながら、肉じゃがと味噌汁を作り、炊きたての御飯と共に夕食に出してみた。その日にかぎって早く帰ってきた洋介は、「すごいすごい」と連呼し、目を輝かせた。肉じゃがの味は薄かったし、味噌汁の出来もいいとは思えなかったが、父の役に立てたと思うと嬉しかった。

その日以来、井口家の食事は沙織に任せられるようになった。もちろん、毎日作るというのは無理だ。だから、「お父さん、悪いけど今夜は外で食べてきて。あたしはコンビニでサンドウィッチを買うから」と、洋介の出勤前にいうこともあった。

食事だけではなく、掃除や洗濯も沙織がやるようになった。それが少しも苦にならず、むしろ楽しかったから、家事というものが向いていたのかもしれない。

「沙織はいいお嫁さんになれるぞ。これでお父さんも安心だ」洋介は満足そうに、よくそういった。口癖だったといってもいい。だがその後、必ず、こう付け足すことも忘れなかった。「でも沙織には、家事以外にやらなきゃいけないことがいっぱいある。まずは学校の勉強を一所懸命にやるんだ。そうすればきっと幸せになれる。家のこととか、お父さんのことなんかは二の次でいいからな」

しかし娘が家事を一通りこなせるようになり、洋介は安心したのだろう。会社から帰る時間は、どんどん遅くなっていった。仕事が忙しくなったということもあったかもしれない。帰宅後、仕事関係の電話がかかってくることが多くなったし、休日出勤も増えた。泊まりの出張なんてざらだ。

沙織が中学に上がる頃には、洋介の生活は、ただ眠るためだけに帰るというものになっていた。当然、父娘《おやこ》でゆっくり話す機会も減っていった。

そして中学二年の秋、沙織の身に事件が起きた。

日曜日だったが、例によって洋介は出勤していた。沙織は夕飯の食材を買いにスーパーへ行く前に、行きつけにしているレンタルビデオ店に寄った。前から気になっている映画のビデオを借りようと決めていた。

そのビデオがどの棚にあるかはわかっている。『SF・ホラー』と書かれた札が掛かっている棚だ。ところがその前に行っても、お目当ての品が見当たらなかった。レンタル中だとしても、ケースも置かれていないのは変だ。

若い男性店員が通りかかったので、声をかけてみた。「すみません。『ヒドゥン』という映画、このあたりにあったと思うんですけど」

「『ヒドゥン』ですか。ええ、あるはずですよ」店員は棚に目を向けた。「あれ、おかしいな。ないですね」

その時だ。あのう、と横から声が聞こえた。「これのこと？」

声のほうを見て、沙織はどきりとした。申し訳なさそうにビデオのパッケージを示してきたのは、仁科史也《にしなふみや》だったからだ。

あっ、と声を漏らしてから、そうです、と小声で答えた。身体が強張るのを抑えられなかった。

「先を越されちゃったみたいですね」店員は軽い口調でいい、去っていった。沙織は史也と二人きりになった。

うーん、と史也はビデオのパッケージを見た。「これ、面白いの？」

沙織は小さく首を傾げた。「さあ……」

「でも、借りようとしたんでしょ。面白そうだと思ったからじゃないの？」

「そうですけど、観てみないとわかんないし……」語尾が少し震えてしまった。

ふうん、と史也は鼻を鳴らし、もう一度パッケージを眺めた。それから何かを吹っ切るように、はい、と沙織のほうに差し出した。

えっ、と彼女は戸惑った。

「先に観ていいよ。俺、何となく選んだだけだから」

「えっ、いえ、そんな」沙織は手を振りながら後ずさりした。「いいです。そんな……いいです」しどろもどろになった。

「遠慮すんなよ。で、もし面白かったら、そういって。俺も観るから。君、うちの二年生でしょ。校内で見たことがある」

どきりとした。彼が知っているとは思わなかったからだ。どう返事していいかわからず、無言で頷《うなず》いた。

ほら、と彼は改めてビデオを差し出した。沙織には、もう断る理由が思いつかなかった。ありがとうございます、といって受け取った。

「ここ、よく来るの？」仁科史也が訊《き》いてきた。

「ええと、時々……」

「俺もよく来るんだ。じゃあ、次に会った時に感想を聞かせてよ」

はい、と沙織は答えた。声が妙にかすれてしまったのが歯痒《はがゆ》かった。

その後は一日中興奮していた。史也とのやりとりを反芻《はんすう》しては、心を躍らせたり、もっときちんと話せばよかったと落ち込んだりした。

彼が沙織を下級生だと認識していたのは驚きだが、彼女のほうは以前から知っていた。いや、それだけでは言葉足らずだ。憧れていたというのが最も適切だろう。

仁科史也のことを初めて意識したのは、中学一年の九月だ。放課後、グラウンドの隅を歩いていると、砂場の砂をならしている男子生徒の姿が目に留まった。時折見かけたことのあるその生徒が、沙織よりも上級生だということだけは知っていた。

砂場をならした彼は、ゆっくりと歩きだした。一定距離まで遠ざかると、軽く準備運動のようなことをした。そして砂場を見つめると、意を決したようにスタートした。そのスピードは沙織の予想を超えるものだった。

猛然と走った彼は、砂場の直前でジャンプした。空中で踊るように手足を動かす姿は、その後もずっと沙織の網膜に焼き付けられることになった。

着地した彼は、表情を変えることもなく立ち上がった。T字形の道具を使い、さっきと同じように砂場をならし始めた。それを終えると、またスタートラインに向かって歩いていく。

同じことを彼は何度も繰り返した。その様子を沙織はずっと眺めていた。なぜか目が離せなかったのだ。たまたま通りかかった同級生が声をかけてこなければ、ずっと見ていたかもしれない。もちろん同級生には、砂場の向こうで行われていたサッカーの練習試合を見ていたといった。

彼が一学年上の陸上部員だと知るのに、大した手間はかからなかった。仁科史也という名前も、すぐに判明した。

何が気になるのか、なぜ彼のことを思うと心が騒ぐのか、沙織自身にもわからなかった。世間でいう恋愛感情とはこういうことなのだろうな、とは思っていた。だがその気持ちをどう処理すればいいのか、という問題に関してはまるで手がかりがなかった。きっと、何もできないままで終わるんだろうな——中学生にしては極めて冷静に、自分の状況を分析していた。

だが一年後に事態は急変した。憧れの仁科史也と言葉を交わせたのだ。

レンタルしたビデオは、すぐに観た。その感想を伝えたくて、学校で会えることを期待した。史也の姿を見つけることはできたが、いつも一人きりではなかった。ほかの人間がいる前では、近寄る勇気が出なかった。

話す機会が得られたのは、やはりレンタルビデオ店においてだった。彼に会えるのではと思い、暇さえあれば店を覗いていた結果だ。

やあ、と史也は明るく声をかけてきた。「あの映画、どうだった？」

「すっごく面白かったです。絶対に観たほうがいいです」

「ほんと？　よし、じゃあ借りよう」

彼は真っ直ぐに例のビデオが置かれている棚に向かった。

レンタルを終えた彼と共に店を出て、最近観た映画の話をしながら同じ方向に歩きだした。沙織の家とは逆だったが、それをいいだせずにいた。もちろん、もっと一緒にいたいという気持ちも強かった。

近くに公園があった。ベンチに座ろうと史也がいった。沙織に断る理由はない。さらに彼はそばの自販機でジュースを奢《おご》ってくれた。

二人でいろいろな話をした。学校のこと、音楽のこと、映画のこと、そしてお互いの家族のこと。沙織が父親と二人暮らしだと知り、史也は少し驚きの色を浮かべた。

「料理とかも自分でするの？　すごいね」

「別にすごくないです。下手だし」

「すごいよ。俺なんか、何もできない。へえ、そうなのかあ」

史也に感心され、嬉しかった。料理をしていてよかったと思った。

楽しい時間は、あっという間に過ぎていく。気づけば薄暗くなっていた。

「そろそろ帰ろうか」史也のほうが切りだしてきた。

「そうですね」

この後、彼は意外なことを口にした。「送っていくよ」

驚きのあまり、沙織は本心とは全く違うことを答えていた。「えっ、いいです」

「どうして？　送っていかないほうがいいの？　だったら、やめておくけど」

こんなチャンスは二度とない、ということにようやく気づいた。

「……じゃあ、お願いします」

うんと頷き、史也はベンチから立ち上がった。それから遠慮がちに口を開いた。

「家に電話をしてもいいかな」

「あ、はい」

電話番号を伝えた。すると彼はしゃがみこみ、その数字を地面に書いてから、ぶつぶつと何事か呟《つぶや》いた。よく聞いてみると語呂合わせを考えているようだった。

「よし覚えた」そういって彼は立ち上がり、番号を暗唱した。見事に合っていた。

頭のいい人なんだな、と思った。

史也はポケベルの番号を教えてくれた。彼には家族がたくさんいる。家に電話をかけるのは躊躇《ためら》われたので、ちょうどよかった。

史也から電話がかかってきたのは、四日後の木曜日だ。沙織の心は大きく弾んだ。もしかしたらかかってこないかもしれないと思っていたからだ。

彼の話は先日借りたビデオの感想から始まった。いかに面白かったのかを誰かに伝えたくてたまらないといった。

「だけどあの映画を観てない人間相手じゃ、話してもつまんないんだよな。ねえ、どこかで会えないかな？」

どきりとした。そのまま鼓動が速くなった。「いいですけど……」

じゃあ、と彼は日時と場所を提案してきた。沙織に異存はない。いつでも、どこへでも行く気だった。

次の土曜日、スーパーの屋上にある広場で会った。『ヒドゥン』を皮切りに、やはり様々なことを話した。自分にこんなに話題があったのかと内心驚くほどだった。

「また会えるよね」別れ際に史也が訊いてきた。

うん、と沙織は答えた。この日から、彼女は彼に対して敬語を使わなくなっていた。

それ以来、月に二三度の割合で会うようになった。史也は高校受験を控えていたが、口うるさい母親には嘘をいったりして時間を作ってくれていた。

会うたびに沙織は史也に惹かれていった。ある時、思いきって尋ねた。「あたしのこと、どう思ってる?」顔が熱くなった。

目を合わせる勇気がなく、俯《うつむ》いていた。だが史也の目が向けられる気配は感じた。

「大好きだ」

その言葉を聞いた瞬間、身体が浮き上がるような感覚に包まれた。

1

間もなく午後一時になろうという頃、表の駐車場からエンジン音が聞こえてきた。三階の事務所でパソコンに向かっていた中原道正《なかはらみちまさ》は、立ち上がって窓の下を覗いた。紺色のRV車がバックで駐車場に入ろうとしているところだった。

中原は机の上に置いてあった数珠《じゅず》を手にし、ネクタイが緩んでいないことを確認しながら事務所を出た。

階段で一階まで下りると、神田亮子《かんだりょうこ》が待っていた。若く見えるが、今年四十歳になる彼女は中原にとって頼もしい部下だ。

「斉藤《さいとう》様がお見えになったようです」

「うん、そのようだな」

建物の入り口はガラス扉になっている。その内側で、中原は神田亮子と並んで立った。

やがて四十歳ぐらいの男性と妻らしき女性、さらに彼等の子供たちと思われる二人の少年少女が入ってきた。少年は十代半ばといったところか。ミカン箱よりやや浅めの段ボール箱を両手で抱えていた。全員が神妙な面持ちだ。小柄な少女の目は充血していた。ついさっきまで泣いていたようだ。

斉藤です、と男性が中原に向かっていった。

「お待ちいたしておりました。このたびは御愁傷様です」中原は頭を下げ、少年が抱えている箱に目を向けた。「ええと、そちらが……」

「はい、連れて参りました」

「お名前は？」

「オーレです」

「オーレちゃんに御挨拶《あいさつ》させていただいてもよろしいでしょうか」

「ええ、どうぞ」

中原は箱を受け取り、そばの台に置いた。合掌してから、徐《おもむろ》に蓋《ふた》を開けた。

横たえられていたのは焦げ茶色の猫だった。保冷剤に囲まれ、目を閉じている。四肢は、ぴんと伸びた状態だった。

「穏やかな表情ですね」中原はいった。「苦しむことはなかったんでしょうか」

さあ、と斉藤は首を捻《ひね》った。

「我々が外出先から帰ってても出てこなかったんです。いつもなら、おぼつかない足取りながらもすぐに出てくるんですが。変だなと思って探してみたら、クローゼットの中で冷たくなっていました。その時は目を開けたままでしたから、指先で何度も撫《な》でて閉じさせたんです」

よくあるパターンだなと思い、中原は頷いた。

「足取りがおぼつかなかったということは、何か病気でも？」

「腎臓《じんぞう》が悪かったんです。それで定期的に病院に。でも、はっきりいってもう歳でした」

十八歳だということだった。猫としては長寿だ。老衰といってもいいだろう。

「心中お察しいたします」中原は、もう一度頭を下げた。

セレモニー室は二階にある。教会内を模した西洋風の部屋だが、火を灯したキャンドルが何本か並んでいるだけで、特定の宗教を思わせるものは何ひとつ置かれていない。小さな祭壇の上に、猫の遺体を入れた箱を置いた。

「火葬まで、まだ少し時間がございます。こちらで最後のお別れをしながら、お過ごしください」そういって中原は家族だけを残し、一階に戻った。

神田亮子が花を選んでいるところだった。棺に入れる花だ。その棺にしても、小さいサイズの品物ではあるが桐である。斉藤家は一番グレードの高い火葬コースを選んだのだ。オーレは大切にされていたのだろう。

「遺骨はどうするんだろう？」中原は訊いた。年間契約で骨を預かる個別納骨室が、ここ『エンジェルボート』にはある。

「御自宅にお持ち帰りになるとのことでした」

「ああ、そう」

それならそれでいいと中原は思った。預けたままで、全く慰霊に来なくなる飼い主も少なくないのだ。

時間が来たので、家族たちを火葬場に案内することにした。火葬場はビルの駐車場内にある。コンクリートで囲まれた四角い建物だ。

入り口で、猫の遺体を段ボール箱から桐箱に移し替えた。保冷剤で冷やされていたこともあり、遺体は四肢を伸ばしたままで硬直している。神田亮子が家族たちに生花の入った桶を差し出した。家族たちはぼそぼそと話しながら、愛猫の周りに花を置いていった。もはや吹っ切れたらしく、どの顔もリラックスしており、時折笑みも浮かんだ。

皆が合掌する中、小さな棺は炉の中へと消えた。火葬係はベテランの作業員だ。きっと、上手に焼いてくれることだろう。

家族たちを控え室に案内した後、中原は三階の事務所に戻り、パソコンの前に座った。宣伝用のパンフレットを新しくすることになったのだが、デザインがなかなか決まらず困っている。外注しないのは経費節減のためでもあるが、彼自身にかつてこうした仕事をした経験があるのだった。

思いきって華やかにやってみるか——そんなふうに思ってマウスを動かしかけた時、旧式の携帯電話が机の上で震えた。

着信を見たが、まるで覚えのない番号だった。首を捻りながら電話に出た。「はい」

「あ、もしもし、中原道正さんですか」落ち着いた男性の声がいった。どこかで聞いたことがある。

「そうですが」警戒しながら答える。

「お忙しいところ申し訳ございません。私、警視庁捜査一課のサヤマといいます」

「サヤマ……さん？」はっとした。「あの、もしかすると、あの時の佐山さんですか」

「そうです。覚えていてくださいましたか。あの時に捜査を担当した佐山です。どうも御無沙汰をしております」

中原の胸の中で、黒い雲が急速に広がり始めた。嫌な思い出が蘇ると共に、不吉な思いも湧き上がってくる。一体、何の用で電話をかけてきたのか。

「何かあったんでしょうか」中原は声を絞り出した。「あの事件については、すべて終わったと思っているんですが」

「その通りです。あの事件は終わっています。今日、連絡させていただいたのは、全く別の用件です。奥様についてのことなんです」

「奥様って……」

「あっ、失礼。離婚されたようですね」

「ええ、まあ……」どこまで説明していいのかわからなかった。それ以前に、この刑事に説明する必要があるのだろうか。「小夜子《さよこ》がどうかしたんですか」それが別れた妻の名前だった。

「ええ、じつは」奇妙な間を一拍おいた後、刑事は続けた。「昨夜、お亡くなりになりました」

すうっと息を吸い込んだ。刑事が口にした台詞《せりふ》で、頭の中が一瞬混濁した。咄嗟《とっさ》に言葉が出ない。

もしもし、と佐山が呼びかけてきた。「もしもし、中原さん。聞こえていますか」

中原は電話を握りしめ、胸に溜めていた息を吐き出した。

「はい、聞こえています。あの、小夜子が亡くなったって、それで……」話しながら重大な事実に気づいた。「佐山さんはまだ捜査一課におられるわけですよね。その佐山さんが知らせてきたということは、もしや……」後は続けられなかった。

「ええ、そうなんです」佐山は苦しげにいった。「我々が動いているのは、他殺の疑いがあるからなんです。浜岡《はまおか》小夜子さんは、昨夜自宅近くで何者かによって刺殺されたとみられています」

佐山が『エンジェルボート』にやってきたのは、電話を切ってから約一時間後のことだ。

斉藤家の猫の火葬は終わっていたが、収骨《しゅうこつ》は済んでいなかった。だがそこから先の作業は神田亮子たちに任せられる。中原は事務所の簡易な応接セットで、佐山と向き合った。

久しぶりに会う刑事は、身体が一回り大きくなったように見えた。その分、貫禄と威圧感が増している。名刺によれば巡査部長という階級だが、前に会った時にはどうだったか、中原は覚えていなかった。

ティーバッグで湯飲み茶碗に日本茶を淹《い》れて出した。恐縮です、と佐山は頭を下げた。

「来てみて、少し驚きました」茶を一口啜《すす》ってから佐山はいった。「こういうお仕事をされているとは思いませんでしたから。以前はたしか……」

「広告代理店にいました。デザイン関係の仕事を主に」

「ああ、そうでしたね。会社は、いつお辞めに?」

「辞めてから四年……いや、そろそろ五年になりますね」思い出しながらいった後、付け足した。「小夜子と離婚したのは、その少し前です」

あっ、というように佐山は小さく口を開いた。

「それにしても驚きました」中原は俯き、両手を握りしめた。「彼女がそんなことになったなんて。一体、どういうことなんですか」

「私も驚きました。本当に気の毒なことです」

中原は顔を上げた。

「電話では、刺殺された、とおっしゃってましたが……」

「そうです。ええと」佐山は小さなノートを開いた。「場所は、江東区木場《こうとうきば》の路上です。幹線道路に面していくつかマンションが建っているのですが、その裏手でした。人通りは少ないところです。奥さん……いえ、浜岡小夜子さんの住居も、そのマンションの一室でした。裏にも入り口があって、そこから入るつもりだったのかもしれません」

「独り暮らしだったのですか」

「そうです。1DKのマンションに、お一人で住んでおられました」

「昨夜のことだとおっしゃってましたね」

「道端で女性が倒れている、と通報があったのが夜九時頃のことです。同時に救急車も出動しています。しかし搬送先の病院で死亡が確認されました」佐山はノートから顔を上げた。「背中から鋭い刃物でひと突きで、心臓まで達した模様です。かなり勢いよく刺さないとこうはいかない、というのが検視官の見解でした」

「犯人は……捕まってないわけですね」念のために訊いてみた。

佐山は口元を歪《ゆが》め、小さく首を縦に動かした。

「すぐに緊急配備が敷かれたのですが、不審人物などは見つかっておりません。で、今日の午前中に特捜本部が開設されまして、捜査一課からはうちの係が投入されることになったんです。私が被害者の身元を知ったのは、特捜本部で捜査資料を見てからです」湯飲み茶碗を口元に運び、茶を啜ってからテーブルに戻した。「最初は、あなたの奥さんだとは気づかなかったんです。名字が違っていましたからね。しかし顔写真を見ているうちに思い出しました」そういってから佐山は手を横に振った。「元奥さんでしたね。すみません、何度も」

いや、と中原はいった。そんなことで気を悪くしたりしない。

「どうして私のところへ？　元夫だからですか」

「それはまあ、そういうことになります」佐山は歯切れが悪かった。「鑑取《かんど》りといいましてね、被害者の人間関係を調べる班に回ったわけです。家族や友人知人といったところも当たるわけですが、私の場合、どうしても中原さんのことが気になっちゃいましてね」

中原は吐息をつき、頭を掻《か》いた。「無駄ですよ」

「そうですか？」

「だって、離婚以来一度も会ってません。彼女がそんなところに住んでいたことさえも知らなかったんです」

「そうかもしれませんが、一応お話を伺わせてください」

「それは構いませんが……」中原は眉根を寄せ、相手の顔を見つめた。「流し、というんでしたっけ。通り魔のようなものに遭ったわけではないんですか」

「わかりません。その可能性もあります。発見された際、浜岡さんは手ぶらでバッグさえも持っていませんでした。犯人が持ち去ったと思われます。しかし、さっき現場は人通りが少ないといいましたが、全くないわけではありません。金品目当ての犯行なら、もっと遅い時間帯を選ぶのではないか、という意見も多いのです」

「精神に異常をきたしている人間……薬物中毒者の仕業とか」

佐山は首を横に振った。

「考えられません。それならばバッグは持ち去らない。そもそも、そういう人間はすぐに発見されます」

それもそうかと思い、中原は黙って頷いた。

「離婚後、一度も会ってないとおっしゃいましたね」

ええ、と中原は短く答えた。

「電話で話したりとかは？　あと、メールや手紙のやりとりとか」

「離婚後の一年間ぐらいは、何度かメールでやりとりしました。電話でも一、二度は話したような気がします。でも殆どが事務的な内容で、近況報告めいたことはあまりしませんでした」

「どうしてですか」

「だってそりゃあ」中原は力なく苦笑した。「意味ないからですよ。お互いのことを忘れたくて別れたわけですから」

「ああ、なるほど」佐山は気まずそうに、ボールペンの後ろでこめかみを掻いた。「すると、一番最後にやりとりがあったのは……」

「五年ほど前ってことになりますかね。その時には彼女は実家に住んでいたはずですが」

「今のマンションには、四年前に引っ越されたようです」

「そうなんですか。全然知りませんでした」

「離婚後は、浜岡さんの御実家とも疎遠だったのですか」

「ええ、もちろん。連絡を取る理由もありませんから」

佐山は渋面《じゅうめん》で頷いた。「事件について、心当たりはないわけですね」

「ありません。もし彼女を殺したいと思っているとしたら」中原は、じっと刑事の顔を見据えた。「それは……蛭川《ひるかわ》じゃないですか」

佐山は目を見開いた。険しい気配が、一瞬の風のように二人の間を横切った。

中原は、ふっと唇を綻《ほころ》ばせた。

「そんなわけないですよね。あの男は、もうこの世にいない。それにもしあいつの霊か何かが彷徨《さまよ》っていて小夜子に何かをしたのなら、私も同じ目に遭うことになる」

佐山は不快そうに顔をそむけた。返す言葉が思いつかないように見えた。

「すみません、変なことをいって」中原は謝った。実際、くだらないことを口にしたものだと後悔していた。

「いろいろとお辛かったんでしょうね」

佐山の言葉に今度は中原が沈黙する番だった。答えるまでもないことだからだ。

「では最後に一つだけ確認させてください。昨夜九時頃、どこにいらっしゃいましたか」

中原は息を止め、瞬きしてから佐山の目を見返した。

いやいやと刑事はボールペンを左右に振り、小さく頭を下げた。

「決まり事です。申し訳ありません」

ああ、と中原は肩から力を抜いた。

「そうでしたね。前の時も、あなた方は私にアリバイをお尋ねになった」

佐山は黙って頷き、メモを取る準備をした。中原は昨夜の行動を振り返った。

「この会社を出たのが七時過ぎで、その後、行きつけの定食屋に行って夕食を摂りました。その店に九時頃までいたと思うのですが」

定食屋の電話番号は携帯電話に登録してある。それを佐山に見せた。

番号をメモすると、佐山は腰を上げた。「ありがとうございます。お忙しいところ、申し訳ありませんでした」

「事件が早く解決することを祈っています」

「ええ、何としてでも」

中原は太いため息をついた。「今、考えていることをいっていいですか」

「……何でしょう？」

「離婚しておいてよかったな、と思っているんです。あの時に小夜子と」

怪訝《けげん》そうに少し首を傾げた佐山に向かって、こう続けた。

「もし離婚していなかったら、私はまた遺族になるところだった」

佐山は苦悶の色を浮かべた。「心中お察しいたします」

中原は無言で頭を下げた。そうしながら、さっき猫の飼い主に自分がかけた言葉と同じだな、とぼんやり思った。

2

中原が殺人事件の被害者遺族になったのは、今から十一年前だ。佐山に話したように、当時彼は広告代理店に勤めていた。

日付は九月二十一日、木曜日だった。

当時、中原は豊島区の東長崎《ひがしながさき》に一軒家を構えていた。マイホームを持つならマンションではなく一軒家を、という小夜子の希望を聞き入れてのものだった。小さな中古住宅だが、全面的にリフォームをした家で、中原自身も気に入っていた。入居してから、まだ一年と経っていない。

その朝、中原はいつも通りに家を出た。彼を小夜子と小学二年生になった愛美《まなみ》が見送ってくれた。小学校までは徒歩で約十分の距離だ。

出勤すると、午前中には会議があった。午後になり、都内にあるクライアントのオフィスに出向いた。新発売予定の化粧品に関する打ち合わせがあるからだった。いつもコンビを組んでいる女性スタッフと一緒だった。

その打ち合わせの最中に携帯電話が鳴った。着信表示を見れば自宅からだ。何だこんな時間に、と舌打ちしたくなった。余程のことがないかぎり、仕事中には電話をかけてくるな、といってある。

電源を切ろうとし、寸前で手を止めた。

余程のことがあったのか——途端に不吉な予感が胸に広がった。

携帯電話は震え続けていた。クライアントと女性スタッフに断り、中座しながら電話に出た。

耳に飛び込んできたのは獣の声だった。いや、最初それは声にすら聞こえなかった。やたら甲高い雑音のようで、思わず電話を耳から遠ざけたほどだ。だが次の瞬間、それが声であること、しかも泣き声であることを悟った。

どうしたんだ、と中原は尋ねた。その時すでに彼の心は大きく波打っていた。

小夜子は泣き叫びながら言葉を発した。単語をただ並べただけで、文脈もでたらめだった。だがその支離滅裂な言葉の羅列から、おぼろげながら内容が伝わってきた。同時に全身が総毛立った。それは考えたくないこと、絶対に起きてはならないことだった。携帯電話を摑《つか》んだまま、立ち尽くした。頭の中が空白になっていた。

愛美が死んだ、殺された、というのだった。

声が出せなかった。目眩《めまい》がし、膝から崩れ落ちた。

それからの記憶が、あまりはっきりしない。おそらく女性スタッフに事情を話したのだろうが、気がついた時には自宅の前にいた。タクシーの中ではずっと泣いていて、心配した運転手に声をかけられたことだけはうっすらと覚えていた。

家の周囲にはテープが張り巡らされ、立入禁止になっていた。刑事らしき男が近づいてきて、身元を尋ねた。中原が答えると、彼は部下と思われる者たちに何やら命じた。

部下は中原にいった。「署まで御同行願えますか」

「待ってください。一体何があったんですか」頭の中が混乱したまま尋ねた。

「詳しいことは後ほど。とりあえず御同行願います」

「じゃあ、これだけでも。娘は……娘はどうなったんですか」

若い刑事は躊躇《ちゅうちょ》した顔で上司らしき男を見た。上司が小さく頷くと、若い刑事は中原に向かっていった。

「お嬢さんは亡くなられました」

また目眩がした。立っているのがやっとだった。

「殺されたって本当ですか」

「それは調査中です」

「そんな……」

「とにかく署まで御同行を」

半ば強引にパトカーに押し込められ、警察署に連れていかれることになった。

警察署に行けば、すぐに愛美に会えるのだろうと思っていた。死体安置室のようなところがあり、そこに案内されるのではないか、と。ところが連れていかれた部屋で待っていたのは、いかつい顔をした浅村《あさむら》という警部補だった。部下と思われる刑事たちも同席した。

そこで始まったのは事情聴取だった。今朝からの行動、小夜子から電話を受けた時の状況などをしつこいほどに訊かれた。

「待ってください。私の行動なんてどうでもいいでしょう？　それより娘に会わせてください。今、遺体はどこにあるんですか」

しかしこの要求は無視された。浅村は冷徹そうな目を向け、「電話を受ける前まで、取引先にいたということですが、どなたかと一緒でしたか」と訊いてきたのだ。

この瞬間、中原は自分のアリバイを調べられているのだと気づいた。冗談じゃないっ、と机を叩いた。

「あなた方は私を疑っているんですか。私が愛美を殺したとでも？」

浅村はゆっくりとかぶりを振った。

「そんなこと、あなたは考えなくて結構です。訊かれたことにだけ答えてください」

「何いってるんだ。殺されたのは、おれの娘なんだぞっ」

「だったら、捜査に協力しなさいっ」浅村の野太い声が部屋中に響き渡った。「我々は、我々のすべきことをやってるんだ」

そんな馬鹿な、そんな馬鹿な――怒りと悲しみと悔しさが胸の中で渦巻いていた。なぜ自分たちがこんな目に遭わなければならないのか。被害者である自分たちが。

「教えてください。何があったんですか。どういう事件なのかを話してください」

「それは、すべてが終わってから御説明します」

「すべてって、どういうことですか」

「すべての捜査という意味です。それまでは迂闊《うかつ》には教えられんのです。どうか御理解を」浅村は容赦のない言い方をした。

全く納得できないまま、中原は問われたことに答えていった。だが刑事たちから投げかけられる質問の内容は、ますます不可解なものになっていった。

「最近の奥さんの様子はどうでしたか」

「子育てについて奥さんから何か相談を受けたり、不満を漏らされたりしたことはありませんでしたか」

「お嬢さんは、どんなお子さんでしたか。素直に、いうことをよく聞くタイプでしたか。それとも、あまり聞かないほうでしたか」

「あなたは子育てに積極的に協力してきたと思いますか」

中原は気づいた。刑事たちは小夜子を疑っているのだ。子育てに嫌気がさした母親が衝動的に娘を殺した、というストーリーを組み立てているのだ。

「あなた方はおかしい」中原はいった。「小夜子がそんなことをするはずがない。彼女は子育てについて、一度だって不満をいったことはありません。小夜子ほど愛美のことを大事にしてくれる人間は、この世にいません。どうかわかってください。あなた方が頭に描いていることは、全くの的はずれです」

声を嗄《か》らして主張したが、刑事たちの反応は乏しかった。相手にされていない、と中原は感じ、警察がこれでは捜査はこの先どうなるのだろうと絶望的な気持ちになった。

小夜子に会わせてくれ、と中原はいった。妻は今どこにいるのか、何をしているのか、と訊いてみた。

「奥様からも別室でお話を伺っているところです」浅村が冷淡な口調で答えた。

取り調べとしか思えない事情聴取が終わったのは、夜遅くになってからだった。中原の身柄は別室に移された。一緒に残ったのが佐山だった。

「御両親が迎えに来ておられます」佐山はいった。「御実家は三鷹《みたか》だそうですね。間もなく終わると思いますから、一緒にそちらのほうにお帰りになって結構です」

「終わる？　何がですか」

「事情聴取です」

「はあ？」中原は若い刑事の顔を見返した。「うちの親が関係しているわけないでしょう」

「そうだと思いますが、一応……」佐山は語尾を濁した。

中原は両手で頭を抱えた。何が起きているのか、全くわからなかった。

顔を上げ、訊いた。「妻は……小夜子はまだ警察署にいるんですか」

佐山は辛そうに口元を曲げ、頷いた。

「奥様に関しては、まだ確認できていないことがいくつかありますので」

「確認？　何を確認するんですか。あなた方は、まだ妻を疑っているんですか」

「自分はシロだと思っています。おそらくほかの者も、そうだと思います」

「だったらどうして……」

すみません、と佐山は深々と頭を下げた。

「真実を明らかにするためには、それ以外の可能性を潰《つぶ》しておく必要があります。一一〇番通報を受けて警官が駆けつけた時、お宅には奥様しかおられませんでした。奥様と亡くなったお嬢様しか。通報したのは奥様ですが、だからといって事件と無関係だとは決めつけられません。小さな子供が変死した場合、故意あるいは過失で、じつは親が死なせてしまっていたというケースは決して珍しくないんです。どうか御理解ください」

淡々と語った後、すみません、と彼はもう一度頭を下げた。

中原は苛立《いらだ》ちのあまり、頭を掻きむしった。

「私に対する疑いは晴れたんですか」

「取引先に確認しました。あなたが事件に直接関与していないことは証明されています」

「だったら、事件の内容を教えてください。一体、うちの家で何があったんですか」

「申し訳ありませんが、それはできません」

「どうしてですか。私への疑いは晴れたんでしょう？」

佐山は気まずそうに口を真一文字に結んでから、徐にこういった。「直接関与していないことは証明された、と申し上げただけです」

「何だって？」意味がわからず、問い直した。

「関与はしていないが、何かを知っていて、それを隠している可能性はある、ということです」

「妻が殺したことを知っているとでも？」

「そうはいいませんが」

「ふざけるなよっ」中原は佐山の襟を掴んだ。「知ってたら話すっ。そもそも小夜子がそんなことをするわけないだろ」

佐山は表情を変えず、中原の手首を摑んで軽く捻った。強い力だった。それだけで中原は指を離さずにいられなかった。

失礼、といって佐山は自分の手を引っ込めた。

「犯人しか知り得ない真相というものがあります。現場の状況、被害者の服装、殺害方法などです。容疑者を逮捕した場合、それを供述させることは非常に重要になります。裁判で証拠になりますからね。つまり現段階で、誰が何を知っていて何を知らないかをはっきりさせておく必要があるのです。たとえば中原さん、もしあなたが今お嬢さんの死因を口にしたら、自分は今すぐあなたを取調室に連れていくことになります」

「私は何も知らない。死因なんて知らない」

「そうだと思います。おそらくあなたは無関係でしょう。だからといって捜査上の秘密をあなたに話すわけにはいきません。もし話して、その内容をあなたが誰かに、たとえばマスコミに漏らしたとします。それが報道されれば、もはやその内容は犯人しか知り得ない真相ではなくなってしまう。我々はそういうことを恐れているのです。わかっていただけますか。事件に関して何も話さないことも捜査の一環なのです」

「私は決して口外なんて……」

佐山は首を振った。

「あなたを信じないわけではありません。しかし捜査には、徹底、ということが大切なのです。それに知らないほうがあなたのためです。親しい人間に対して隠し事をするのは、あまり気持ちのいいものではないでしょう?」

佐山のいうことは尤《もつと》もだった。反論の余地がなかった。だが小夜子が未だに拘束されていることは納得がいかなかった。

「奥様にも一両日中には帰っていただけると思います」

「一両日……」

まだそんなにかかるのか、と愕然となった。

それからしばらくして両親と対面した。二人とも憔悴《しようすい》しきっていた。警察からの知らせを受け、息子たちを迎えに駆けつけてきたつもりだったが、その前に事情聴取をされたのだという。当然のことながら、彼等も事件については何ひとつ知らされていなかった。

「変なことをいろいろと尋ねられたよ。息子さんたちの夫婦仲はどうだったかとか、子育てに悩んでいるようなことは聞いてないかとか」父の泰輔《たいすけ》が不快そうにいった。

「私もよ。小夜子さんとのことで息子さんが何か不満をいってませんでしたか、なんて」母の君子《きみこ》も顔をしかめる。

彼等の話から中原は、二人が別々に事情聴取を受けたことを知った。また君子によれば、小夜子の両親の家にも刑事が来たらしい。

その夜は三鷹の実家で過ごした。千葉に住む姉からも電話があった。彼女は姪《めい》に起きた悲劇を知って泣いていた。彼女の涙声を聞きながら、姉のところへは警察の人間は行っていないようだな、と中原は考えていた。

食事など摂る気になれず、かつての自分の部屋で壁を見つめながら夜を明かした。眠れるわけなどなく、愛美の寝顔を何度も思い浮かべた。あの子がこの世にいないということが、どうしても信じられなかった。

翌日は会社を休み、警察署に出向いた。小夜子への面会を求めるためだったが、会わせてはもらえなかった。その代わりに、見てもらいたいものがある、ということで小部屋に案内された。

まさかまた事情聴取をされるのだろうかと思ったが、少し違った。そこで見せられたのは何枚かの写真だった。写っているのは、自宅の居間だ。それを見て、愕然となった。明らかに何者かによって荒らされているからだ。リビングボードの引き出しがすべて抜かれ、中身が床にぶちまけられている。

「リビングボード以外のものに触れた形跡は、今のところ確認されておりません」刑事がいった。前日からの長いやりとりの中で、初めて警察から中原にもたらされた情報だった。

そういうことか、と中原は合点した。我が家に強盗が入ったのだ。そいつが愛美を殺したというわけだ。

　刑事はさらに写真を出してきた。

「床に散らばっていた物品を撮影したものです。リビングボードの引き出しの中身だと思われますが、なくなっているものはありませんか」

　それらには筆記具、電卓、ガムテープ、乾電池といったものが写っていた。家のことは小夜子に任せきりだ。引き出しに何が入っていて、何が入っていないのかなど、中原には判断できなかった。彼がそういうと、「では現金や通帳などは、ふだんどこに入れていますか」と刑事は尋ねてきた。

　ああ、と思い出した。通帳は寝室の棚に入れてある。現金はリビングボードの二番目の引き出しだ。

「いくらありましたか」

　さあ、と中原は首を捻った。「そういうことは妻に任せていたので……」

　そうですかと刑事はいい、写真を片付け始めた。中原にはもう用がない様子だった。

「明らかに強盗の仕業じゃないですか。それなのに、なぜ妻を返してくれないんですか」

　刑事は能面のような顔で、「まだ強盗と決まったわけではないので」といった。

「そんな、だって……」刑事が手にしている写真を見た。しかしすぐに理解して、黙り込んだ。

警察はカムフラージュの可能性を疑っているのだ。我が子を死なせてしまった母親が、それを隠すために強盗の仕業に見せかけたのでは、と。文句をいう気にもなれず、中原は項垂《うなだ》れた。

自宅の様子を見ておきたかったが、それも認められなかった。やむなく三鷹に戻り、警察から連絡がくるのを待った。午後には小夜子の母である浜岡里江《さとえ》がやってきた。彼女によれば、刑事の事情聴取は数時間にも及ぶものだったらしい。何度も同じようなことを訊かれ、頭が変になりそうだったといった。

ようやく小夜子の身柄が解放されることになったのは、夜になってからだった。中原は迎えにいくと電話の相手にいったが、パトカーで送るからその必要はないといわれた。実際、それから二時間ほど後に一台のパトカーが実家の前に止まった。降りてきた小夜子は幽霊のような姿をしていた。げっそりとやつれ、顔色をなくし、足取りはおぼつかない。そして魂までも失っているように見えた。

小夜子、と中原は声をかけた。「大丈夫か？」

彼の声が耳に入らなかったのか、彼女は返事をしなかった。それどころか、その目は夫の姿を捉えていないかのようだった。視線は虚ろに宙を彷徨っていた。

中原は小夜子の肩を摑んだ。「おいっ、しっかりしろ」

彼女の両目の焦点が徐々に一致していった。ようやく目の前にいるのが夫だと認識したのか、大きく息を吸ったかと思うと、苦しげに顔を歪めた。

わああ、わああ——泣きじゃくりながらしがみついてきた。彼女の身体を抱きしめながら、中原も改めて涙を流した。


親たちが気を利かせ、中原と小夜子を二人きりにしてくれた。少し気持ちを落ち着かせた彼女は、前日の出来事を語り始めた。その内容は理路整然としていて、つい先程まで取り乱していた人間の口から発せられているとは思えなかった。そういうと小夜子は、「だって何度もしゃべらされたもの」と虚しさを唇の端に浮かべていった。

彼女の話を要約すると次のようになる。

午後三時過ぎに愛美は小学校から帰ってきた。この日彼女は、牛乳の紙パックを使ってクルマを作る図工をしたらしい。どうやらうまくいったらしく、娘の自慢話を聞きながら小夜子はおやつの準備をした。

午後三時半からは、小夜子は居間にあるテレビの前で腰を落ち着けた。お気に入りのドラマが再放送されていたからだ。録画しなかった理由については、「録画して観るほどではないと思ったから」と彼女は答えている。その間、愛美はおやつを食べ、先日義母からプレゼントされた玩具で遊んでいた。

テレビドラマは午後四時半より少し前に終わった。小夜子はテレビを消しながら夕食の献立を頭の中で組み立てた。当初の彼女のプランでは、冷蔵庫の中にある食材だけで対応できるはずだった。だがあれこれ考えているうちに、足りないものがいくつかあることに気づいた。なくても何とかなるが、できれば完璧を目指したい。娘が留守番をできる年齢になるまでは専業主婦に徹する気だった小夜子は、家事で手を抜くことを自分に厳しく禁じていた。

近所のスーパーまで、徒歩で片道十分とかからない。いつもは愛美を連れていく。この時も声をかけた。愛美、ママはお買い物に行くけど、一緒に行く?——。

それに対する答えは、ううん、というものだった。いってらっしゃい、と娘はいった。どうやら、新しく手に入れた玩具に夢中になっている様子だった。以前は母親にべったりだったが、小学校に通うようになってから少し変わった。

小夜子は安堵した。買い物に愛美を連れていくのは面倒だな、と思っていたからだ。どうせ長い時間はかからない。それに短時間の留守番なら、最近になって何度かやらせている。電話に出ない、ドアを叩かれても、インターホンのチャイムが鳴っても無視する、カーテンを閉めたままにしておく——そういった指示を愛美はしっかりと守っている。

「じゃあお留守番を任せるけど、大丈夫ね」念を押すように訊いた。

うん、と愛美ははっきりと答えたという。それは嘘ではないだろうと中原も思っている。

最近になり、見違えるようにしっかりしてきたのだ。

小夜子が買い物を終え、帰宅したのは午後五時を少し過ぎた頃だった。彼女が最初に違和感を抱いたのは、門扉《もんぴ》が中途半端に開いていたことにだった。家を出る時には必ず門扉を閉じるようにしていた。だから彼女は、もしや夫が何かの事情で帰宅したのではないかと思ったらしい。

玄関の鍵をあけようとしたところ、あいている。やはり夫が帰っているのかと思った。しかし屋内に入った小夜子が目にしたのは、予想もしない光景だった。

居間に入るドアが開いており、リビングボードの引き出しがすべて抜き取られ、中のものが床にぶちまけられているのが見えた。小夜子は息を呑《の》んだ。よく見ると床には土足で動き回った形跡もある。

泥棒が入ったのだ、とすぐに気づいた。何が盗まれたのか、と散乱している品々に目を向けた。だが次の瞬間、先に確認すべきことがあるのを思い出した。

小夜子は娘の名を呼びながら居間を飛び出した。しかし返事がない。眠っているのだろうか。階段を駆け上がり、二階の寝室に向かった。愛美が眠っているとしたら、その部屋だからだ。しかし娘の姿はなかった。二階にある、もう一つの部屋にもいなかった。

一階に戻り、客間として使っている和室を見たが、そこにもいない。

泥棒に連れ去られた——そう思い込んだ小夜子は、一刻も早く警察に知らせなければと居間に戻りかけた。しかしその途中で、トイレのドアが半開きになっているのが目に留まった。

おそるおそる近づいていき、トイレの中を覗いた。

ショートヘアの愛美が、トイレの床で横たわっていた。両手両足をガムテープで巻かれ、口には何かが押し込まれているのか、頬が膨らんでいる。苦しげに目を閉じており、ピンク色だった肌からは血の気が消えていた。

それからのことはよく覚えていない、と小夜子はいった。夢中で娘の口に入っているものを取り除き、ガムテープを外したような覚えはあるらしい。だが愛美の死をいつ認識したのかは、はっきりしないという。気がついた時にはパトカーの中にいたそうだ。警察には彼女自身が通報し、その後、中原に電話をかけたわけだが、それらについても記憶が曖《あい》昧《まい》らしい。

事情聴取では、なぜ八歳の子を一人にしたのか、という点をしつこく訊かれたそうだ。

「ふつうの親ならそんなことはしませんよね、そんな無責任なことはって、そういわれちゃった」小夜子は呻《うめ》くようにいい、顔を覆った。「ほんとにそう。なんでそんなことしちゃったんだろう。留守中に泥棒が入るかもしれないって、どうして考えなかったんだろ。ごめんね、本当にごめんね」

おそらく刑事は小夜子の話が本当かどうかを確認する目的で、そういう言い方をしたのだと思われる。しかし、彼女には自分の落ち度を責める言葉としか聞こえなかったのだろう。じつは中原の中にも、彼女を責めたい気持ちがあった。だが、それが自らの責任逃れであることにも気づいていた。愛美が短時間の留守番をするようになったことは彼も承知していた。その上で何もいわなかったのだ。

不愉快な質問は、ほかにももっとたくさんあったらしい。この頃、愛美の脛《すね》には三センチほどの擦り傷があり、それは体育の授業で転んだ時のものなのだが、それについてもくどいほど訊かれたようだ。虐待の可能性を疑っていたんだろう、と小夜子はいった。

だが小夜子が長時間の事情聴取を受けさせられたのは、単に疑われているからだけではないようだった。現場の状況を彼女がいくつか変えてしまったので、それを正確に再現するためには、細かく質問する必要があったらしい。特に遺体の状態に関しては、微に入り細を穿《うが》って説明させられたという。たとえばトイレの床にどういう形で倒れていたかは、彼女が愛美を抱き上げてしまったためにわからなくなっていた。彼女が娘の手足に巻かれていたガムテープを外してしまったことも、捜査陣にとっては痛手だったようだ。だからそれらを、図解したりして、懸命に説明したのだという。絵が得意ではないから苦労した、と彼女はいった。

小夜子の話によればガムテープは、両腕を背中の後ろに回した状態で両手首と両足首に、かなり何重にも巻かれていたようだ。そして口に押し込まれていたのはスポンジ製のボー

ルだった。愛美がもっと小さい頃によく遊んだ玩具だ。最近でも、時折床に転がっている
のを中原は目にしたことがあった。

「死因は……死因は何なんだ」中原は訊いた。

小夜子は首を振った。「訊いたけど、教えてもらえなかった」

「傷は？　身体のどこかから血は出てなかったか」

「出てなかったと思う。後で自分の手を見たけど、何も付いてなかったし」

「首はどうだ。紐の痕とかは？」

「わかんない。そこまでは覚えてない」

刃物ではない、絞殺でもないとしたら、ほかに何があるだろう。撲殺か。何かで殴られ
たのか——そんなふうに考えを巡らせながら、なぜそんなことに拘《こだわ》っているんだろうと
自分で不思議になった。

我が子の最期の様子を知りたいからだ、と気づいた。愛美の死を知らされてはいるが、
まだ遺体を目にしていない。

「それにしても、犯人はどこから家に入ったんだ」

この疑問に対し、風呂の窓だと思う、と小夜子は答えた。

「風呂？」

「うん。警察の人から訊かれたの。今回の事件の前、風呂の窓に異状はなかったかって。

だからたぶん、窓が壊されてるんだと思う」

中原は我が家の風呂の窓を思い浮かべた。たしかにあの窓からなら簡単に侵入できそうだった。自分たちの住み処《か》がいかに脆弱《ぜいじゃく》な安全性しか備えていなかったか、改めて思い知った。

小夜子によれば、たぶん盗まれたのはリビングボードの引き出しに入っていた現金四万円ほどだろう、ということだった。事件の前日、彼女がATMで下ろしたらしい。

「そんな端金《はしたがね》のために……」

怒りで身体が震えるのを抑えられなかった。

翌朝、警察から連絡があった。現場を確認してほしい、というのだった。

事件後、初めて自宅に足を踏み入れた。荒らされたはずの居間は、比較的奇麗に片付けられていた。床に散乱していたものは、指紋採取などのために回収されたからだという。

「何か気づいたことがあればいってください」中原の事情聴取を担当した浅村がいった。彼がこの場の責任者のようだった。

小夜子と共に屋内をくまなく見て回った。予想通り、風呂場の窓ガラスが割られていた。

「あそこからですか」

中原が訊くと、浅村は小さく頷いた。

「割る時、音はしなかったのかな」

この問いに浅村は答えなかった。だが一緒にいた佐山が、「ガムテープを使ったんですよ」と小声で教えてくれた。「窓の外に、ガムテープがついたガラスの破片が落ちていました。割る前にガムテープを貼ったんでしょう。そうすると音を抑えられます」

佐山、と窘《たしな》めるように浅村がいった。だがさほど咎《とが》める顔ではなかった。

トイレの中も見た。しかし特に異変はない。そこに愛美の小さな身体が横たわっている情景を思い浮かべ、胸が潰れそうになった。小夜子は見ようとしなかった。

侵入者の痕跡が認められたのは居間とキッチンと廊下だけだった。二階や一階の和室には異状がなかった。

「やはりそうですか」浅村がいった。

「やはり……といいますと？」

「犯人は土足で侵入しています。靴跡が検出できたのは居間と冷蔵庫の前、風呂場、そして廊下からだけなんです」

この言葉から、中原にはようやく事件の輪郭が見えてきた。犯人は風呂場の窓ガラスを割って侵入、廊下を通過して居間で金品を物色した。小夜子によれば玄関の鍵があいていたそうだから、表から逃走したのだろう。そうした犯行の途中で愛美が殺されたのだ。

自宅は、もうしばらく使えないようだった。三鷹の実家へは、佐山が車で送ってくれた。その車中、愛美が扼殺《やくさつ》されたことを中原たちは初めて知った。

「手で首を絞められた、ということですか」

「そうです」前を向いたまま、佐山は答えた。「お嬢さんの御遺体は間もなくお返しできると思いますが、司法解剖の痕跡が残っていることは御承知おきください」

解剖という言葉に、改めて絶望的な気持ちになった。

「お葬式の手配をしなきゃね」隣で小夜子がぽつりといった。

その翌日、愛美の遺体が戻ってきた。小さな棺に横たえられていた愛美の顔には、縫合の痕が痛々しく残っていた。それでも中原と小夜子は、娘の丸い頰を何度も撫で、声をあげて泣いた。

その夜に通夜を、次の日に葬儀を行った。小学校の同級生たちが何十人もやってきて、突然訪れた友人の死を悼んでくれた。そして中原たちは、彼等の背格好を見て愛娘を思い出し、また涙したのだった。

気が遠くなるような喪失感の行き場はどこにもなかった。愛美が帰ってこない以上、望みはただ一つ、一秒でも早く犯人が捕まってほしいということだけだった。

警察からの知らせを待つ日々が続いた。小夜子への疑いは、どうやら晴れたようだった。そのことを教えてくれたのは佐山だった。その前に彼は一枚の写真を中原たちに見せていた。そこに写っているのは一足の運動靴だった。見覚えはないか、と訊くのだった。中原も小夜子も見たことがないと答えた。

「犯人が使用したと思われる靴です。現場に残されていた靴跡から特定できました。お宅の中、周辺を徹底的に調べましたが、見つかっておりません。犯人が履いたまま逃走したと思われます」

この話を聞き、当たり前じゃないかと思った。犯人が裸足で逃げるわけがない。すると佐山は彼の疑問を読み取ったのか、こう付け足した。

「つまり内部犯でありながら、外部の者の犯行に見せかけるために靴跡をカムフラージュした可能性は、極めて低いということです」

これを聞き、ようやく合点がいった。警察は、小夜子が靴跡を付けたのではと疑っていたのだ。

警察は外部からの侵入者による犯行と断定はしても、単なる強盗殺人だと決めつけたわけではなさそうだった。

「強盗殺人に見せかけた、怨恨、金銭トラブル、愛憎のもつれなどによる犯行の可能性もあります。誰かがあなた方を苦しめるためにやったことかもしれません。どんな小事でも結構ですから、何か思い当たることがあればいってください」佐山はそういうのだった。

人から恨まれる覚えはない、これまでに嫌がらせのようなものを受けたこともない、と中原は繰り返しいったが、佐山は些細なネタを見つけては、確認に訪れた。中原が会社で何年も前に巻き込まれたトラブルの件だとか、かつて愛美が通っていた幼稚園での母親たちとのちょっとした確執についてとかだ。よくまあそんな細かいことまで、と呆れるのを通り越して感心してしまった。

だが結局事件は、そんな佐山の苦労とは全く別のところで解決することになった。事件発生から九日目、犯人が逮捕されたのだ。

そのことを知らせにきた浅村たちの話を整理すると、以下のようになる。

きっかけは、あるファミリーレストランで起きた食い逃げ事件だ。一人の男が代金を支払う時、レジカウンターに二枚のチケットを出した。それは代金が五百円引きになる割引券だった。しかしレジ係の女性従業員は、その使用を拒否した。利用期限が過ぎていたからだ。それに一度に使えるのは一枚きりだ。

すると男は怒りだした。千円分の食事がただになると思ったからこの店に入ったのだといい、そのまま店を出ていってしまった。女性従業員は怖くて追いかけられず、急いで店長の男性に連絡をした。

店からの通報を受け、所轄の警官数名が付近をパトロールしたところ、近くの駅で人相風体が証言に一致した男が見つかった。男は切符を買おうとしていた。警官が呼びとめたら逃げようとしたので、その場で確保することになった。

男を警察署に連れていき、ファミレスの女性従業員に顔を見せると、間違いないという。そのまま取り調べが行われることになったが、男はなかなか本名をいわない。そこで指紋が照会されることになった。当時すでに指紋情報システムが確立されており、犯罪歴のある人間との照合なら、二時間程度で可能になっていた。

その結果、重大なことが判明した。男は蛭川和男《かずお》といい、半年ほど前に千葉刑務所を仮出所していたのだ。年齢は四十八歳。強盗殺人などで無期懲役の判決を受けていた。

所持品を調べたところ、ポケットから一万円札が三枚出てきた。どこで入手したのかと聞いても、はっきりしたことをいわない。

そのうちに刑事の一人が奇妙なことに気づいた。蛭川がファミリーレストランで出した割引券には、支店名の入ったスタンプが押印《おういん》されていたのだが、東長崎という地名に何となく引っ掛かりを覚えたのだ。

そうして思い出したのが、一週間ほど前に発生した強盗殺人事件だ。被害者は八歳の少女だった。その刑事にも同じぐらいの娘がおり、それで他人事《ひとごと》でなく心に残っていた。

特捜本部に連絡が取られ、再び指紋の照合が行われることになった。今度は蛭川が所持していた一万円札、そしてファミレスの割引券に付いていた指紋についての鑑定だ。その結果、一万円札の一枚から、被害者の母親つまり中原小夜子の指紋が見つかった。また蛭川が履いていた靴が、中原家に残されていた土足の足跡と完全に一致した。以上のことから、蛭川の身柄は特捜本部に移されることになった。そして捜査一課らによる取り調べの末、蛭川は犯行を自供したのだった。

その供述内容について、中原たちには殆ど知らされなかった。断片的なことは佐山が教えてくれたが、彼にしても全体像を把握しているわけではなさそうだった。しかし犯人という憎むべき具体的な対象が見つかったことは、中原たちにとって大きな意味があった。その男に死刑判決が下される日を待つ、という目標が生まれたからだ。

かつて強盗殺人の罪で無期懲役の判決を受けた人間が、仮出所中に再び強盗殺人を犯した――何ひとつ酌量する余地のない話だ。死刑になって当然だと思った。

だが過去の判例などを調べるうちに、中原は不安を覚えるようになった。同様のケースはいくつかあるが、必ずしも死刑になるとはかぎらないのだ。いやむしろ、死刑になるほうが少ないほどだった。

反省の色が見られる、更生の余地がある、計画性はない、同情すべき点がある等々、裁判官は死刑の判決を避けるための言い訳を探しているかのようだ。

ある時、そのことを小夜子に話した。するとそれまで虚ろだった妻の目に、異様な色の光が宿った。彼女は頰を引きつらせていった。「そんなこと……絶対に許さない」今まで中原が一度も耳にしたことのない、暗くて低い声だった。さらに、遠くにある何かを睨みつけるような顔をし、「もし死刑にしないのなら、さっさと刑務所から出してくれたらいい。私が殺すから」と続けた。

俺も一緒にやるよ、と中原はいった。

そして事件から約四か月後、第一回公判が行われた。そこで中原たちは、初めて事件の全容を詳しく知ることとなった。

当日、蛭川の所持金はゼロに等しかった。住むところもなく、前日は公園のベンチで一夜を明かしていた。二日間何も食べておらず、試食品にでもありつこうと思い、近くのスーパーに向かうところだった。荷物は小さな鞄一つだけだ。鞄の中には手袋、ガムテープ、ハンマーなどが入っていた。いずれも、「空き巣狙いをする時に使えるかもしれない」と思い、前に働いていた職場から盗んだものだ。

住宅地を歩いていると、一軒の家から主婦らしき女性が出てきた。玄関のドアには鍵が二つも付いていたのだが、その両方を施錠するのを見て、あんなにきっちりと鍵をかけるのは家の中に誰もいないからに違いない、と踏んだ。

門を出た主婦は蛭川のほうには見向きもせず、彼が来た道とは反対の方向へ歩いていく。それを見て、夕食用の食材を買いに行くのではないか、と考えた。だったら、すぐには帰ってこないだろう――。

主婦の姿が見えなくなってから、鞄に入れていた手袋を嵌《は》め、門に付いているインターホンのチャイムを鳴らした。しかし反応はない。やはり留守なのだと確信し、周囲に人がいないことを確かめてから、門扉を開けて敷地内に足を踏み入れた。念のために家の周りを巡ってみたが、中に人がいる気配はない。

浴室の窓が近くの家から死角になっていることに気づいた。そこで、ここから侵入しようと決めた。鞄の中から出したガムテープをガラスに貼り付け、ハンマーで叩いてガラスを割った。慎重に破片を取り除き、クレセント錠を外して窓を開け、浴室に侵入した。

浴室から屋内の様子を窺《うかが》った。物音はせず、静まりかえっている。土足のままで廊下を通り、キッチンを探した。まずは何か食い物を、と思ったからだ。

やがて居間に隣接したキッチンに辿り着くと、冷蔵庫の中を物色した。だがすぐに食べられそうなものはあまりない。ソーセージがあったので手を伸ばそうとした時、小さな悲鳴が背後で聞こえた。

振り向くと、小さな女の子が居間に立っていた。怯えた顔で蛭川を見上げていた。そして次の瞬間、彼女は廊下へと駆けだした。

まずいと思った。蛭川は急いで追いかけた。

少女は玄関にいた。二つある鍵のうち、一つをあけたところだった。蛭川は背後から捕まえ、口を塞《ふさ》いだ。そのまま居間まで引きずっていった。

床に転がっているスポンジボールが目に留まった。口を塞いでいた手で、それを拾い上げた。少女が、おかあさんっ、と叫んだ。その口にスポンジボールを押し込んだ。少女は静かになった。

片手で自分の鞄を引き寄せ、ガムテープを取り出した。少女を俯《うつぶ》せにさせ、後ろ手にして両手首にガムテープを巻いた。その後、両足首にも巻いた。

それでおとなしくなるかと思ったが、そうはいかなかった。少女は身体をくねらせるように激しく動いた。そこでトイレに運び、閉じ込めた。

とにかく何か食べる金がほしかったので、居間に戻った。リビングボードの引き出しを片っ端から開けたところ、一万円札が数枚とファミリーレストランの割引券が見つかった。それらをポケットにねじこんだ。

一刻も早く逃げたほうがいいと思ったが、少女のことが気になった。顔を見られている。似顔絵を作られたら、自分だとばれてしまうのではないかと思った。

トイレのドアを開けると、少女はぐったりしていた。しかしその目には敵意が漲《みなぎ》っており、おかあさんにいいつけてやるから、と告げているようだった。

このままではやはりまずい、と蛭川は思った。少女の首を両手で摑み、喉仏を親指で押した。彼女は身体を蠢《うごめ》かしたが、やがて動かなくなった。

鞄を手にし、玄関から逃走した。とにかく何か食いたかった。表通りに出ると、牛丼の店が目に入った。そこに入り、大盛りを注文した。生卵も付けた。料理が出てくると、蛭川はむさぼり食った。すでに自分が手にかけた少女のことは忘れかけていた――。

以上が、あの日、中原の家で起きたことだった。

検察の冒頭陳述を聞いている間、中原は身体の震えを止められなかった。見知らぬ男の侵入を知った時の愛美の驚き、スポンジボールを口に詰められ、手足をガムテープで拘束された時の恐怖、そして首を絞められた時の絶望感を想像すると、我が娘がかわいそうでならなかった。

憎悪の対象を睨みつけた。蛭川は、どこにでもいそうな小男だった。特に腕力が強いとも思えない。眉尻が少し下がった顔は、人によっては気弱にさえ見えるかもしれない。しかしこの男が愛美を殺したのだと思うと、中原には狡猾で残忍そうだとしか映らなかった。

検察も犯行の残虐性を強調した。傍聴している者すべてが死刑になって当然だと感じる内容だった。そういう結論が出ることを中原も確信した。

だが何度か公判が重ねられていくうち、雰囲気は微妙に変わっていった。弁護側の誘導により、残虐性が徐々に薄められていくのだった。

何より蛭川自身の供述内容が変わった。少女を殺す気はなかったといいだしたのだ。スポンジボールを口に詰め、ガムテープを両手両足に巻き付けた。だが静かにはならず、大きな呻き声をあげた。それをやめさせようと思い、咄嗟に首を絞めた。すると動かなくなった、というのだった。

ではなぜ遺体をトイレに移したのか、と検察官が質問した。それに対する答えは、死んでいるとは思わなかった、だった。

「気を失っているだけで、気を取り戻して暴れたらまずいと思って、それでトイレに閉じ込めました」

逮捕された直後は記憶が混乱していた、といい張った。この発言を受け、当然弁護側は、「殺害は意図的なものではない」と主張する。

また蛭川は、繰り返し反省と詫びの言葉を口にした。

「御遺族の方々には、本当に申し訳ないと思っとります。はい、それはもう心から。あんなかわいい子を死なせてしまって、すまんかったです。死んで詫びるのが筋かもしれませんけど、自分としちゃあ、償いをさせてほしいです。どんなことをしてでも、とにかく償わなきゃなあと思います」

その言葉には重みといったものが全くなく、中原の耳を空虚に通り抜けていくだけだった。ところが弁護側は、「このように被告は深く反省している」というのだった。

そんなわけないではないか、と中原は思った。この男は反省などしていない。反省する人間なら、仮釈放中に罪を犯すことなどあり得ない。

蛭川和男がどういう男なのか、一連の裁判を通じ、中原は知ることとなった。

群馬県高崎市の出身で、弟が一人いる。両親は幼い頃に離婚したため、母子家庭で育った。工業高校を出た後は地元の部品工場で働きだしたが、独身寮の仲間の財布から金を盗んだことがばれ、窃盗で逮捕された。執行猶予はついたが、当然仕事は失った。その後、いくつかの職を転々とした後、江戸川区の自動車整備工場で働くようになった。

最初の強盗殺人を犯すのは、この工場にいる時だ。整備を終えた車を顧客の家に届けた際、車の持ち主であった老人とその妻を殺害し、現金数万円を奪っている。当時、ギャンブルが原因で多額の借金を抱えていた。

この裁判でも蛭川は、殺す気はなかった、といい張ったらしい。かっとなって殴ってしまっただけだ、と。

この言い分は老人に対しては認められたようで傷害致死となった。しかし妻の件は殺人罪が成立した。何回かの公判後、無期懲役が確定している。

ただし、無期といっても永久ではない。

反省の色が認められた場合には、仮釈放になることがある。蛭川が釈放されたということは、刑務所内ではそれなりの態度を示していたのだろう。

では刑務所を出た後は、どんな様子だったのか。

蛭川は、千葉刑務所を仮出所してからの約一か月間を、刑務所のすぐ近くにある更生保護施設で過ごした。その後、唯一の肉親である弟を訪ねていった。埼玉で町工場を経営している弟は、知り合いの廃品回収業者を紹介してくれた。

しばらくはそこでおとなしく働いていたが、やがて悪い癖が顔を覗かせるようになった。またしてもギャンブルだ。パチンコ屋通いを始めてしまったのだ。雇い主とは、給料は通常の半分からスタートで、仕事ぶりを見てから上げていくという約束だった。そんな薄給を賭け事などに投入したら、瞬く間になくなってしまう。それでもパチンコをやめられなかった蛭川は、事務所の手提げ金庫をこじ開けようとした。

結局開けることはできなかったが、このことはすぐに雇い主にばれた。蛭川は知らなかったが、事務所には防犯カメラが付けられていたのだ。当然、馘首《かくしゅ》されることになった。警察に突き出されないだけありがたいと思え、といわれた。

弟にも愛想を尽かされた。それまではアパートの部屋代を払ってくれていたのだが、打ち切るといってきた。

このままでは仮釈放が取り消しになってしまうかもしれないとおそれた蛭川は、最低限の荷物だけを持って行方をくらました。その後、わずかな金で食いつないでいたが、いよいよ一文無しになってしまった挙げ句、生涯二度目の凶行に及んだというわけだった。

愚かな男だ。その愚かさで自分が地獄に落ちるだけなら勝手にすればいい。だがなぜ愛美が犠牲にならねばならないのか。たった八年しか生きておらず、これから長い人生を始めようとしていたのだ。そしてそんな彼女の人生が、中原や小夜子の、今後の生き甲斐になるはずだった。

こんな男の命などほしくもないが、せめて奪わねば愛美が浮かばれない――公判のたび、被告人席の小さな背中を睨みつけながら思った。

3

『エンジェルボート』を出た後、中原はいつもの定食屋に向かいかけたが、佐山からアリバイを尋ねられたことを思い出し、足の向きを変えた。おそらく佐山か別の捜査員によって、店に確認がなされていることだろう。そんな時に行ったら、店の人間たちから好奇の目で見られるに違いなかった。

自宅のそばにあるコンビニに寄り、弁当と缶ビールを買った。自宅といっても、ワンルームだ。もちろん賃貸だった。老後のことなど何も考えていない。

小夜子はどうだったのだろう、と歩きながらぼんやりと考えた。佐山によれば、彼女も独り暮らしをしていたらしい。付き合っている男性などはいなかったのだろうか。

胸に重しが載っているような感覚があった。別れたとはいえ、かつて一緒に暮らした女性が殺されたのだから、気持ちが塞ぐのは当たり前だ。しかし胸中を占めているのは、「悲しい」という感情とは少し違うものだった。

強いていえばそれは、虚しさかもしれなかった。お互いのためを考えて離婚を決意したはずなのに、結局何も実っていない。どちらも幸せになっていない。

どう足掻《あが》こうが、おまえの人生に明るい光など射し込んではこないのだ——運命を司る何かから、そういわれているような気がした。

部屋に帰り、コンビニで買った弁当を食べていると、携帯電話に着信があった。番号表示を見て、おやと思った。今日の昼間に見たばかりの番号だった。

電話に出てみると、夜分にすみません、と佐山は謝ってきた。

「構いませんよ。何か訊き忘れたことでもあるんですか」

「そうではなく、一応お知らせしておいたほうがいいかなと思うことがありまして」佐山は慎重な口調でいった。

「事件について何かわかったんですか」

「はい。じつはつい先程、ある男が警察に出頭してきたんです。自分が今回の事件の犯人だといって」

「えっ」中原は息を呑み、電話を握りしめた。思わず立ち上がっていた。「名前は？　何という男です」

「それはまだ申し上げられません。いろいろと確認すべきことがありますので。ただ、近いうちには発表されると思います」

「どうしてその男は小夜子を……彼女の知り合いだったんですか」

「すみません。まだ詳しいことはお話しできないんです。捜査の途中なもので。その男が本当に犯人なのかどうかもわかりませんし」

中原はため息をついた。「そうですか。仕方ないですね」

警察が遺族にさえも捜査状況を明かさないことはよくわかっている。まして今回、中原は遺族ではない。佐山の親切さは例外なのだ。

「もしかするとこの件で、また職場にお邪魔させてもらうかもしれません。申し訳ないのですが」

「わかりました。私のほうは大丈夫です」

「会社にお邪魔する前には電話をします。お休みのところ、すみませんでした」

では失礼します、といって佐山は電話を切った。

中原は携帯電話を置き、椅子に座り直した。ぼんやりと宙に視線を漂わせた。

小夜子を殺した犯人が捕まった——不謹慎だとは思うが、拍子抜けをした気分だった。何となく、もっと捜査は難航するような気がしていた。

だが現実は、そんなものなのだ。複雑な事情などなくても人は殺される。そんなことは中原が誰よりもよくわかっている。

箸に手を伸ばしかけたが、その手を引っ込め、腰を上げた。そばの書棚から一冊のアルバムを抜き取った。開いてみると、いきなり目に飛び込んできたのは、家族三人で海に行った時の写真だった。愛美は赤い水着姿で、浮き輪に身体を通している。そんな彼女を挟んで、中原と小夜子が立っていた。三人とも笑顔だ。よく晴れていて、海は青く、砂浜は白い。

幸せの絶頂にあった時だ。いやこの時は、今が絶頂だとは思わなかった。この幸せが永久に続くものだと信じていた。それどころか、もっと幸せになれると期待していた。

このうちの二人が逝ってしまった。事故でも病気でもない。殺されたのだ。

中原の頭の中で、男性の声が蘇った。

「主文、被告人を無期懲役に処する」

一審の判決の日、眉の白い裁判長が発した言葉は、中原にとって耳を疑うものだった。

その後、長々と判決理由が読み上げられたが、到底納得のいくものではなかった。裁判長は犯行の残虐性、再犯という悪質さを認めながらも、計画性は低い、反省の色があり更生が期待でき、極刑には一抹の躊躇があるなどと、死刑を回避するためのこじつけとしかいいようのない理由を並べ立てたのだ。それを聞きながら中原は、一体この国の司法制度はどうなっているのだと叫び出したい思いだった。

もちろん検察側は即座に控訴した。しかし主任検事は、今のままでは難しいかもしれない、と中原にいった。

「お嬢さんを殺したことについて、突発的、衝動的なものだという弁護側の主張が受け入れられてしまっている。そこを崩さないといけない」

崩せますか、と中原は訊いた。

「崩してみせます」精悍《せいかん》な顔つきの主任検事の言葉は力強かった。

小夜子とも話し合った。死刑判決が出るまでがんばろう、力を合わせて闘っていこうと決めた。

「もしこのまま死刑の判決が出ないのなら、私、裁判所の前で死ぬから」小夜子は唇を震わせていい、「本気よ」と続けた。その目に宿る光には、ぎくりとさせるものがあった。

わかった、と中原はいった。「俺もそうする。一緒に死のう」

うん、と彼女は頷いた。

そして控訴審。検察側は新たな証拠をいくつか提出した。その中には、愛美が殺害された状況を示すものが三つ含まれていた。

ひとつは廊下に残された足跡だ。

蛭川の供述によれば、その行動は次のようなものだ。まず浴室の窓から侵入し、廊下を通って居間へと向かった。そこで愛美に見つかったが、逃げた彼女を玄関で捕まえ、再び居間に戻った。おとなしくさせようとして口にスポンジボールを詰め、ガムテープで手足を巻いたが、静かにしないので思わず首を絞めてしまった。死んだとは思わず、彼女をトイレに運び、居間で金品を物色後に玄関から逃走した——。

この供述通りなら、蛭川が居間からトイレに向かって歩いたのは一度きりということになる。ところが足跡を詳細に調べたところ、居間からトイレに向かった跡が二パターンあることが判明したのだ。つまりトイレには二度行っている。

この事実は、一審の検察による冒頭陳述で明かされた、口にスポンジボールを詰め、手足を拘束した愛美を一旦トイレに閉じ込め、金品を物色した後、似顔絵を作られるのをおそれ、トイレにいる愛美の首を絞めて殺害した、という話と合致している。

二つめの証拠はスポンジボールだ。

これにもまた科学捜査が用いられている。といっても難しい話ではない。検察側が問題にしたのは重量だ。遺体を発見した小夜子が口の中から取りだしたのだが、唾液でぐっしょりと濡れていた。その時の重量が記録されていたので、唾液の量も推定できるのだ。それによれば、八歳の子供が分泌するには、最低でも十分程度は要することがわかった。蛭川の主張通りなら、スポンジボールがそれほど濡れることはない。

そして三つめの証拠は涙だった。

通報を受けて警官が駆けつけた時、小夜子は愛美の亡骸《なきがら》を抱いていた。抱きながら、ハンカチで娘の顔を拭いていたのだ。その時に彼女が娘にかけていた言葉を二人の警官が覚えていた。

かわいそうに。すごく辛かったんだね。いっぱい泣いて。ごめんね。一人にして本当にごめんね。泣いても泣いても、おかあさんが帰ってこないから、すごく怖かったよね――そういうものだったらしい。

これによって小夜子自身も記憶を蘇らせた。彼女は死体発見者として証言台に立った際、「愛美を見つけた時、たしかにあの子の顔は涙で濡れていました」と証言したのだった。その時に使ったハンカチを、小夜子は洗わずに保管していた。それが新証拠として追加されることになった。

「死体は涙を流しません。被害者が泣いたのは、手足を拘束され、口にスポンジボールを詰められた状態でトイレに放置されていたからです。想像してみてください。その状況がどれほど恐ろしいものであるか。八歳の女の子が、そんな目に遭ったのです。泣いて当然です」

法廷に響く検察官の涙ながらの声を聞き、中原は膝の上に置いた両手を握りしめた。娘が感じた恐怖と絶望感を思うと、深くて暗い谷底に落ちていくような気持ちになった。

中原自身も検察側証人として証言台に立った。そこで彼は愛美がいかに聞き分けのいい娘で、彼女のおかげでどれほど家庭が明るかったかを切々と訴えた。さらに被告人の蛭川からは未だに一通の詫び状すら受け取っておらず、公判での態度を見ても、全く反省の色を感じることができないと述べた。そして最後に、こう締めくくった。

「死刑を望みます。そうするしか……いえ、それでも罪を償えません。それほど重い、重い罪を被告人は犯したのです」

だが弁護側も黙ってはいなかった。検察が出してきた三つの証拠について、いずれも物言いをつけてきた。その主旨は科学的根拠が弱いというものだった。

弁護人は被告人である蛭川に対し、こんなふうに質問をした。

「あなたは被害者をトイレに運んだ際、死んでいるとは思っていなかったのですね」

そうです、と蛭川は答えた。

「では逃走する時はどうですか。被害者のことは気になりませんでしたか」

よく覚えていません、というのが蛭川の答えだ。

「気になってトイレに様子を見に行った、ということはありませんか」

この質問には検察から抗議が入り、蛭川の答えを聞くことはできなかった。だが弁護側が、足跡と自供が矛盾しないということを示したかったのは明白だ。

スポンジボールの唾液量については、首を絞められた時に通常よりも多くの唾液が分泌された可能性があると反論した。涙については、被害者の母自身の涙が娘の顔に落ち、それを娘が流したものと勘違いしたのではないか、という推論を述べた。

弁護人の話を聞きながら、中原は腹が立つというより不思議に思った。なぜこの人々は蛭川を救おうとするのか。死刑を回避しようとするのか。もし自分たちの子供が同じ目に遭ったとしても、犯人の死刑は望まないのだろうか。

公判は何度も重ねられた。八歳で愛美と体格の近い子供に、犯行で使われたものと同じスポンジボールを口に入れてもらう、という実験まで行われた。その子は声を殆ど出せなかった。愛美の呻き声が大きかったので黙らせようとして首を絞めた、という蛭川の供述に疑問が出てきたわけだ。もちろんそれに対しても弁護側は反論する。個人差がある、というわけだ。

検察側と弁護側の攻防は最後の最後まで続いたが、中原は肝心の被告人である蛭川に変化が生じていることに気づいた。目に生気がなく、表情も乏しい。彼はこの場の主役であるはずだが、まるでエキストラのように存在感がなかった。あまりに裁判が長引いたので、自分のことだという実感が乏しくなっているのではないか、そんなふうに思った。

そして控訴審判決。その日は雨だった。裁判所に入る前に中原と小夜子は傘をさしたまま、重厚な建物を並んで見上げた。

「今日、もしだめだったら……もうだめだね」

中原は答えなかったが、同じことを考えていた。

ルール上、まだ望みはある。控訴が棄却されたとしても、まだ最高裁が残っている。しかしそこで結論を覆すには、新たなカードが必要だ。中原は、控訴審における検察側の執念と知力をかけた闘いを目の当たりにしている。まさに、すべてを出し尽くしているのだ。新たなカードなど残っているわけがない。

「ねえ、どうやって死ぬ？」小夜子が見上げてきた。

「抗議のための死に方は、昔から決まっている」中原はいった。「焼身自殺だ。『フランシーヌの場合』っていう歌、知らないか？」

「知らないけど……うん、それでいいかもね」

行こう、と二人で歩きだした。

この決死の覚悟は報われることになった。長い判決理由の後に続いたのは、「主文、第一審判決を破棄する。被告人を死刑に処する」というものだったのだ。

中原は隣にいる小夜子の手を握った。彼女も握りかえしてきた。

被告人の蛭川はずっと身体を細かく揺すっていたが、判決を聞いた瞬間、その動きをぴたりと止めた。それから裁判長に向かって、小さく頭を下げた。中原たちのほうには顔を向けようとしなかった。その後、腰紐を付けられ、蛭川は退廷していった。

中原が彼を見るのはそれが最後になった。即日弁護側は上告したのだが、蛭川自身が取り下げたからだ。「もう面倒になった」というのが理由らしい、と事件をずっと取材していた新聞記者から聞かされた。

アルバムを閉じ、書棚に戻した。離婚する際、小夜子と写真を分け合ったのだが、結局はあまり見ないようにしていた。事件を思い出してしまうからだ。しかし結局は同じだった。思い出さない日などなかった。きっとこれからもそうだろう。

ミチ君の顔を見ていると辛い——小夜子がそういったのは、蛭川の死刑が確定してから二か月ほど経った頃だ。二人で食事をしている時だった。彼女は中原を、ミチ君と呼んだ。愛美の前では、お父さん、と呼んでいた。

「ごめんね」小夜子は箸を持ったまま、力なく笑った。「急にこんなことをいわれたら、気分悪いよね」

中原は食事をする手を止め、妻を見返した。気分を害してなどいなかった。

「何をいいたいのか、わかるような気がする。俺も同じだから」

「ミチ君もそう？」小夜子は寂しげな目をした。「私を見ていると辛い？」

「うん……辛いのかもしれない」中原は自分の鳩尾《みぞおち》のあたりを押さえた。「このへんに何かが詰まっていて、それが時々疼《うず》く」

「ああ、そうなんだ。やっぱり」

「小夜子も？」

「うん。そういう感じ……かな。ミチ君といると、幸せだった頃のことばかり思い出してしまう。ミチ君がいて、愛美がいて……」涙ぐんだ。

「思い出しちゃいけないってことはないだろ。思い出は大切だ」

「うん、わかってる。でも、辛い。あのね、夢だったらよかったのにって思うことがある。事件が悪い夢だったら一番いいけど、今ここに愛美がいないからそれはありえない。だから、元々愛美なんて子供はいなくて、あの子がいたというのが夢で、それが醒《さ》めただけだったならどんなに楽だろうって思う」

中原は頷き、よくわかる、といった。

その日以来、こういうやりとりを何度か交わすことになった。

死刑が確定し、裁判が終結すれば、自分たちの気持ちにも何か変化があるのではないかと期待していた。吹っ切るとか、整理がつく、といった言葉で表される変化だ。もっと大げさにいえば、生まれ変われるのではないかと夢想していた。

しかし実際には、何も変わらなかった。それどころか喪失感が増したように感じられた。死刑判決という目的のためだけに生きてきたが、それを果たした後は、何を見つめればいいのかまるでわからなかった。

当たり前のことだが、蛭川の死刑が確定したからといって愛美が生き返るわけではない。事件が形式としては終わっただけだ。じつは自分たちが何も手に入れていないことを中原は痛感していた。

愛美のことを忘れたいわけではなかった。だが少しずつ辛い記憶が薄れ、楽しいことが残ってくれたらいいと思っていた。ところがそうはならない。小夜子といれば、彼女が泣き叫んでいた姿が昨日のことのように蘇ってくる。あの日、電話で悲劇を伝えてきた時の声が、中原の頭の中で響く。

きっと小夜子もそうだろう。夫の泣く姿を思い出しているに違いない。

あの事件のせいで自分たちは、愛美の命だけでなく多くのものを失った、と改めて思った。苦労して手に入れたマイホームは、裁判中に手放した。住んでいるのが辛いと小夜子がいったからだ。中原も同感だった。人間関係もぎくしゃくしてしまった。多くの人々が気を遣って中原たちには近づいてこなくなっていた。職場での仕事内容も変わった。中原にはもうクリエイティブなことはできなくなっていた。そして中原は妻の、小夜子は夫の、心からの笑顔を見る機会を失った。

やがて、しばらく実家に帰ろうと思う、と小夜子がいいだした。彼女の実家は神奈川県の藤沢《ふじさわ》にある。愛美が生きていた頃、夏はよく遊びに行った。海が近いからだ。

いいんじゃないか、と中原は応じた。

「気分転換になるかもしれない。それに御両親には長い間心配をかけたからな。少しゆっくりしてくるといい」

「うん……ミチ君は、これからどうするの？」

「俺かあ。うーん、どうするかなあ」

奇妙な会話だった。単に妻が実家に帰るといっているだけなのに、今後の身の振り方を話し合っている。思えばこの時二人の間には、もうこれでおしまいかもしれないな、という意識が何となくあったのかもしれない。

小夜子が実家に帰ってから約二か月間、二人は会わなかった。電話やメールのやりとりはあったが、徐々に少なくなり、小夜子のほうから『ちょっと会いませんか』というメールが届いたのは、じつに二週間ぶりのことだった。

中原の会社の近くにあるカフェで会った。そんな店に二人で入ったのも久しぶりだった。

小夜子は少し元気になっているように見えた。以前は俯きがちだったが、しっかりと顔を上げて中原を見つめてきた。

「私、働こうと思う」小夜子は宣言するようにいった。「まだ仕事は見つからないけど、とにかく社会復帰する。そこから始めていこうと思った」

中原は頷いた。賛成だ、と答えた。小夜子は英語が話せるし、資格もたくさん持っている。まだ若いし、働き口は見つかるだろう。元々、愛美が小学校の高学年になったら働く気でいたのだ。

でもね、と彼女は表情を曇らせた。「一人になることも必要だと思った」

「ひとり?」中原は虚を衝かれた思いで妻を見返した。

「そう、ひとり」小夜子は顎を引いた。覚悟を決めている顔だった。

「それは、あの、別れるってことかな」

「うん……そうだね」

中原は返す言葉が思いつかなかった。思いがけないことを聞かされたようでいて、じつはぼんやりと予想していたような気もした。

ごめん、と小夜子は謝った。

「この二か月間、何度かやりとりしたよね。電話とかメールで」

「したけど、それが何か？」

「私ね、途中で気づいたの。自分がミチ君からの電話とかメールを恐れてるってことに」

「恐れる？　どうして？」

小夜子は辛そうに眉根を寄せ、顔を傾けた。

「うまくいえないんだけど、電話の時はどんなふうに話したらいいだろうって落ち着かなくなるし、メールの場合はどんなふうに返したらいいだろうって悩むし……挙げ句に心臓がどきどきしてくるの。でも誤解しないで。ミチ君のことを嫌いになったわけじゃない。それは信じて」

中原は黙ったまま腕を組んだ。彼女のいっていることもわかるような気がした。彼にしても、電話やメールでやりとりするたびに、鳩尾が疼く感覚があったのだ。

「まあ別に、籍が入ったままでもいいのかもしれないけど……」小夜子は呟いた。

この言葉に、中原ははっとした。重要なことを忘れていたと思った。

彼女のこれからの人生だ。まだ若いのだから、子供を持つチャンスはある。しかしおそらく自分とでは無理だろうと思った。二人の間に性交渉は何年もない。とてもそんな気にはなれなかったからだ。幼い子供を失った人の中には、悲しみから早く立ち直るために子供を作る人もいる。中原はそういうタイプではなかった。もう二度と子供なんてほしくないとさえ思っている。

だが、小夜子にまでそれを押しつけるわけにはいかない。彼女がもう一度母親になるチャンスを奪ってはならない。

「少し考えさせてくれないか。なるべく早く答えを出すよ」中原はそういった。しかし、すでにこの時点で答えは出ていたのかもしれない。

4

佐山から電話があったのは、前回の連絡から三日後の午前十一時頃だ。昼過ぎに訪ねたいということだったので、お待ちしております、と答えて電話を切った。

ちょうどよかった、と中原は思った。ネットやテレビのニュースに気をつけていたが、小夜子が殺された事件に関する続報は得られていなかった。したがって犯人の名前も動機もわからないままで、ずっと気になっていたのだ。

今日のスケジュールを確認した。午後最初の葬儀は一時からだ。佐山と会っている間に別の来客があったとしても、誰かが対応してくれるだろう。

佐山は昼休みを狙ったつもりかもしれないが、『エンジェルボート』に昼休みはなかった。従業員は交代で昼食を摂ることになっている。

中原が母方の伯父からこの会社を引き継いだのは五年ほど前だ。伯父は八十歳を過ぎ、おまけに体調を崩したこともあり、会社をどうすべきか悩んでいたのだという。彼には子供がおらず、そのせいか昔から中原をとてもかわいがってくれた。

一方、その頃中原は転職を考えていた。異動させられた部署での仕事になじめずにいたからだ。とはいえ、ちょっと話があるといって伯父から呼び出された時点では、まさかそういう話だとは予想もしていなかった。

仕事自体は難しくない、と伯父はいった。

「ベテラン社員も多いから、専門的なことは彼等に任せておけばいいだろう。だけどね、誰でもできるというものでもないんだ。極端な話、たかが犬や猫に葬式か、と鼻で笑うような者ではだめだ。口に出さなくても、相手には伝わってしまうからね。かわいがっていたペットを失った飼い主、しかも葬式まであげてやろうとするほどの人は、ペットの死によって心に大きな穴が開いている。それをきちんとわかったうえで接しないといけない。飼い主が愛したものの死を受け入れられるよう手伝う、という気持ちが必要なんだ」

その点、君なら心配ない、と伯父は中原にいうのだった。

「昔から優しい子供で、人の気持ちがよくわかっていた。しかもああいう経験をして、心の痛みというものを誰よりも知っている。収入という面ではあまり期待してもらっても困るが、やり甲斐のある仕事だと私は思っている。どうだ、やってくれんかね」

中原自身はペットを飼ったことがなく、最初は戸惑った。だが話を聞いているうちに、やってもいいかな、という気になってきた。飼ったことはないが、動物は好きだ。愛したものの死を受け入れられるよう手伝う、という言葉も心に響いた。それを仕事にして日々を過ごせば、自分自身にも何か変化が訪れるのではないか、と思った。

やってみます、と中原は答えた。伯父は皺《しわ》だらけの顔に笑みを浮かべ、それがいいそれがいい、と何度も頷いていた。そしてこう付け加えた。

「きっとうまくいくよ。君子も安心するだろう」

君子とは彼の妹、つまり中原の母のことだった。それを聞いて中原は、『エンジェルボート』の後継者に中原を薦《すす》めたのは母だったのか、と気づいた。年に何度も会うわけではないし、転職を考えていることなど話した覚えはないが、元気のない息子の姿から、老いた母は何かを感じ取っていたのかもしれない。

いい歳をして親に心配をかけているのだと知り、自己嫌悪を覚えた。自分は全く一人前ではない。周りに支えられ、辛うじて立っているのだ、と痛感した。

現在の自分はどうだろう、と中原は思った。自分一人で立っているだろうか。そしてこうも考えた。小夜子はどうだったのか、と。

佐山が来たら彼女のことを少し尋ねてみよう、と思った。

その佐山は、正午を少し過ぎた頃にやってきた。手土産として鯛焼きを持ってきたので、そんな気は遣わなくてもいいと中原はいった。

「来る途中に旨そうな店があったので買ってみたんです。皆さんで召し上がってください」

「そうですか。では遠慮なく」

受け取った紙袋は温かかった。

前回と同様、ティーバッグで淹れた茶を出した。

「捜査のほうはどうですか」中原は訊いた。「先日の電話では、犯人が出頭してきたという話でしたが……」

「いろいろと調べているところです。しかしわからないことも多くて」

「でも自供しているんでしょう?」

「まあ、そうなんですが」なぜか佐山は歯切れが悪い。そして書類鞄から一枚の写真を出し、机の上に置いた。「この男です。どこかで見たことはありませんか」

写真の中では一人の男が正面を向いていた。それを見て、中原は意外な思いがした。何となく若い男を想像していたのだが、そこに写っているのは七十歳ぐらいの老人だった。痩せていて、白髪《しらが》交じりの頭は薄い。無愛想な表情をしているが、人相は凶悪というほどでもない。

いかがですか、と佐山は重ねて訊いてきた。

中原は、かぶりを振った。

「知らないですね。会ったことはないと思います」

すると佐山は一枚のメモを置いた。そこには『町村作造』と書いてあった。

「マチムラサクゾウと読みます。この名前に心当たりは？」

まちむら、と復唱してから中原は首を捻った。思い出すことは何ひとつないからだ。そのことをいうと、佐山はもう一度写真を手にした。

「よく御覧になってください。ここに写っているのは現在の姿ですが、会ったのが昔だとしたら、印象はずいぶんと違っている可能性があります。この人物の若い頃の顔を想像してみてください。誰か、知っている人物に似ていませんか」

そういわれ、中原は改めて写真を凝視した。たしかに人の顔というものは年齢と共に変わっていく。以前、中学時代の同級生と会った時には驚いた。まるで別人だった。

だがどんなに写真の顔を見つめていても、喚起される記憶はなかった。

「わかりません。昔、どこかで会っているのかもしれません。でも思い出せません」

「そうですか」佐山は無念そうに眉根を寄せ、写真を鞄に戻した。

「一体、何者なんですか」中原は訊いた。

佐山は吐息をついてから口を開いた。

「六十八歳で無職です。北千住《きたせんじゅ》のアパートに一人で住んでいます。今のところ、浜岡小夜子さんとは何の繋がりも見つかっておりません。本人も、浜岡さんのことは知らないといっています。金目当てで、たまたま見つけた女性の跡をつけ、襲ったのだと」

「なんだ、そうなんですか」拍子抜けした。「それなら、私がそんな男のことを知っているはずがないじゃないですか」

「ええまあ、そういうことになりますが……」佐山は語尾を濁した。

「金目当てだとおっしゃいましたね。何か奪ったものがあるんですか」

「バッグを奪ったといっています。警察に出頭する際には、中に入っていたという財布だけを持っていました。バッグは近くの川に捨てたそうです。財布からは浜岡さんの運転免許証が見つかりました」

「それなら本人のいっている通りじゃないんですか」

「現時点では、そう考えるしかなさそうです。しかしいくつか腑に落ちないことがありましてね。それでこうして中原さんのところにまで出向いてきたというわけです」

「どういったことが腑に落ちないのですか？」そういってから中原は顔の前で小さく手を

振った。「ああいや、だめですね。捜査上の秘密を話せるわけがなかった」

「今回は大丈夫です。すでに一部の報道機関には発表されていますから」佐山は苦笑を浮かべた後、真顔に戻って頭を下げた。「お嬢さんの事件の時には失礼いたしました」

中原は、いいえ、と小声で答えた。

佐山が顔を上げた。

「奇妙なのは、まず場所です。先日もお話ししましたが、現場は江東区の木場です。浜岡さんのマンションのそばでした。ところが町村の住まいは北千住。はるか遠くとはいいませんが、歩ける距離でもない。なぜそんな場所で犯行に及んだのか」

中原は頭の中で地図を思い浮かべた。たしかに妥当な疑問だ。

「本人は何と?」

「特に理由はない、と」佐山は肩をすくめた。「自宅の近くで事件を起こすのは何となく危険な気がしたので、地下鉄に乗って移動し、適当な駅で降りて獲物を探した——そんなふうにいっています。木場駅だったのはたまたまだ、と」

「……そうなんですか」

何となく違和感があった。だが、どこがどう不自然なのか言葉にはできなかった。

「前回、凶器について何かお話ししましたっけ」佐山が訊いてきた。

「鋭い刃物、とだけ……」

「出刃包丁です。紙袋に包んだものが町村のアパートから見つかっています。刃には血痕が付着しており、DNA鑑定の結果、浜岡さんのものだと判明しました。握りの部分からは、町村の指紋が検出されています。つまり犯行に使用されたものと考えて、間違いないと思われます」

動かぬ証拠、という印象を中原は受けた。

「それが何か?」

佐山は腕組みをし、じっと見返してきた。「なぜ処分しなかったんでしょう?」

「処分?」

「凶器を、です。犯行後、なぜ部屋に持ち帰ったのでしょうか。ふつうなら途中で捨てるのではないですか。指紋なんて拭いてしまえばいい」

「たしかにそうですが……捨てようと思いながら、捨て場所が見つからずに持ち帰ってしまったとか」

「本人はそのようなことをいっています。何となく持ち帰ってしまった、とね」

「だったら、それを信じるしかないんじゃないですか」

「そうなのですが、どうにも納得がいかないんですよ。町村の話を整理すると次のようになります。まず金目当てで誰かを襲おうと思いつき、出刃包丁を紙袋に入れて部屋を出た。地下鉄に乗り、特に理由もなく木場駅まで移動した。たまたま一人の女性を見つけ、跡をつけた。そして周囲に人目がないのを確かめ、背後から呼び止めた。女性が振り返ったので包丁を示し、金を出せと脅した。しかし女性はいう通りにはせず、逃げようとした。そこであわてて追いかけ、背後から刺した。女性が倒れたので、バッグを奪い逃走」佐山は情景を思い浮かべているのか、ゆっくりと話した。「ちなみに時刻は午後九時前です。この話を聞いて、どう思われますか」

中原は首を傾げた。「短絡的で愚かな行為だと思います。でも、特におかしな点はないようですが……」

「そうでしょうか。逆算すると、町村が包丁を持って部屋を出たのは午後八時ぐらいです。人を襲って金を奪うことを思いついたにせよ、あまりにも時間帯が早すぎませんか」

「そういわれればたしかに……」

「町村自身は、時間のことなんかは気にしなかった、犯行を思いついたからすぐに部屋を出ただけだ、といっているんですがね」

中原は返事に窮した。そんな凶行に及ぶ人間の心理など、とても想像できなかった。

「何より不可解なのは、自ら出頭してきたことです。本人によれば、翌日になって大変なことをしてしまったと怖くなり、いずれ捕まるだろうと思って自首を決意したらしいのですが、この供述も不自然に思えてなりません。というのは、雑ではありますが犯行は計画的なものです。思いついてから実行するまでに三十分以上が経過している。翌日に反省するぐらいなら、その時点で冷静になるのではないでしょうか」

さあ、と中原はまた首を傾げた。

「犯罪者の心理なんて、いろいろじゃないんですか。実際には反省したわけではなく、逮捕されるのは時間の問題だと思ったので、少しでも罪を軽くしたくて自首したんじゃないんですか」

「そこなんですよ。ここだけの話、今回の犯行で町村は大きな失敗をしておりません。初動捜査でこれといった証拠が見つからず、じつは捜査が難航しそうな予感があったのです。そこで、なぜいずれ捕まると思ったのかと本人に尋ねたところ、はっきりとした答えが返ってこない。日本の警察は優秀だから、きっと自分が犯人だと突き止められると思った、というだけです。後でそんなふうに思うのなら、最初から犯行には及ばないんじゃないでしょうか」

中原は唸った。佐山のいうことは尤もではある。だが理屈に合わないことをしてしまうのが人間ではないのか。

「浜岡小夜子さんを狙った理由というのもよくわからないんです」佐山は続けた。「金を持っていそうだったからというんですが、その根拠が明確でない。何となくそう思った、としかいわないんです。しかしこういっては故人に失礼かもしれませんが、浜岡さんは特に高級そうな身なりをしていたわけではありません。ブラウスにパンツという、ごくふつうの出で立ちでした。銀行のATMから出てきたとかならわかりますが、そうではない。バッグを持っていたといっても、財布の中にどれだけの金が入っているかは不明なのです。そんな相手を狙ったというのは解せません」

佐山の話を聞くうちに、中原にも単なる金目当ての犯行とは思えなくなってきた。

「さっきの写真、もう一度見せていただけますか」

「もちろんです。よく見てください」

佐山から差し出された写真を再び見つめた。だが結果は同じだ。この男と会った覚えはなかった。中原は小さく首を振り、写真を返した。

「北千住に住んでるってことでしたね。家族はいないんですか」

たぶんいないのだろうと思ったが、佐山の返事は違った。娘が一人いて、結婚し、現在は目黒区の柿の木坂に住んでいるという。

「話を聞きに行ってみましたが、なかなか立派なお宅でした。旦那さんは大学病院に勤めている医者です」

「経済的には余裕がありそうですね」

「あると思います。実際、これまでにも何度か町村のことを援助しています。安アパートとはいえ、これまで無事に住み続けられたのも、娘夫婦のおかげみたいです」

「それなのに、今回のような事件を起こしたわけですか」

「変だと思うでしょう？　ただ調べてみると、いろいろと事情があるようでしたがね」

「というと？」

「早い話が、娘との仲がさほどうまくいっていたわけではない、娘にしても喜んで父の援助をしていたわけではない、ということです」そういってから佐山は蠅《はえ》を払うようなしぐさをした。「ああいや、この話はここまでにしておきましょう」

さすがに被疑者のプライバシーまで明かすのは、しゃべりすぎだと思ったようだ。

「小夜子の家族や知人たちにも、その男の写真を見せたわけですよね」中原は訊いた。

「もちろんです。しかし、皆さん御存じないとのことでした。だから正直いいますと、中原さんに期待をしていたんです。浜岡さんのことを一番よく知っているのは、やはりあなただと思いましたから。御両親も、そうではないかとおっしゃってました」

「小夜子の両親はまだ藤沢に？」

佐山は頷いた。

「住んでおられます。今回のことで、お二人ともかなり参ってしまった御様子でした」

中原は二人の顔を思い浮かべた。愛美が赤ん坊だった頃、奪い合うようにして抱いてくれた。「何日でも預かってあげるから、夫婦二人だけで海外旅行でもしてくれば？」というのは、小夜子の母である浜岡里江の口癖だった。

「被害者の足取りに関しても、まだわかってないんですよね」佐山は無精髭《ぶしょうひげ》の生えた顎を撫でた。

「事件に遭う前の小夜子の行動、という意味ですか」

「そうです。町村は木場駅からつけたといっていますが、では浜岡さんがそれまでどこに行っていたのか、今のところ全く不明です。仕事関係や交友関係を当たっていますが、手がかりはありません」

「買い物にでも行ってたんじゃないですか」

「そうかもしれませんが、何かを買った形跡はありません。まあ、必ず買うともかぎらないのですが」

「バッグは川に捨てられたってことでしたけど、携帯電話は調べたんですか」

「もちろん」佐山は、さらりと答えた。「部屋に残されていた領収書から電話会社はすぐに判明しましたからね。御遺族から許可を取って調べました。二台とも」

「二台？」

「スマートフォンと昔ながらの携帯電話です。所謂《いわゆる》、二台持ちというやつです。通話するだけなら、昔のタイプのほうが便利ですからね。アクティブに仕事をする人に増えているようです」

「アクティブ……ですか。小夜子は、どういった仕事をしていたんですか」

「出版関係だったようです。取材とかをすることもあったとか」

「へえ……」

二台の通信機器を操る小夜子の姿が目に浮かんだ。自分とは違う世界にいたのだなと中原は改めて思った。

「関係者から聞いた話では、浜岡さんはいつも小さな取材ノートを持ち歩いていたそうです。どうやら、そいつもバッグの中に入っていたらしい。事件とは関係がないのかもしれませんが、見つからないとなると気になります」そういいながら佐山は時計を見て、腰を上げた。「もうこんな時間だ。――本日はどうも御協力ありがとうございました」

どうやら、これ以上粘っても何も出てきそうにないと思ったらしい。

「お役に立てなくてすみません」

「とんでもない。今後、どんな些細なことでも構いませんから、何か思い出されましたら連絡していただきたいのですが」

「わかりました。でも期待はしないでください」

佐山を正面玄関まで見送った後、事務所に戻った。机に目を落とすと、『町村作造』と記されたメモが残っている。

知らない名前だった。自分には無関係の人物だ。しかし小夜子とも無関係だとはかぎらない。別れてから五年。彼女には彼女の人生があったはずだ。

ふと思いついたことがあり、中原は携帯電話を取り上げた。登録してある電話番号の中には、小夜子の実家のものもある。少し逡巡した後、電話をかけてみた。

間もなく繋がった。どんなふうに切りだそうかと考えているうちに呼び出し音は途切れ、はい浜岡ですが、と年配の女性の声がした。浜岡里江に違いなかった。

躊躇いがちに中原が名乗ると、ほんの少し間があいた後、あああ、と絞り出すような声が聞こえてきた。

「道正さん……お久しぶりねえ。どうされてるの？」

答えにくい質問だ。何とかやっています、と曖昧に濁した。そちらはどうですか、と尋ね返したいところだったが、その言葉は辛うじて呑み込んだ。向こうは娘が殺された直後なのだった。

「あの……事件のことを警察から聞きました」慎重に切りだした。

「ああ、そう。そうよね。警察は道正さんのところにも行くでしょうね」里江の声は苦しげだった。

「驚きました。何といっていいかわかりません。どうしてそんなことになったのか……」

「本当にそう。なんでうちばっかりこんな目に遭わないといけないのかって、さっきもうちの人と話してたところで……。だって、何も悪いことはしてないのに、ただふつうに生きてきただけなのに……」里江は嗚咽《おえつ》を漏らし始めた。話すのも辛そうだ。電話なんかするべきではなかったのかな、と中原は思った。

ごめんなさい、と里江は謝った。「わざわざ電話をくださったのに泣いちゃって」

「何かお手伝いできることがあればと思ったものですから」

「ありがとうございます。まだ頭の中は真っ白なんですけどね。とにかくやるべきことはやっておこうと思い始めたところなの」

「やるべきこと？」

「お葬式」里江はいった。「ようやく警察から遺体が戻ってきたの。今夜、通夜なのよ」

斎場は駅からタクシーで数分のところにあった。木々が茂った広大な墓園の敷地内だ。小夜子の通夜は、やや小さめのホールで執り行われていた。僧侶の読経が流れる中、ほかの会葬者たちに続いて中原は焼香し、遺影の前で手を合わせた。写真の小夜子は笑っていた。自分と別れた後には笑えるようなこともあったのだなと思い、ほんの少しだがほっとした気持ちになった。

中原が来ていることには、すでに両親たちは気づいている様子だった。焼香を済ませて彼等の前で頭を下げた時、「もし時間があるなら、後で少しお話を」と里江が囁《ささや》きかけてきた。元々小柄な彼女だったが、以前よりもさらに小さくなったように見えた。

わかりました、と中原はかつて義理の両親だった二人を交互に見た。小夜子の父宗一《そういち》が頷いた。恰幅のよかった彼も、頬がそげ落ちていた。

ホールの隣にある部屋に、通夜振る舞いが用意されていた。中原が隅の席でビールを舐《な》めていると、何人かから声をかけられた。皆、小夜子の親戚にあたる人物だった。中原たちの離婚が決して仲違いなどが原因ではないとわかっているから、近づいてきてくれたのだろう。

「今は何をしているんですか？」そう尋ねたのは小夜子より三歳上の従姉《いとこ》だ。

中原が仕事内容を話すと、その場にいた全員が意外そうな顔をした。

「動物の葬儀屋ねえ。どうしてまた、そんな仕事を？」別の親戚の男性が訊いた。

「それはまあ、いきがかり上というか……」

伯父から会社を引き継いだ経緯を大まかに話した。

「悪くない仕事ですよ。ここと同じ、人間の斎場と同じです。静かで、落ち着いた雰囲気の中で、自分のすべきことを淡々とこなしていくんです。しかも人間の葬儀と違って、損得や怨恨みたいなものはありません。喪主さんたちは、愛するものの死を、ただ純粋に悲しんでいます。それを見ていると、穏やかな気持ちになります」

中原の話を聞き、親戚の者たちは黙り込んだ。愛美の死、そして無論小夜子の理不尽な死のことを考えているに違いなかった。

ではまた、といって彼等は遠ざかっていった。もう会うことはないだろうなと思いながら、中原は皆の背中を見送った。

それから間もなく、里江がやってきた。

「道正さん、わざわざ来てくださって……」ハンカチを目元に当て、彼女は何度も頭を下げた。

「このたびは大変なことでしたね」

里江は、ゆらゆらと頭を振った。

「まだ信じられないんですよ。警察から連絡があった時には、愛美ちゃんのことをいっているのかと思いました。他殺の疑いがあるとかいうものですから。今頃何をいってるんだろう、十年以上も前の話なのに、なんて。でもよく聞いてみたら、小夜子が殺されたんだってことで……」

「お気持ちはよくわかります。僕もそうでした」

里江は顔を上げ、赤く充血した目を向けてきた。

「そうですよね。たぶん道正さんが一番私たちの気持ちがわかるんだろうと思います」

「今日、佐山という警視庁の刑事が来ました。犯人は金目当てで小夜子さんを襲ったといっているそうですね」

「そうらしいです。全くひどい話だと思います。お金のために人を殺すだなんて」

「でも佐山刑事によれば、そう考えるにはいろいろと不自然な点が多いそうです。だから小夜子さんと犯人の間に何か関係があったのではと疑っている口ぶりでした」

「そのことは私も聞きました。だけどあんな男のこと、私は知りません。うちの人も知らないといっていいます。小夜子から聞いた覚えもないんです。あの子が誰かから恨まれたりするわけないし、やっぱり無関係だと思います」里江の口調は少し尖《とが》ったものになった。自分の娘と人殺しの男に何らかの繋がりがあった可能性など、想像したくもないのだろう。

里江が中原の近況を尋ねてきた。彼が現在の仕事について話すと、彼女は合点がいったような顔で頷いた。

「それはいいお仕事ね。道正さんに向いていそう」

「そうですか」

「だってお優しいもの。小さな命ほど皆で守ってやらなきゃいけないって、いつもおっしゃってたでしょ。愛美ちゃんがあんな目に遭う前から」

「そうでしたっけ……」

「そうよ。だから事件が起きた時、神も仏もないもんだなと思いました」

その台詞は裁判でいった覚えがあるが、事件前から口にしていた記憶はない。だが自分が忘れているのか、里江が勘違いしているのか、もはや確認する術《すべ》はなかった。

「小夜子さんは独り暮らしをしていたそうですね。どんな暮らしをしていたんでしょうか」

この問いに、里江は少し気後《きおく》れしたような表情を見せた。

「あの子からは何も聞いておられないんですか」

中原は首を振った。

「離婚後は殆どやりとりをしていません。僕の仕事についても、彼女は知らなかったはずです」

「そうだったんですか」

里江によれば、しばらく実家で暮らしていた小夜子は、かつて同級生だった雑誌編集者の計らいでライターの仕事を貰えるようになったのだという。

そういえば、と中原は思い出した。結婚前、小夜子はコピーライターのようなことをしていた。広告代理店にいた中原と出会ったのも、ある仕事で一緒になったことがきっかけだった。さびれた街を再生させるという企画で、結局頓挫《とんざ》してしまったのだが。

「最初の頃は、女性のファッションとか美容とか、そういったものに関する文章を書いていたようです。でもそのうちに少年犯罪とか、労働環境とか、社会問題についての仕事も増えたみたいです。いろいろなところへ取材に行ってましたよ。最近では万引き依存症のことを調べてる、なんてことを話してました」

「へえ、小夜子さんが……」

意外そうな声を出してしまったが、さほど意外でもないのかも、と思い直した。中原と結婚する前は、会社勤めの合間によく一人旅をしていたのだった。しかもインドやネパール、南米といった、男でも臆してしまいそうな場所を選んでいた。知らない世界を求めての旅だから当然、とよくいっていた。考えてみれば、本来は活動的な性格だったのだ。

「おかあさん、彼女は……小夜子さんはある程度は立ち直っていたんでしょうか。愛美の事件については、心の整理がついていたと思いますか」

里江は、さあ、と首を傾げた。

「そんなことはなかったと思いますよ。道正さんはどうですか」

「僕は……正直いって、全然だめです。当時のことが未だに頭から離れません。楽しいことを思い出そうとしても、次の瞬間にはもっと多くの辛い出来事が蘇ってしまいます」

里江は、ああやっぱり、とばかりに身をよじらせた。

「小夜子も同じようなことをいっていましたよ。たぶん永久にこの苦しみからは逃れられないだろうって。でも立ち止まって、後ろを振り返っていても仕方がないから、とりあえず前を向いて歩いていく、と」

「前を向いて、ですか」

中原は顔を擦り、強かったんだな、と呟いた。それに比べて自分はどうだ。心の傷の深さをただ嘆くばかりの五年間だった。

「僕と別れた後、小夜子さんは男性と付き合わなかったんですか」

「どうだったんでしょうね。そういうことはいわない子だったから。でもとりあえず、最近はいなかったみたいです。もしいたのなら、今夜現れたと思いますから」

それもそうかと思い、中原は頷いた。

里江が、ふと何かを思い出す顔になった。

「道正さんは遺族の会には入っておられなかったのね」

「遺族の会、ですか」唐突な質問に思え、中原は戸惑った。

「被殺害者遺族の会、だったかしら。殺人事件で家族を失った人たちの相談に乗ったり、支援したりする団体らしいけど」

聞いたことはあった。一審で納得のいく判決が出ずに苛立っている頃、誰だったか、そういう団体があるから相談してみてはどうかとアドバイスしてくれたのだ。結局、控訴審で死刑判決が出たので、そこに連絡することはなくなったのだったが。

「小夜子は、あの団体に入会していました」

里江の言葉に、中原は思わず背筋を伸ばしていた。「そうなんですか」

「自分たちは死刑判決を勝ち取れたけれど、世の中には理不尽な判決しか出ずに苦しんでいる人がたくさんいる。そういう人たちの力になりたいとかいってね。ボランティア活動をしたり、講演会やミーティングに出かけたりしていたようです。もっとも、自分が入会していることは人には話さないでほしいといってましたけど。抵抗勢力っていうんですか、そういうのもあるんだそうです」

「彼女がそんな活動を……」

自らが心に深い傷を受けているというのに、他人の力になろうとしていたのか。いや傷が永久に癒やされないとわかっているからこそ、苦痛を分かち合おうとしたのかもしれない。小夜子にとって前を向いて歩くとはそういうことだったのか。中原は、ますます自分が情けない人間のように思えてきた。

「そのことを警察には？」

「話しました」里江は、こっくりと頷いた。「まさか今度の事件には関係がないだろうとは思いましたけどね。あの子がそんなふうにがんばっていたってことは、隠す必要がないだろうと思ったんです」

では佐山も知っていることになる。今の話を聞き、あの刑事はどう感じただろうか。

「ひとつ伺ってもいいですか」中原は訊いた。「さっきの遺影ですが、どういう時の写真でしょうか、とてもいい笑顔なので」

「あれですか」里江は辛そうに眉間に皺を刻んだ。「あまり大きな声ではいえないのですけど、ある殺人事件の裁判で死刑判決が出た時のものです。あの子は御遺族を支援するボランティアに参加していて……。悲しいですよね。笑顔が出るのは、誰かが死刑になる時だけだったなんて」

中原は下を向いた。尋ねなければよかった、と思った。

里江と別れ、斎場を引き上げようとした時、すみません、と声をかけてきた女性がいた。四十歳前後といったところか。ショートヘアの、落ち着いた雰囲気の女性だった。

「中原さん、ですよね」

「そうですが」

「私、小夜子さんの大学時代の同級生です。ヒヤマといいます。披露宴にも呼んでいただいたんですけど」

彼女が差し出した名刺には、出版社名と所属、そして日山千鶴子《ちづこ》という名前が印刷されていた。披露宴で見た記憶はなかったが、名前は小夜子から聞いたことがあるような気がした。

中原は、あわてて自分も名刺を出した。

「もしかすると、小夜子に仕事を紹介してくださった方ですか」ついさっき里江から聞いた話を思い出し、訊いた。

「そうです。つい最近も仕事を一件お願いしていたんですけど……小夜子さん、大変なことになって」日山千鶴子は潤んだ目で中原の名刺を見て、睫《まつげ》をぴくりと動かした。「ああ、今はこういう仕事をされているんですね」

どんな時でも、中原の職場には誰もが興味を示す。

「日々、小さな命と向き合って生きています」

彼の言葉に、日山千鶴子は感慨深そうに頷いた。

彼女の少し後方に、もう一人女性がいた。連れのようだ。三十代半ばといったところか。小柄で、化粧気は少ないが整った顔立ちをしている。「あの方は?」と中原は訊いた。

日山千鶴子は後ろを振り返り、「小夜子さんが取材をした人です」と答えた。「個人的にも小夜子さんにはいろいろとお世話になったみたいで、私がお通夜に行くことを話したら、自分も焼香したいとおっしゃって」そういってから、イグチさん、とその女性に呼びかけた。

イグチと呼ばれた女性は、おずおずと近づいてきた。中原の前で立ち止まり、小さく会釈した。

日山千鶴子は彼女に中原を、小夜子さんの元旦那さん、と紹介した。

イグチです、と女性はいった。名刺は持っていないようだ。表情に翳《かげ》りがあるのは、小夜子の死を悼んでいるからか。

「小夜子はどういった取材を?」

中原の問いに、彼女は当惑の色を見せた。答えに窮しているようだったので、良くない質問だったらしいと彼は察知した。すみません、とすぐに謝った。

「プライバシーに関わる問題なんですね。お答えにならなくて結構です」

「近いうちに記事になりますから」日山千鶴子がフォローするようにいった。「掲載誌ができあがりましたら一部送らせていただきます。小夜子さんが書いた、最後の記事ですし」

それなら是非読みたいと思った。

「そうですか。よろしくお願いいたします」

ではこれで、といって日山千鶴子はイグチという女性と共に遠ざかっていった。彼女らの後ろ姿を眺めながら中原は、殺されたのが小夜子ではなく自分だったら、果たしてどういう人間が焼香に来てくれただろう、などと考えた。

小夜子の葬儀は通夜の翌日に無事執り行われたようだが、中原はそちらには出席しなかった。

葬儀の一週間後、佐山から連絡があった。新事実は出そうになく、町村本人の供述通りで起訴される見込みだとのことだった。

中原は、小夜子が被殺害者遺族の会に入っていたらしい、といってみた。

「そのようですね。そっちのほうも当たってみました」佐山は冷めた口調で答えた。

「でも何も出なかった、ということですね」

「その通りです。木場駅のそばにある防犯カメラに、浜岡さんと、少し遅れて歩く町村らしき姿が映っていました。これでもう決まりです」

「事件は単なる金銭目当ての強盗殺人事件だった、ということですか」

「そういうことで落ち着きそうです」

「佐山さんは、それで納得しておられるのですか」

ため息をつく音が聞こえた。

「納得するしかないでしょう。一人の刑事にできるのはここまでです」

納得はしていない、と無機質な声は伝えていた。

あとは裁判か、と中原は思った。小夜子の両親たちは、またしてもあの場に足を運ぶことになるのだ。

そしてたぶん死刑判決は出ない。路上で一人の女性を殺害して金を奪った——この程度の「軽い罪」では死刑にはならない。それがこの国の法律だ。

「このたびは御協力ありがとうございました」電話口で佐山がいった。「一段落したら、一度御挨拶に伺います」

この言葉は社交辞令にしか聞こえなかったが、お待ちしております、と応じておいた。

5

慶明《けいめい》大学医学部附属病院の一階ロビーには、もうあまり人は残っていなかった。外来の受付は午後五時までで、現在時刻は七時前だ。残っているのは、すでに診察を終え、診療費の支払い手続きを済ませようとする人たちだろう。

仁科由美《ゆみ》はロビーを見回した。受付窓口のそばにある椅子に、週刊誌を読む史也の姿があった。白衣姿でないのは、変に目立ちたくないからだろう。

近づいていき、声をかけた。「お待たせ」

史也は顔を上げ、おう、と頷いた。読んでいた週刊誌を閉じ、立ち上がった。そのまま何もいわずに歩きだす。ついてこい、ということらしい。

「ごめんね、急に」並んで歩きながら謝った。

「いや、別にいいよ」史也は前を向いたまま答えた。ややぶっきらぼうな口調を聞き、兄は自分の用件に気づいているのではないか、と由美は思った。

エスカレータで二階に上がった。史也は足早に廊下を進む。何度か曲がるうち、由美は方向感覚がおかしくなってきた。帰る時にも案内してもらわないと、と思った。

史也が一つの部屋の前で足を止めた。大きなスライドドアを開け、どうぞ、と中に入るよう促してきた。

室内は広く、中央に置かれた大きな机を取り囲むように、計測器なのか治療器なのかもわからない機器が並んでいる。机の上にはパソコンが置いてあった。

史也がパイプ椅子を勧めてくれたので腰を下ろした。何気なくパソコンのモニターに目をやると、そこには白黒の画像が表示されていた。それが何なのか、もちろん由美には不明だ。

「ヒゾウだ」画面を指し、史也がいった。

「ヒゾウ？　……ああ、脾臓ね。大人になれば、あまり必要じゃない臓器でしょ」

「そんなことはない。造血機能、免疫機能、いろいろと役に立っている。摘出しても影響は甚大ではないというだけのことだ」

「ふうん、で、それがどうしたの？」

「肥大している。まだ三歳なのに、こんなに」

由美は改めて画面を見た。そういわれても通常のサイズを知らないのだから、彼女には何とも答えようがなかった。

「ＮＰＣっていう病名、たぶん知らないだろうな」

「エヌ、ピー、シー？」由美は復唱してから首を振った。「知らないけど」

「正式にはニーマン・ピック病C型という。劣性遺伝する疾患だ。この子には以前から精神面や運動機能の発達に遅れが見られた。発熱と吐き気がきっかけで脾臓の肥大化が見つかったけど、最初は原因がわからなかった。だけどいくつかの検査をするうちに、NPC病だと確認できた。通常は細胞内で分解されるべき老廃物、早い話がコレステロールが分解されずに蓄積していく。するとどうなると思う？」

「どうなるって……コレステロールが蓄積されるわけだから、子供なのに生活習慣病みたいなものになっちゃうとか？」

史也は首を小さく振った。

「そんな生易しい問題じゃない。コレステロールの蓄積が問題なら、減らす治療をすればいい。深刻なのは、コレステロールの分解によって生成されるべき物質が正常に生成されない、欠乏するということだ。その結果、神経症状が進行していく。動くこと、話すこと、見ること、食べることができなくなる。子供の時に発症して、二十歳まで生きることはまずない」

「……治療はできるの？」

「有効な治療法はない。日本で確認された患者数は二十人ほど。うちの大学に関していえば、ノウハウが何ひとつない。全く科学ってやつは無力だ。進歩がのろい。つまらないことに時間を潰している場合じゃないって思うよ」史也はモニターを消した。

最後の一言で、彼がなぜこんな話を始めたのかを由美は理解した。やはり用件に気づいているのだ。その上で、つまらないことに時間を潰している場合ではない、と釘を刺したのだろう。

自分だって、こんな役割はやりたくないのだ、と由美はいいたかった。

折り入って話したいことがあるので会ってくれないか、と史也にメールを送ったのは昨夜のことだ。しかもそこにはこう付け足した。花恵《はなえ》さんには内緒にしておいてほしい——。

すぐに史也から返信が来た。明日の夜七時頃に病院のロビーに来い、とのことだった。喫茶店などを指定してこなかったのは、他人に聞かれたくない話だと気づいたからかもしれない。

それで、と史也が冷めた目を向けてきた。「話というのは何だ」

由美は背筋を伸ばし、兄と正対した。

「この間、お母さんに会ってきた。大事な話があるからって呼び出されたの」

「お袋は元気そうだったか」

「そうね……身体には、異状はないみたいだった」

身体には、という部分を強調した。

「それはよかった」無表情で史也はいった。「で?」

由美は大きく吐息をついてから口を開いた。

「兄さんを説得してほしいっていわれた。花恵さんと別れるようにって」

史也は、ふんと鼻を鳴らし、げんなりしたように口元を曲げた。

「やっぱりそういう話か。おまえも、損な役回りを引き受けさせられたものだな」

「そう思うなら、少しは考えてみてくれない？　ていうか――」由美は兄の浅黒い顔を見つめた。「考えたことはないの？　一度も」

「ないね」史也は素っ気なくいった。「なんでそんなことを考えなきゃいけないんだ」

「だって」由美は室内を見回した後、視線を兄の顔に戻した。「大学とか病院で何かいわれないの？」

「何かって？」

「だから、事件のことで」

史也は腕組みをし、小さく肩をすくめた。

「嫁の父親が殺人事件を起こして、よく平気でいられるな、とかか？」

「そんなひどい言い方をする人はいないだろうけど……」

「陰ではそんなふうにいわれてるようだ」史也は、さらりといった。

由美は目を見開いた。「やっぱりばれてるんだ」

「刑事が何度か大学に来たからな。俺の周りの人間からも話を聞いたらしい。どんな事件か刑事は話さなかっただろうけど、調べるのは難しくない。木場で起きた殺人事件の犯人の名字が町村で、俺の嫁の旧姓が町村。ネット好きで暇な人間にとっちゃ、格好のネタだ。医学部中に広がるのに、一日とはかからなかったんじゃないか」

「そんなことになってたんだ。それで大丈夫なの？」

「何がだ？　別に職を奪われたわけじゃない。こうして以前と同じように小児科医をやっている」

「でも陰口を叩かれているんでしょ。今後、大学や病院での立場が弱くなるんじゃないかって、お母さんは心配してた」

「大きなお世話だ。素人は黙っとけって、いっといてくれ」

「じゃあ家のほうはどう？　近所の人なんか、どんなふうなのよ。変な目で見てこない？」

「さあな、どうかな。俺はあまり近所の人間とは顔を合わせないから、よくわからん。花恵からは何も聞いてない。でも近所にも刑事は聞き込みをしたはずだから、何もばれてないっていう可能性は低いだろうな」史也は他人事のようにいった。

由美は深呼吸を一つした。

「もう一つ訊かせて。兄さん、あたしたちのことはどう考えているわけ？　あたしやお母さんのことは」

史也は鼻の上に皺を寄せ、指先で眉間を掻いた。「何か迷惑をかけてるか?」

「あたしに関しては何もない。刑事はあたしのところにも来たけど、あたしの周りにまでは手を広げなかったみたいだから。でもお母さんは違う。親戚から攻撃を受けてる。一日も早く離婚させるべきだって、責められてる。親戚は、このままだと由美ちゃんの将来にまで影響が出るって心配もしてくれてるみたい。でも考えてみたらそうよね。兄の義理の父が殺人犯——これってプロポーズを躊躇わせるには十分な情報だもの」

史也はため息をつき、片手を机の上に載せた。苛立ちを示すように、人差し指で机の表面を何度か叩いた。「じゃあ、縁を切るか?」

「はあ? 何それ。誰と誰が縁を切るの?」

「俺は花恵と別れる気はない。でもそれだとおまえたちが困るというのなら、俺がおまえたちと縁を切るしかないだろ」

「兄さん、本気でいってるの?」

「もちろん本気だ。人に何かいわれたら、あんな兄とは縁を切ったといえばいい」史也は腕時計に目を落とした。「悪いが、こんな話で長い時間を使う気は俺にはない」

「もう一つだけ。弁護士費用を兄さんが出してるって聞いたけど、それ本当?」

「本当だ」

「どうして?」

「その質問をする理由こそわからない。嫁の父親が被告人になるんだ。弁護士を雇うのは当然のことだろう」史也は睨み返してきた。反論は許さない、と威嚇《いかく》しているようだ。

由美は肩から力を抜き、立ち上がった。「お邪魔しました」

入る時と同様、史也がスライドドアを開けた。そこから廊下に出た後、「俺からもひとつ質問させてくれ」と史也はいった。「なぜ、翔《しょう》のことをいわないんだ」

不意をつかれ、由美はぎくりとした。「翔君のことって？」

「親戚たちは、おまえの将来は心配してくれているようだな。じゃあ、翔のことはどうなんだ。心配してないのか。由美、おまえはどうなんだ」

「それは……」由美は唇を舐めながら言葉を探した。「もちろん心配してる。でもそれは兄さんが考えることだと思うから。だって翔君は兄さんの子供でしょ」

「当たり前だ」

「だったら、しっかり考えてあげて」そういって歩きだした。

エスカレータまで史也が送ってくれた。別れ際、仕事の邪魔をしてごめんなさい、と由美は謝った。

「こっちこそ、迷惑をかけてすまない」

史也の言葉に、由美ははっとした。今日初めて、彼が心を開いたような気がした。

「仕事をしすぎて、身体を壊さないようにね。医者の不養生っていうから」

「ああ、気をつける」

頷いた兄は唇に笑みを浮かべていた。それを見てから由美はエスカレータに乗った。たぶん彼だって苦しいんだろうな、と思った。

由美は静岡県の富士宮市で生まれ育った。父は地元で食品メーカーを経営していて、家はそれなりに裕福ではあった。家族は両親と祖母、五歳上の史也、そして薄茶色の柴犬だった。この中で最初に家からいなくなったのは史也だ。東京の慶明大学医学部に進んだのだ。これは仁科家にとっては快挙だった。大学合格の報《しら》せを受けた夜、父は部下たちを自宅に呼びつけ、庭でバーベキューパーティをした。父の自慢話があまりにくどいので、怒った史也が部屋に閉じこもって出てこなくなってしまう、ということがあった。

次にいなくなったのは祖母だ。ある日、庭で倒れ、そのまま病院で息を引き取った。心不全だった。すると祖母がかわいがっていた柴犬が、途端に元気がなくなった。食事を食べなくなり、動きも鈍くなった。獣医に診せると、寿命ですね、といわれた。実際、それから間もなく祖母の後を追った。

由美は兄と同様、十八歳の春に家を出た。やはり東京の大学に入学したからだ。ただし偏差値は慶明大学医学部とは比べものにならない。「ただ都会で遊びたいがための上京だろう」と父には見抜かれていた。

その父は二年前に急逝した。クモ膜下出血だった。会社を後進に譲り、残りの人生を楽しもうとしていた矢先のことだった。

こうしてかつて賑やかだった家には、母の妙子《たえこ》だけが残された。まだ六十過ぎの妙子は口も身体も元気だ。父が生きていた頃から暇さえあれば由美に電話をかけてきて、あれこれと愚痴をこぼしたり、由美の交友関係について根掘り葉掘り尋ねたりしていたが、父の死後、いっそうひどくなった。

特に由美が憂鬱になるのは、史也の妻つまり花恵の悪口をいうことだった。頭が悪い、育ちが悪い、ろくに家事ができない、顔は特に美人でもないし、むしろ地味——容赦がなかった。そして最後には必ずこう付け足すのだ。

「全くもう、史也はなんだってあんな馬鹿女なんかに引っ掛かったのかねえ」

これに対して反論するのは厳禁だ。妙子の神経を逆撫ですることになる。一度、「いいんじゃないの。兄さんが好きで結婚したわけだし」といってみたところ、「私はあの子が不幸になりそうだから心配しているのに、あなたは薄情だ」と延々と叱られたのだ。それ以来、母が何をいっても、そうねそうねと聞き流すことにしている。

史也たちが結婚したのは、今から五年ほど前だ。結婚式も披露宴もやらず、ある日突然入籍を済ませたらしい。由美がそのことを知ったのは、妙子からの電話でだった。「入籍したっていうんだけど、あなた何か聞いてる?」と怒った口調で尋ねてきたのだ。

それから間もなく史也は花恵を実家に連れていったようだが、息子の嫁を見て、両親は事情を察知した。彼女は妊娠していたのだ。すでに八か月に入っていた。

軽い気持ちで付き合ったところ、相手が妊娠してしまった。それで責任感が強い史也は結婚を決意した——両親としては、そう解釈するしかなかった。話を聞いた時、由美もそうだろうと思った。

妙子には花恵が、うまく息子をたらしこんだ性悪女《しょうわるおんな》にしか見えなかったらしい。最初から印象がよくなかったのだ。

だが、母の気持ちもわからないではなかった。ふだんは殆ど付き合いがないが、法事などの時には花恵とも顔を合わせる。そのたびに妙子ほどではないが、どうしてこの人だったのかなと首を傾げたくなるのだ。気が利かず、うっかりすることが多い。何をするにも要領が悪い。行動を見ていて、いらいらするのはしょっちゅうだ。

ただ、性格は悪くなかった。優しいし、親切だ。何より、史也のことを大切に考えてくれているのは伝わってくる。すべてにおいて彼を最優先し、自らの主体性は放棄しているかのようだ。もしかすると史也は、研究者の妻にはそんなタイプがいいと考えたのかもしれない。

しかし妙子の不満の原因が、花恵本人にだけあるわけではないことも、由美にはわかっていた。妙子が花恵について頻繁に口にする「育ちが悪い」という台詞は、彼女の父親を意識してのものだった。

花恵について由美は、詳しいことを何も知らない。史也が話さないからだ。ただ家族がいる様子はなかった。だから花恵のことを、天涯孤独の身なのかなと漠然と想像していた。ところがそうではなかった。花恵の出身地である富山県に父親が住んでいたのだ。そのこともまた妙子からの電話で知った。由美たちの父が亡くなってから、半年ほど後のことだった。

「びっくりしちゃったわよ。急に連絡してきて、今度花恵の親父さんを引き取ることにしたから、なんていうんだもの。何のことをいってるのか、最初は呑み込めなかったわ」

妙子の話によれば、生活保護を削減しようとした町役場が受給者たちの家族を捜していたところ、ある受給者の娘が東京で医師のもとに嫁いでいるのを見つけた、とのことだった。無論その娘というのは花恵だ。

「何それ。兄さんが面倒みなきゃいけないわけ？　実の親じゃないんだし、そんな義務はないんじゃないの？」

「私もそういったんだけど、もう決めたことだからって。あの子は頑固だから、私のいうことなんか聞いちゃくれないのよ」母は電話口で嘆息した。

しばらくして、妙子は史也から花恵の父親を紹介されたらしい。その町村作造という人物は、妙子にいわせれば、「干物みたいな爺さん」だった。

「無愛想で何を考えているのかわかんないのよ。尋ねたことにもきちんと答えられないし。とにかくやることなすことに品性の欠片《かけら》もない。よーくわかった。あんなのが父親じゃ、まともに育つわけないわね」最後の悪口は花恵に向けられたものだ。さらに妙子は、「あんな爺さんがいるんじゃ、ますます史也の家になんか行けないわね」と諦めた口調で付け足した。

ところが妙子の不満は、多少解消されることになった。結果的に史也が義父を引き取ることはなかったのだ。東京には呼ぶが、アパートを借りてやり、別々に暮らすことにしたらしい。詳しい経緯を由美は知らないが、花恵が同居に難色を示したようだ。

「花恵さん、昔から父親のことを嫌ってたみたいよ」電話でそう話した妙子は、少し嬉しそうだった。

由美は町村作造には会ったことがない。史也がどの程度援助しているのかも知らなかった。兄とはいえ、所詮はよその家だ。由美には由美の生活がある。彼女自身は大学卒業後に大手自動車会社に就職し、東京本社で特許を扱う仕事をしている。忙しくて、恋人を探す暇もなかった。兄が納得しているのならそれでいいじゃないか、と思っていた。

しかし一か月前に起きた出来事には衝撃を受けた。信じたくなかった。例によって知らせてきたのは妙子だが、彼女は電話の向こうで泣いていた。

町村作造が人を殺した、というのだった。

「本当らしいのよ。さっき、史也が電話をかけてきたの。親父さんが警察に自首しに行ったって。これからどうなるかはわからないけど、一応知らせておくって」

「何よ、それ。どこの誰を殺したの？」

「わかんないのよ、それも。史也も詳しいことは知らないらしくて。一体どうしたらいいの？　殺人犯の親戚だなんて……。だからあんなじじい、放っておけばよかったのに」電話の向こうで妙子は泣き喚いた。

事件についての詳細は、しばらくしてから由美はネットの記事で知ることになった。場所は江東区木場の路上。近所に住む四十歳の女性が刺され、財布の入ったバッグを奪われるというものだった。女性を刃物で脅して金品を奪おうとしたところ、逃げられそうになったので背後から刺した――記事によれば、町村作造はそう供述しているらしい。

呆れるほどに浅はかな考えのもとに行われた犯罪だった。自分に無関係なら鼻で笑いながら記事を読んだことだろう。だが残念ながら無関係ではない。由美は会ったことのない町村作造に強い憎悪を覚えた。妙子のいう通りだと思った。こんなやつは放っておけばよかったのだ。

事件から一週間が経った頃、会社に一人の男がやってきた。男は受付で、仁科史也さんの知り合いでサヤマという者、と名乗った。受付からの連絡を聞き、由美はある予感を抱いた。

その予感は的中した。来客室で向き合った相手は警視庁捜査一課の刑事だった。体格がよく、笑顔の時でも目つきは鋭かった。

佐山からの最初の質問は、今回の事件を知った時にはどう思ったか、というものだった。

「馬鹿だと思いました。最低だって」由美はきっぱりといった。

「信じられないとか、あの人――町村作造らしくない、とは思いませんでしたか」

由美は首を振った。「だってあたし、その人には会ったこともないし」

そうですか、と佐山は浮かない表情を見せた。

「あなたが最後にお兄さんやお兄さんの家族と話したのはいつですか」

「父の三回忌……だったかな。五か月前です」

「その時、お兄さんたちに何か変わった様子はありませんでしたか」

「変わった様子？」思わず眉間に皺を寄せた。

「どんなことでも結構です。喧嘩している様子だったとか、深刻そうだったとか」

さあ、と由美は首を傾げた。おかしな質問ばかりだ。

「あまり話さなかったので、よくわかりません」

では最後に、といって佐山は一枚の写真を見せた。「この方に見覚えはありませんか」

そこに写っているのは、勝ち気そうな顔をしたショートヘアの女性だった。年齢は三十代後半だろうか。わりと美人だ。見たことはなかったので、そう答えた。

「ではハマオカサヨコという名前に心当たりは？」

「ハマオカサヨコ……」口に出してから、はっと気づいた。「もしかすると被害に遭った女性の名前ですか」

佐山はこの問いには答えず、「この名前を事件の前に耳にしたことはありませんか」と改めて訊いてきた。

「ありません。どうしてですか。だって、たまたま刺した相手がその女性だったってことなんでしょう？　違うんですか」

この質問にも佐山は答えなかった。「御協力ありがとうございました」といって写真を鞄にしまったのだった。

後でわかったことだが、この日は妙子のところへも別の刑事が来て、同じような質問をして帰ったらしい。

「どういうことだろうね。なんで警察は、私たちが被害者の女の人を知っているように思ったのかしら」電話で妙子はいった。首を捻っている様子が目に浮かんだ。

「もしかしたら、何か繋がりがあると思ってるのかな」由美は思いつきを口にした。

「繋がりって？」

「だから爺さんと被害者の間によ。でなきゃ、あんなふうには訊かないんじゃないかな」

「どうして？　爺さんは金目当てで狙っただけでしょ。相手なんか誰でもよかったんじゃないの」

「だと思うけど……」

二人で話していても結論は出なかった。

その後、捜査がどうなったのか、由美は何ひとつ知らない。佐山は、あれ以来彼女の前には姿を見せなかった。

そして史也にいったように、先日妙子から呼び出しを受けた。直接会って話したいから、富士宮まで来てほしいというのだった。

花恵と離婚するよう史也を説得してほしいという頼みには閉口した。自分でいえばいいではないかとついいった。

「あの子が私のいうことを聞くと思う？」妙子は湯飲み茶碗を手に眉をひそめた。

まあ無理だろうな、と由美も思う。しかし自分がいってどうにかなるとも思えない。

「そうかもしれないけど、とりあえずいってみて。史也はあなたにだけは優しいから。お願い」

手を合わされると断り切れなかった。じゃあとりあえず、と不承不承で引き受けた。

「じつはね、今度のことがある前から、どうにかしなきゃいけないんじゃないかって思ってたのよ」なぜか妙子は声のトーンを落とした。

「どうにかって？」

「だから花恵さんとのこと。別れさせたほうがいいんじゃないかって考えてたの」

「どうして？　頭が悪くて、おまけに育ちが悪いから？」

妙子は顔をしかめ、小さく手を振った。

「そういうことじゃないわよ。私が問題にしてるのは翔ちゃんのこと」

ああ、と由美は頷いた。母のいいたいことは察しがついた。

「やっぱり変だと思わない？　この前の三回忌で見たでしょ？　どう思う？」

「そうねえ……」由美は重たい口を開いた。「まあ、兄さんに似てるとはいいがたいけど」

「でしょう？　親戚なんかも、みんないうのよ。全然似てないって」

「だけど兄さん自身は、自分の子だっていってるわけでしょ。だったら、外野があれこれいうのはどうなの？」

「騙されてるのよ、史也は。たぶん花恵さんには、史也のほかにもう一人付き合ってる男がいたのよ。二股かけてたってこと。でも結婚相手としては史也のほうが条件がいいから、あの子を選んだわけ。ところが生まれてきたのは、もう一人の男の子供だったってことよ。それしか考えられない。花恵さんには、生まれる前からわかってたかもしれないわね。女にはわかるものだから。全くもう、頑固なくせにお人好しなんだから」

証拠がないのに妙子は断定口調だ。しかし由美も、おそらくそういうことなのだろうな、と踏んでいた。史也もそうだが、仁科家の人間は総じて和風の顔立ちだ。彫りはあまり深くないし、目鼻だちがはっきりしているとはいいがたい。ところが翔は、目が大きくて派手な顔立ちだ。瞼《まぶた》だって史也と違って二重だ。どこをどう探しても、史也に似ている部分がないのだった。

DNA鑑定を頼んだらどうだろうか、と妙子はいった。

「そうすればはっきりするでしょう？　じつの息子でないとわかったら、史也の気持ちも変わるんじゃないかしら」

「どうやってやるの？　兄さんが承知すると思う？」

「だからそれはあの子には内緒でやるのよ。結果が出てから教えるの」

だめだめ、と由美は手を横に振った。

「そんなことをしたら、兄さん、ものすごく怒るわよ。それに本人に無断ではできないんじゃないかな。もしできたとしても、裁判とかには使えないはずよ」

「そうなの？　じゃあ、何とかして史也を説得するしかないわけね」

「いっておくけど、その役目はお断りするからね。離婚するようにいうだけでも気が重いのに、翔ちゃんとの親子鑑定なんて、とてもいい出せない」

由美の言葉に妙子は頭痛をこらえるように自分のこめかみを押さえた。

「困ったわね。あなただけが頼りなのに。ああもう、人殺しの舅の面倒を見させられて、他人の子供を育てさせられて、史也は一体どうなっちゃうのかしら」

慶明大学医学部附属病院を出て、駅に向かって歩きながら、由美は母親の嘆きを思い出していた。妙子は史也が騙されているだけだと思い込んでいるようだが、果たしてそうだろうか。

先程までの兄とのやりとりを振り返った。

彼は明らかに、翔との親子関係が周囲の人間に疑われていることをわかっている。しかしそれについて触れられるのを避けている。

もしかしたら兄自身は真実を知っているのではないか、と由美は思った。

6

午後十時を過ぎて、ようやく翔が眠りについた。花恵は、そっとベッドから離れた。息子の身体に毛布を掛け直してやる。翔はバンザイをするように両手を挙げていた。その顔を見て、やっぱりあの男に似てきた、と彼女は思った。目は二重で、鼻は細い。おまけに髪はやや癖毛だ。いずれも花恵や史也の特徴とはいいがたい。

せめてあたしそっくりならよかったのに、と思った。もしそうだったなら、父親との類似についてはそれほど誰も気にはしない。母親にもあまり似ていないから不思議がられるのだ。

足音をたてぬよう気をつけて階段を下りた。居間のドアの隙間から明かりが漏れている。開けてみると史也がテーブルに向かっていた。便箋を広げ、万年筆を手にしている。

「手紙を書いてるの？」

ああ、と彼は万年筆を置いた。「浜岡さんの御両親に出そうと思ってね」

花恵は、はっと息を呑んだ。そんなことは考えもしなかった。

「……どういう手紙？」

「もちろん、お詫びだ。こんなものを受け取ったって、向こうは不愉快なだけだろうけれど、何もしないというわけにもいかないからな」史也は便箋をはがし、花恵のほうに差し出した。「ちょっと読んでみてくれないか」

「読んでいいの？」

「もちろんだ。俺と君の連名にしてあるから」

花恵は籐の椅子に腰を下ろし、便箋を受け取った。そこには青いインクの文字が次のように並んでいた。

『このような書簡など御迷惑であることは重々承知しておりますが、どうしてもお伝えしたいことがあり、筆をとらせていただきました。すぐに破り捨てられても文句をいえる立場ではありませんが、一読していただけることを願っております。

浜岡様、このたびは誠に申し訳ございませんでした。手塩にかけてお育てになったお嬢様の命を、あのような形で奪われるとは、おそらく夢にも思われなかったでしょう。私どもにも息子がおりますので、どれほど無念なお気持ちかは、容易に想像がつきます。胸が痛むどころの話ではございません。

義父のしでかしたことは、人間として最低の行為です。到底許されることではありません。裁判でどのような判決が下されるかはわかりませんが、死をもって償うべきとの結論が出ても、何ひとつ弁明できないと思います。

詳しいことは私どもも把握していないのですが、弁護士の話などから察しますと、どうやら義父はお金目当てで今回の犯行に及んだようです。何と愚かなことを、と嘆かずにはいられません。

しかし動機がそういうものなら、責任の一端は私どもにもあるのです。仕事を持たない高齢の義父がこのところ困窮していることは、薄々わかってはおりました。妻によれば、事件を起こす数日前にも連絡があり、お金を無心してきたそうなのです。しかし妻と義父の関係は元々あまり良好ではなく、加えてあまり私に迷惑をかけたくないという気遣いから、妻はそれを断ったようです。その時、今後一切金銭面での援助はしない、と宣告したそうなのです。

義父の生活がどこまで逼迫《ひっぱく》していたかは不明ですが、妻に支援を断られたため、一時の気の迷いで今回の犯行に走ったのだとしたら、一因は私どもにもございます。そのことに気づいた時、身体の震えが止まらなくなりました。義父が裁かれるのは当然ですが、私どもも御遺族の皆様にお詫びせねばなりません。

浜岡様、どうか直《じか》に謝罪させていただく機会を作ってはいただけないでしょうか。牢屋にいる義父だと思って、殴るなり蹴るなりしていただいても結構です。そんなことで憎しみや怒りがおさまらないことはわかっておりますが、ほんの少しでも誠意を示せたらという思いで、お願いさせていただく次第です。

深い悲しみに包まれている時に、このような拙文を読まされ、一層煩わしいお気持ちになられたかもしれません。本当に申し訳ございません。

最後になりましたが、お嬢様のご冥福を心よりお祈りいたします。』

文末には史也がいったように、彼と花恵の名前が記されていた。

花恵は顔を上げた。史也と目が合った。

「どうだ？」

「うん、いいと思うけど」彼女は便箋を返した。史也が書いた文章に、学のない自分が物言いなどつけられるはずがない。「会うの？　向こうの人に」

「会ってもいいという回答が来たらね。でも、たぶん無理だろうな」史也は便箋を奇麗に畳み、傍らに置いてあった封筒に入れた。封筒の表には、『御遺族様へ』とある。「これを明日、小田《おだ》先生に渡すよ」

小田というのは、作造の弁護士だ。

「お義父《とう》さんは謝罪の手紙を書いたのかな。書かせるつもりだって、前に小田先生はいってたんだけど」

花恵は首を傾げた。「あの人は、ずぼらだから……」

「謝罪の意思を形にしておくことは重要だ。裁判に関わってくる。今俺たちが考えるべきことは、どうすれば少しでも量刑を下げられるか、だからね。明日、先生に確かめてみよう」史也は横に置いてあった書類鞄を開け、封筒を中に入れた。「ところで、幼稚園の件はどうなった？」

ああ、と花恵は目を伏せた。「やっぱり移ったほうがいいんじゃないですかって……」

「そういわれたのか」

「うん。今日、園長先生から」

史也は顔をしかめ、眉の上を掻いた。

「移ったって同じじゃないのか。そこで噂になったらどうする？　また移らせるのか」

「遠くの幼稚園なら大丈夫だと思う。たぶん今回の噂の元は藤井《ふじい》さんだと思うし」

史也はため息をつき、室内を見回した。「ここも引っ越したほうがいいってことか」

「できれば……だけど」

「そのためには、まずこの家を売らなきゃいけない。変な噂が近所で流れてるのだとしたら、売るのも苦労しそうだな」

「ごめんなさい……」花恵は頭を下げた。

「君は何も悪くないだろ」史也は不機嫌な口調でいい、腰を上げた。「風呂に入ってくる」

はいと答え、花恵は夫の背中を見送った。

テーブルの上を片付けた。書き損じた便箋が丸められている。きっと、文面をあれこれと練ったに違いない。

今の辛い局面も、黙って史也についていけば乗り越えられるのかもしれない、と花恵は思った。だから自分が弱気になってはいけないのだ、とも。

幼稚園の友達が遊んでくれない、と翔がいいだしたのは先週のことだ。最初は意味がわからなかった。だが、何度かやりとりをしているうちに事態がのみ込めてきた。

翔君のおじいさんは悪い人なんでしょ、だから翔君とは遊んじゃいけないんだ——そんなふうに友達からいわれたらしい。翔は何が何だかわからない。「おじいちゃんは悪い人なの？」と花恵に訊いてきた。

幼稚園に行き、事情を確認した。小柄な男性園長は、「状況は把握しております」と慎重な口ぶりでいった。仁科翔君のおじいさんが人を殺したという噂が広がり、園児の保護者たちから問い合わせを受けるようになった、今後の対応を迫られ、園としても判断に困っているところだ、と告げてきた。

噂の元が同じ町内に住む藤井という家だということは明らかだった。その家には翔と同じ幼稚園に通っている子供がいる。作造が逮捕された直後、複数の捜査員が近所に聞き込みをしたことはわかっている。おそらく藤井家にも来たのだろう。

作造の犯行を知った時から覚悟していたことではあるが、やはり殺人加害者の家族は世間から冷たい目で見られる。凶悪犯と血が繫がっているというだけで生理的に嫌悪する気持ちは花恵にも理解できた。逆の立場なら、自分もそうだろう。また、そんな危険な人間が身内にいながら、その行動を監視しなかった責任を問われているのかもしれない。

しかし耐えねばならない、と花恵は思った。父親が犯罪者になってしまったことは、もう受け入れるしかない。今の問題は史也がいうように、いかにして量刑を下げるかだ。それはすなわち、犯行の残虐性を薄めることを意味する。そうなれば、世間の見る目も少しは変わってくるかもしれない。

妻と義父の関係は元々あまり良好ではなく――不意に手紙の一部が頭に浮かんだ。

それは事実だった。

花恵の母である克枝《かつえ》は、小さな居酒屋を一人で切り盛りしていた。両親を早くに亡くした彼女は、いつか自分で店を持ちたいと思い、水商売をしながらコツコツと貯金したのだという。居酒屋を開店させたのは、三十歳ちょうどの時だった。

その店に足繁く通ってくる客の一人に町村作造がいた。当時、彼はバッグやアクセサリーを扱う会社の営業をしていた。本社は東京だが、工場が富山にあるので、週に何度かは往復するのだと克枝には説明していた。

二人は親しくなり、やがて男女の関係を持った。作造は克枝の借家で寝泊まりすることが多くなった。そのまま、成り行き任せで結婚したらしい。式も披露宴も、それどころか引っ越しらしきこともせず、ただ男が転がり込んできた形だ。それについて後年克枝は、「男を見る目がなかった。憧れだけで結婚して、ひどい目に遭った」と嘆くことになった。

作造の会社が商標法違反で摘発されたのは、結婚してから半年後のことだ。富山の工場で作っていた商品は、海外ブランドの偽造品だったのだ。それらの品を東京や大阪のホテルなどで、特別販売会と称して売りさばいていた。

当然会社は消滅した。しかしその事実を、作造は何か月も克枝には黙っていた。東京に行かなくなったことについては、工場を監督する仕事に移ったから、と説明していた。克枝が事実を知った時、おなかには七か月になる子供がいた。

出産直前まで、克枝は居酒屋で働いたらしい。そして出産して少し動けるようになると、娘を背負って店に出たという。

なぜ作造に子守を頼まなかったのかと花恵が問うと、母は顔をしかめてこう答えた。

「そんなことを頼んだら、仕事をしない口実にするから」

克枝によれば、作造とはそういう男で、怠けることしか考えていないのだという。

実際には仕事に就いていた時期もあったようだが、いつも長続きしなかった。たしかに花恵の思い出の中に、父親が真面目に働いている姿はない。その気配すらなかった。寝転んでテレビを観ているか、パチンコに行くか、酒を飲んでいるかだ。花恵が学校の帰りに開店前の克枝の店に寄ってみると、作造がカウンターでプロ野球の日本シリーズを眺めながらビールを飲んでいたことがある。それだけならまだいいが、克枝が少し目を離した隙に、カウンターの向こうにあった手提げ金庫から一万円札をかすめ取った。花恵が睨みつけると下卑た笑みを浮かべ、内緒だ、とばかりに人差し指を唇に当てた。

稼ぎはないのに女癖は悪かった。どこでどう知り合ったのかは不明だが、いかがわしい女との浮気が絶えなかった。それでも克枝が離婚をいい出さなかったのは、ひとえに娘のためだった。片親だと何かと色眼鏡で見られる、というのだ。

花恵が高校二年の冬、克枝が倒れた。肺癌《はいがん》だった。手術は困難だと医師からいわれた。毎日、病院に通った。母親は日に日に痩せ衰えていくようだった。ある日克枝は、周りに誰もいないことを確認すると、冷蔵庫の糠《ぬか》漬け容器の中を見るようにいった。

「その中に、花恵のために貯めたお金の通帳と印鑑を入れてあるから。それを大事にしまっておきなさい。お父さんに見つかったらだめだからね」

母が自分の死後のことを考えているのは明らかだった。花恵は泣き、そんなこと考えないで、早く元気になってくれと頼んだ。

「うん、お母さんもがんばるけどね」克枝はそういって力なく笑った。

家に帰ってから冷蔵庫を開けた。糠漬け容器の底にビニール袋が隠してあり、通帳と印鑑が入っていた。通帳の残高は百万円を少し超えていた。

その頃作造は、ほかの女と暮らしていて、家にはめったに帰らなかった。どういう女なのか、花恵は知らない。連絡先も聞いていなかった。

ある日、作造から電話がかかってきた。つまらない用件だった。

花恵は電話口でいった。「お母さん、肺癌で、もうすぐ死ぬからね」

作造は少し沈黙した後、「病院はどこだ」と訊いてきた。

「教えない」

「何だと」

「クズ」いい放ち、電話を切った。

その後、どうやって病院を知ったのかは不明だが、作造は何度か見舞いに行ったようだ。そのことを花恵は、克枝の口から聞いた。だが詳しいことは尋ねなかった。知りたくもなかったからだ。

間もなく克枝は息を引き取った。まだ五十歳前の若さだった。だからこそ癌の進行が早かったのだろう。

近所の人々や居酒屋の常連客たちの力を借り、葬式を行った。克枝がいかに多くの人々に愛されていたのかを改めて知った。どこで聞きつけたのか作造も現れた。いっぱしの喪主気取りをしているのを見て、憎悪が膨らんだ。花恵は最後まで口をきかなかった。

それ以後、作造は夜になると家に帰ってくるようになった。しかし食事は外で済ませているようだった。花恵は毎晩自分で簡単な料理を作り、一人で夕食を摂った。

朝になれば作造の姿は消えていた。何週間かに一度、卓袱台《ちゃぶだい》の上に封筒が載せられていることがあり、中を見ると金が入っていた。生活費を出しているつもりらしい。

感謝の気持ちなど、これっぽっちも湧かなかった。金の出所はわかっている。克枝が遺した居酒屋を、どこかの女にやらせているのだ。その女との関係も察しがついた。大事なお母さんの店なのに――許せないと思った。

高校卒業後、花恵は家を出ることにした。就職先は神奈川県にある電気部品メーカーだ。工場の生産ラインで働かされることがほぼ決まっていて、少しもやりたい仕事ではなかったが、女子寮があるというのが決め手になった。とにかく父親から離れたかったのだ。作造には就職先も寮のことも話さなかった。卒業式の二日後、荷物を発送し、自らも大きなバッグを二つ提げて家を出た。例によって作造はいない。

住み慣れた家を一度だけ振り返った。克枝が大家に頭を下げ、格安で住まわせてもらえることになったという小さな一軒家は、あちらこちらがかわいそうなほど朽ちていた。嫌なこともあったが、懐かしい思い出だって少なくない我が家だ。今にも克枝の声が聞こえてきそうな気がする。

あんな男さえいなければ、と作造を呪った。

花恵は踵《きびす》を返し、駅に向かった。もう一生ここには戻らない、あんな男には二度と会えなくてもいいと思った。

事実、それから十数年、作造に会うことはなかった。史也には、父親は生きているかもしれないが居場所はわからない、と話してあった。

ところが思いがけないことが起きた。富山県の町役場から連絡があり、町村作造さんの扶養について話がある、といってきたのだ。たまたま電話に出たのが史也だった。彼は作造が花恵の父親だと知ると、自分のところで面倒をみると即答した。花恵にすら相談しなかった。そのことを知った時、彼女は珍しく夫に文句をいった。

「放っておけばいいのに。あなたの父親じゃないんだから」

「そういうわけにはいかない。役所も困ってるんだ」史也は、とにかく会いに行く、といって引かなかった。

富山県の古びたアパートで老いた父親と再会した。作造は頭がすっかり白くなり、ひからびたように痩せていた。花恵を見る目には卑屈な光が鈍く宿っていた。

すまんなあ、というのが彼が最初に発した言葉だ。さらに、「よかったな、いい生活をしてるみたいじゃないか」と史也と見比べてから続けた。

花恵は殆ど口をきかなかった。心の奥底でくすぶっていた憎しみが、再び赤い炎を立ち上らせそうな予感を抱いていた。

帰京してから史也は同居を提案した。だが花恵は断固反対した。死んでも嫌だといった。

「たった一人の親じゃないか。どうしてそんなことをいうんだ」

「あなたは何も知らない。あの人のせいで、あたしがどれだけ苦労したと思ってるの。とにかく絶対に嫌。どうしても引き取るというのなら、あたしが翔を連れて家を出ますっ」

押し問答の末、とうとう史也は折れた。同居はしない、ただし東京に呼び寄せて援助をする、というのだった。

花恵は不承不承同意した。援助の金額を細かく決め、作造を住まわせる場所にも条件をつけた。家の近くは絶対に嫌だった。北千住のアパートは花恵が見つけた。築四十年で傷みも激しい物件だが、それでも贅沢だと思った。

あの時、史也の意見など一切受け入れず、作造との関係を断っていたなら、今頃はどうなっていただろう。

花恵は頭を振った。そんなことを考えても無駄だ。時間はもう戻せない――。

7

収骨台には絹のカバーが掛けられていた。その上に白木の板が置かれ、そこにポピーの旅立った後の姿があった。

ポピーというのは山本《やまもと》家で飼われていたミニチュアダックスフントの名前だ。雌で、十三歳だったという。元々心臓に疾患があったらしく、それにしては長生きしてくれたほうだと飼い主たちはいった。

ポピーの骨を見て、山本一家の四人は感嘆の声をあげた。奇麗、と声を漏らしたのは高校生ぐらいの娘だ。標本みたい、と続けた。

『エンジェルボート』では、収骨の儀式を大切にしている。多くの飼い主たちは遺骨を収めた骨壺を持ち帰るが、その後、蓋を開けて中を見ることはおそらく二度とない。つまりここで骨を拾うのが、ペットに触れる最後の機会になるのだ。だからその儀式を思い出深いものにするために、遺骨をなるべく奇麗に並べるよう気をつけている。背骨や四肢の骨、関節などを本来の位置にきちんと配置し、頭骨も適切な場所に置く。できるだけ、生きていた時の様子を再現しようとしている。火葬で焼きすぎたりすると、粉ばかりになって形を成さないことがある。ただでさえ病死した動物の骨は弱くなっていることが多い。火加減には技術が求められる。

神田亮子が解説をしながら収骨の手本を見せた。家族たちも箸を手にし、愛犬の骨を拾っていった。その様子を中原は見守った。

彼等の足下では、一頭のミニチュアダックスフントが落ち着きなく動き回っていた。亡くなった犬が産んだ雄犬で、現在は八歳だという。彼が今後、山本家の盛り上げ役になるのだろう。その犬が咳をし、はっはっと息を吐いた。

骨壺に名前と日付を入れたら儀式は終了だ。一家は晴れ晴れとした顔をしていた。

「おかげさまで気持ちよく別れを迎えられました。ありがとうございます」去り際に山本家の主がいった。隣で笑顔を見せる妻も満足そうだ。

「お力になれたのなら我々も嬉しいです」中原はいった。

この仕事をしてよかったと思うのは、こういう時だ。人々が悲しみを昇華させていく姿を目にすると、自分の心も少し浄化された気がする。

小学生らしき息子が、例の犬を抱いていた。彼の腕の中で、また咳をした。そのことを指摘すると、「そうなんですよ」と妻がいった。「最近、よくやるんです。ハウスダストのせいかしら。掃除はしてるんだけど」

「気管虚脱かもしれませんね」

中原の言葉に、一家は不思議そうな顔をした。

「加齢と共に気管がひしゃげてくるんです。特にこういう小さな犬に多いです。飼い主を見るため、常に首を上に向けているでしょう。その姿勢があまりよくないそうです」

「気管がそんなふうになると、どうなるんですか」妻が訊いた。

「いろいろな疾患を引き起こすおそれがあります。一度病院で診てもらったらいかがですか。まだ症状は軽そうだから、早く手を打てば問題ないと思いますよ」

「じゃあ、そうします。この子には長生きしてもらわないと。——ねえ」

妻に促され、彼女の夫も頷いた。そして、「さすがに、動物の病気にもお詳しいんですねえ」と感心するようにいった。

「いえ、単にいろいろと見ているだけです。お大事に」

ありがとうございました、と再度いって家族は去っていった。彼等を見送った後、中原は神田亮子に苦笑を向けた。「久しぶりに人から褒められた」

「ペットの葬儀屋として板についてきたってことですよ。ああ、そうだ。中原さんに郵便物が届いてますよ」

神田亮子はカウンターの向こう側から、大きな封筒を出してきた。何だろうと思って受け取ったが、封筒に印刷されている出版社名を見て合点した。裏には思った通り、日山千鶴子と手書きで記されている。小夜子の通夜で会った編集者だ。小夜子が書いた記事を掲載した雑誌が、できあがったのだろう。通夜の時、送りますといってくれたが、あまり当てにはしていなかったので意外だった。

自分の席についてから封筒を破り、雑誌を取り出した。三十代ぐらいの女性がターゲットらしく、その世代を代表する女優が表紙を飾っていた。

途中の頁にピンク色の付箋が貼られていた。そこを開くと、大きな見出しが目に飛び込んできた。『手が止まらない　万引き依存症との孤独な闘い』というものだ。

そういえば、と中原は浜岡里江の話を思い出した。小夜子がフリーライターの仕事を始めた当初は、ファッションなどをネタにすることが多かったが、最近は社会問題を手がけるようになったといっていた。万引き依存症のことも聞いた覚えがあった。

すると通夜の時に日山千鶴子と一緒にいたイグチという女性は、万引き依存症で悩んでいるということか。たしかに病的な印象が残っている。取材内容を答えづらそうにしていたのも当然だ。

中原は記事をざっと読んでみた。そこでは四人の女性が取り上げられ、それぞれが万引き依存症に陥った経緯や、それによってどのように人生が狂ったかが紹介されていた。

一人目の元ＯＬは、子供の頃から成績優秀で、両親から将来を嘱望《しょくぼう》されていた。実際、猛勉強して一流大学に入り、外資系の一流企業に就職した。ところが仕事は激務で、次第にストレスが溜まるようになってきた。挙げ句、大量に食べては吐く、所謂摂食障害になった。それだけではなく、吐いたものを見ているうちに、苦労してようやく貰えるようになった給料をドブに捨てていると感じるようになった。ある日、菓子パンひとつを万引きした。食べたところ、吐かなかった。それどころか心が解放されたような快感があった。以来、万引きを繰り返すようになった。わずか六百円の商品を盗んで逮捕され、執行猶予つきの有罪判決を受けるまで、十年間も万引きを続けた。専門機関で窃盗癖の治療を始めたのは、その後だ。

二人目の取材対象は女子大生。高校生の時にダイエット目的で食事制限を始めたのをきっかけに、拒食症と過食症を繰り返した。両親の仕送りだけでは食費が足りず、スーパーなどで万引きに走るようになった。現在は大学を休学し、治療に専念している。

三人目は四十代の主婦。節約のために万引きを始めた。最初は食品だけだったが、金銭を払うのが馬鹿馬鹿しくなり、洋服や雑貨にまで手を出した。三度逮捕され、ついに実刑判決を受けた。出所後に夫と離婚し、子供とも別れて暮らしている。それでもまた万引きをするのではないかと不安だという。

そして四人目は三十代の女性だ。早くに母親を亡くしており、父子家庭で育った。十代の頃から情緒不安定で、自殺未遂を何度か繰り返している。地元の高校を卒業後、美容師を目指して上京したが、緊張すると手が震える症状を克服できずに断念。水商売で生計を立てるようになる。二十代半ばで知り合った男性と結婚したが、家庭内暴力がひどく、わずか一年で離婚。その後はまたホステス業に戻ったが、今度は唯一の肉親だった父親を事故で亡くした。そのことがひどくショックで、父親が早死にしたのは自分のせい、自分は生きている価値のない人間、と思うようになった。そんな自分にふさわしい生き方として、盗んだものを食べる、という道を発見した。これまでに二度刑務所に入っている。しかし自分が変わったとは思えない。次はもっと悪いことをして、もっと長く刑務所にいたほうがいいのではないかと考えている——。

中原は雑誌から顔を上げ、両目の瞼を押さえた。歳のせいだろうが、細かい文字を長く読んでいると目が疲れるようになった。

一口に万引き依存症といっても原因は千差万別なのだなと思った。ごくふつうの女性が、些細なことをきっかけに陥るらしい。

ただ中原は、四人目の女性のことが特に気になった。この女性だけが、自分を虐《いじ》めるために万引き行為をしているように思えるのだ。万引き行為そのものではなく、それによって罰せられることを目的としているのではないか。

あのイグチという女性の顔を思い出した。彼女こそ、この四人目の女性ではないかという気がした。二人目と三人目は年齢が合わないし、一人目はイメージが違う。

中原は記事の続きを読んでみた。書き手である小夜子は、専門家の談話などを引用した後、次のように締めくくっていた。

『彼女たちの多くは経済的に逼迫しているわけではない。窃盗癖のある女性のじつに七割以上が摂食障害を患っていることが専門家たちの調査でわかっているように、万引きは精神疾患と捉えるべきなのだ。つまり彼女たちに必要なのは治療であって、刑罰ではない。刑罰が無力だということは、彼女たちの声を聞いていても明白だ。窃盗癖の治療中に再犯に走ってしまい、刑務所に入れられてしまったことで治療が打ち切られる。挙げ句、出所してからまた万引きをしてしまう。全くナンセンスとしかいいようのないサイクルが存在する。そしてこういった無意味さは、じつは万引きだけの話ではない。罪を犯した者は一定期間服役させる、という手段だけで犯罪を防げるという発想自体、もはや幻想ではないだろうか。こうした国の責任逃れとしか思えない刑罰システムは一刻も早く改めるべきだ、と今回の取材を通して強く感じた。』

記事を読み終えた後、中原は雑誌を閉じ、遠くに視線を投げた。

よくできた記事のように思えた。語られている内容にも説得力がある。結論部分で述べられた現在の刑罰システムに関する不満は、おそらく小夜子自身の積年の思いでもあるのだろうと想像できた。万引き犯を刑務所に入れることがナンセンスであるのと同様に、殺人を犯した人間を刑務所に入れさえすれば更生させられるという建前もまたナンセンスだと彼女はいいたいのだ。

そんなことを考えていると内ポケットに入れた携帯電話が震えた。着信を見ると浜岡里江からだった。

「はい、中原です」

「ああ、道正さん、浜岡です。忙しいのにごめんなさい。今、大丈夫かしら」

「平気です。小夜子さんのことで何か？」

「そうなの。裁判に向けて、いろいろと準備することがあって」

「裁判の準備？　お母さんたちがですか」

それは検察の仕事ではないのか。そう訊くと、少し状況が変わったのだと彼女は答えた。

「そのことで、道正さんにもお話ししておかなきゃいけないことがあるの。それでお会いできないかと思って」

「わかりました。伺います」

即答したのは、中原自身も事件のことを知りたかったからだ。「一段落したら、一度御挨拶に伺います」と佐山はいったが、案《あん》の定《じょう》何も連絡してこなかった。

里江から指定されたのは、新宿にあるホテルのラウンジだった。行ってみると彼女は濃紺のスーツ姿で、男性と一緒だった。四十代半ばに見えるから、中原と同年代だろうか。眼鏡をかけた、何となく銀行マンを思わせる人物だ。中原が近づいていくと、二人はソファから立ち上がった。

里江がそれぞれを紹介してくれた。相手の男性は、山部《やまべ》という弁護士だった。小夜子とは、被殺害者遺族の会で一緒に活動していたのだという。

中原はソファに腰を下ろしてから、近寄ってきたウェイトレスにコーヒーを注文した。里江たちの前にはすでに飲み物があった。

「ごめんなさいね、お忙しいでしょうに」里江が申し訳なさそうにいった。

「いえ、僕も気になっていましたから。それで、用件というのは？」中原は二人の顔を交互に見た。

山部が徐に口を開いた。

「失礼ですが、中原さんは被害者参加制度について御存じでしょうか」

「被害者参加……ああ、それなら知っています。被害者や遺族が裁判に参加できるようになったんですよね。僕たちの裁判が終わったすぐ後ぐらいに、正式に認められたんじゃなかったかな」

被害者や遺族が、検察官のように求刑意見を述べたり、被告人への質問ができたりする制度だ。もっと早くにその法律があれば、蛭川に対していろいろと訊けたのに、と成立を知った時には悔しがったものだ。

知っているなら話が早いとばかりに山部は大きく頷いた。

「今回の事件では、浜岡小夜子さんの御両親に被害者参加人になってもらおうと考えています」

なるほどと中原は里江を見た。かつて義母だった女性は彼と目を合わせると、何かの覚悟を決めたように、ぐいと顎を引いた。

中原のコーヒーが運ばれてきた。ブラックのままで一口啜った。

「被害者参加については、最初検事さんから勧められたのよ」里江がいった。「でもその時は断ったの」

「どうしてですか」

「だって裁判なんて……ただ出席するだけじゃなくて、証人尋問とか被告人質問とか、そんな難しいことは手に負えないと思ったから。でも山部さんから連絡があって、どうしても被害者参加してほしいっていわれて……」

「それが浜岡小夜子さんの御遺志だと思うからです」山部は力強くいった。

「遺志……というと？」

「裁判を、被害者や遺族のものにする、ということです。かつて裁判は、裁判官と弁護人と検察官だけのものでした。被害者や遺族の生の声が反映される余地はなかった。何人殺したか、どうやって殺したか、計画的か、行き当たりばったりか、そういう表面的なことだけを元にすべてが決定されていた。その犯罪によって誰がどれほど悲しみ、苦しんだかということは、殆ど斟酌《しんしゃく》されなかった。そのことは、あなただって痛感されたのではないですか」

「それは、おっしゃる通りです」中原は頷いた。

山部はコーヒーカップを引き寄せた。

「今回の浜岡さんが殺害された事件、量刑はどこに落ち着くと思いますか。かつて小夜子さんと共にいろいろと勉強したあなたのことだ。見当はつくんじゃないですか」

「量刑ですか」中原はカップの中の液体を見つめ、佐山から聞いた話を振り返った。「僕が聞いたところによれば、単なる金目当ての犯行のようですね。金を出すよう刃物で脅したところ、小夜子さんが逃げたので後ろから刺した――そんなふうに聞きました」

山部は否定も肯定もせず、「だとしたら？」と先を促した。

「強盗殺人だから、法定刑は死刑か無期懲役ですよね。犯人に犯罪歴は？」

「ありません」

「翌日には自ら出頭してきたってことでしたね。その犯人に会ってないから何ともいえませんが、反省の態度はあるんですか」

「検察からの情報では、被害者に対する謝罪の言葉は、最初からずっと口にしているそうです。それなりに真剣さは感じられるとか」

「そんなの、口先だけよ」里江が横からいった。「自首したのだって、少しでも罪を軽くするためだけ。反省なんてしてないと思う」

「あと、これは被告人本人からのものではないのですが」山部がいった。「謝罪の手紙が向こうの弁護人経由で届いています」

中原は少々戸惑った。

「手紙、ですか。被告人本人からのものでないなら、誰から来たんです」

「義理の息子さんからです。被告人には娘が一人いるんですが、その旦那さんです」

ますます、ぴんとこなかった。じつの娘が書いたというのならまだわかるが、その夫からとはどういうことか。

「今回の責任の一端は自分たちにもある、という内容でした」山部は続けた。「きちんと義父の面倒をみるべきだったが、それをしなかったばかりに、結果的に貧窮した義父が一時の気の迷いで犯行に走ったのだから自分たちにも責任がある、できれば直に会って謝罪したい。まあ、そういう内容です」

中原としては、思ってもみない展開だった。犯人に娘がいて、夫が医者だという話を佐山から聞いた覚えはあったが、あまり気にかけていなかった。

中原は里江に訊いた。「その人に会うんですか」

「会わないわよ」彼女は不愉快そうに顔をしかめた。「そんな人に謝ってもらったって、何の意味もないでしょ」

「こういう人の存在は、裁判に影響するでしょうか」中原は山部に訊いた。

「情状証人として出廷し、酌量を求める可能性はあります。自分たちが将来に亘《わた》って被告人の更生を手助けするから温情ある裁定を願います、とかいって」

そういうことなら、と中原は腕組みをした。

「死刑はないですね。反省の色を検察も認めてるみたいだし、無期懲役が妥当ではないですか」

山部は頷いてコーヒーを飲み、カップを置いた。

「同感です。新事実でも出てこないかぎり、検察の求刑自体、そのあたりに留まりそうな気がします。おそらく弁護側は、二十五年程度の有期刑を求めてくると思いますが、凶器を用意していたりして計画性は低くない。あなたがいうように無期懲役で落ち着くでしょう。つまり、やる前から結果がほぼわかっている裁判です」

「だから、やる意味がないと？」

「違います。その逆です。意味は大いにある。これは単に量刑を決めるための裁判ではありません。罪の重さを訴えるための裁判なんです。どれほど罪深いことをしたのか、犯人にわからせるための闘いなんです。それが成し遂げられないと遺族は真には救われない。そのように御両親にも話して、被害者参加人になっていただくことにしたわけです」

山部のいっていることはよくわかった。愛美が殺された事件では、心の痛みを被告人にぶつけることが叶わなかった。中原は頷き、里江に目を向けた。

「大変そうですが、がんばってください」

「何とかがんばろうって、うちの人とも。難しいことは山部先生に委託することにしたし」

「任せてください」山部が首を縦に動かした。

犯罪被害者が刑事裁判に参加するにあたり、様々な行為を弁護士に委託できる、という話は中原も聞いたことがあった。

「事情は理解しました。これからの裁判を見守りたいと思います。それで、僕に何かお役に立てることがあるのでしょうか」

山部が姿勢を正し、改まった顔を向けてきた。

「中原さんには、証言台に立っていただくことになるかもしれないと考えています」

「僕がですか？　でも今回の事件については何も知らないのですが」

「そのかわり、浜岡小夜子さんのことなら誰よりもよく御存じのはずです。過去の辛い経験があったから、彼女は犯罪被害者を支援する活動を続けてきました。そんな彼女が、今度のような事件に遭ったわけです。犯人に罪深さを思い知らせるためにも、事件の理不尽さを裁判員たちに訴えるためにも、小夜子さんがどういう女性であったかを、あなたの知るかぎりで結構ですから話していただきたいのです」

山部の話を聞きながら、中原はまるで正反対のことを考えていた。自分が誰よりも小夜子のことを知っている？　果たしてそうだろうかと思った。たしかに一緒に悲しみ、苦しんだ。だが結局は彼女のことをわかっていなかったのではないか。だから別れるしかなかったのではないか。

道正さん、と里江が呼びかけてきた。

「私たちが被害者参加する決心をしたのには、山部先生がおっしゃったこと以外にも理由があるの」

「何でしょうか」

「それはね」里江は真剣な目で続けた。「死刑にしたいから」

ぎくりとし、一瞬言葉をなくした。里江の皺だらけの顔を見返した。

ふっと彼女は唇を緩めた。

「無駄なことをいってると思うでしょうね。でも……それでも私たちは死刑を望むの。被害者参加について教えてもらった時、とても大事なことを聞いたのよ。それは検察とは別に、私たちからも求刑できるってこと。今のままじゃ、検察の求刑は無期懲役で落ち着くみたい。でも、私たちは死刑を求刑する。ねえ山部先生。もし私たちが死刑を求刑してくれって頼んだら、委託された山部先生には、それを拒絶できないんでしょう？」

山部は頷いた。「おっしゃる通りです」

「私たちは聞きたいのよ」里江は中原に向かっていった。「被告人に死刑を求刑するっていう言葉を。たとえ叶わなくても、法廷に死刑という言葉を響かせたいの。わかってくれるわね、その気持ち」

彼女の目が少し充血し始めていた。それを見て、中原の胸にもこみ上げてくるものがあった。死刑――それはかつて中原と小夜子が追い求めたものだった。

先生、と里江が山部のほうを向いた。

「例のものを道正さんにお見せしたいのですけど、構いませんよね」

山部はゆっくりと瞬きしながら首を縦に動かした。「問題ないと思います」

里江が傍らに置いたトートバッグから、A４の書類の束を出してきた。端を大きめのクリップで留めてあるが、十枚や二十枚ではなさそうだ。

「日山さんって、覚えておられる？　小夜子の女子大時代の友達」

「日山千鶴子さんですね。もちろんです」

今日、その名前が出るとは奇遇だった。中原は、今朝届いた雑誌のことを話した。

「そんな雑誌が出てるの？　じゃあ、帰りに本屋を覗いてみなくちゃ。じつは私も通夜の時に日山さんと話をしたのだけど、聞いたのは雑誌じゃなくて本のことだったわ」

「本？」

「単行本のこと。日山さんによれば、小夜子には何とかして出版したいと思っていた原稿があって、もうすぐ書き上がるようなことをいってたそうなの。それで日山さんは、もしお母様方が出版を御希望なら、お手伝いさせていただきますっていってくださったわけ。ありがたいお話だとは思ったけど、肝心の原稿が見つからなかった。その頃は小夜子が使っていたパソコンなんかも警察に持っていかれてたし。で、パソコンが戻ってきたから、中を調べてみたの。そうして見つかったのがこれ」

中原は書類の束を受け取った。一枚目にタイトルが記されている。それを見て、ぎくりとした。そこには、『死刑廃止論という名の暴力』とあった。

「日山さんがいってた原稿ってのは、たぶんそれだと思うの」

「かなりの力作のようですね。読んでも構いませんか」

「ええ、もちろん」

一枚目をめくった。横書きにプリントされた文字が並んでいる。『はじめに』とあり、出だしは次のようなものだった。

『一人の子供がいるとします。彼を死刑廃止の賛同者にするのは難しいことではありません。人を殺すことは法律で禁じられている、死刑という制度は国家が人を殺すことだ、だが国家を運営しているのは人である、つまり死刑制度は矛盾している――こんなふうにいえばいいのです。大抵の子供は納得するでしょう。』

そして、『私も、それで納得できる子供のままでいたかったです。』と続いていた。

中原は文面から顔を上げた。

「彼女、こんなものを書いていたんですね」

里江は目を瞬《しばたた》かせた。

「小夜子の部屋には、たくさんの本とか資料が積まれてた。死刑とか量刑についてのもの。たぶん、かなり力を入れて書いていたんじゃないかしら」

中原は改めてタイトルを見た。「死刑廃止論という名の暴力……か」

「それを読んでもらえれば、私たちの気持ちをもっとよくわかってもらえると思う」

「これ、お預かりしてもいいんですか」

「そのために持ってきたのよ。どうか、じっくりと読んであげて」

「その原稿は裁判の際、資料として提出する予定です」山部がいった。「読んでいただければわかると思いますが、あなた方が経験した裁判のことも書いてあります。一部仮名を使うなどプライバシーには配慮してあるようですが、もし何か問題があるようならおっしゃってください」

「わかりました。読ませていただきます」

中原は原稿を自分の鞄に収めた後、ところで、と二人の顔を見た。

「謝罪の手紙は、犯人の娘の夫から届いたということでしたね」

「そうです。妻との連名になっていますが、文面を読むかぎり、書いたのは旦那さんのようです」山部が答えた。

うーん、中原は唸った。

「そういうことはよくあるんですか。つまりその、加害者の家族が謝罪の手紙を遺族に出すということが」

「珍しくはないです。ただ――」山部は言葉を切り、少し首を捻った。「そういう手紙は、被告人の親が書くことが多いです。子供の犯行について親として責任を感じるからでしょう。でも子供が書くというのはめったにない」

「しかも義理の関係となれば……」

山部は唸り、「私は聞いたことがないですね」といった。

「医者だと聞いたのですが」

山部が目を丸くした。「よく御存じですね。そうです。医者です」

「僕のところに来た刑事が教えてくれました。医者なら金銭的には恵まれているんじゃないですか」

「おそらくそうでしょう。ええと、警察関係者から聞いたところでは――」山部は鞄から小さなノートを出してきた。「慶明大学医学部附属病院に勤めていますね。静岡県富士宮市の出身らしいですが、実家も比較的裕福だったそうです。妻は被告人と同様、富山県出身です。結婚前は神奈川県の会社で働いていたとか。被告人とはしばらく会っておらず、再会したのは二年ほど前だという話です。手紙にも書いてありましたが、親子関係がうまくいってなかったみたいです。義理の父親を援助できなかった背景には、いろいろと込み入った事情があるのかもしれません。そのあたりも、もしかしたら裁判で明らかになっていくんじゃないでしょうか」

山部の話を聞き、中原は事件の色合いが少し変わったように感じた。これまで、加害者の家族についてはあまり考えたことがなかった。蛭川には弟がいたようだが、裁判には一度も顔を出さなかった。情状証人として現れたこともない。

その後はぬるくなったコーヒーを飲みながら、お互いの近況について話した。小夜子の父である宗一は体調を崩しているらしい。それで今日は一緒に来られなかったのだという。

「小夜子があんなことになって以来、一気に老け込んじゃってね。体重も五キロぐらい落ちたみたいなの」

「それはいけませんね。裁判を乗り切るためにも体力はつけておかないと」

「ええ、そうよね。道正さんがそういってたって、帰ったらいっておくわ」

中原はコーヒーカップを傾けながら、そういえば愛美の裁判をしている間に自分も小夜子もずいぶんと痩せたものだったな、と思い出した。

里江たちと別れた後、家に帰る前にいつもの定食屋で夕食を摂ることにした。小夜子が殺害された夜、中原はこの店にいたおかげでアリバイを証明できた。事件後しばらくは来なかったが、二週間ほど前からまた足を運ぶようになった。顔馴染みの店員は中原を見ても何もいわない。もしかすると刑事は来なかったのかもしれない。

四人がけのテーブル席につき、日替わり定食を注文した。それを頼んでおけば、毎日違うものが食べられる。今夜のメインディッシュはアジフライだった。

小夜子の原稿をテーブルの端で広げ、料理を口に運びながら読み始めた。だが出だしを読んだところで中止した。この内容は食事のついでに読むような代物ではない、と思ったからだ。それほど、文章には小夜子の決意と覚悟が込められていると感じた。

死刑廃止論者には犯罪被害者たちの姿が見えていない――今読んだばかりの文章を頭の中で反芻した。

『遺族は単なる復讐感情だけで死刑を求めるのではない。家族を殺された人間が、その事実を受け入れるにはどれほどの苦悩が必要なのかを、どうか想像していただきたい。犯人が死んだところで被害者が蘇るわけではない。だが、では何を求めればいいのか。何を手に入れれば遺族たちは救われるのか。死刑を求めるのは、ほかに何も救いの手が見当たらないからだ。死刑廃止というのなら、では代わりに何を与えてくれるのだと尋ねたい。』

せっかくのアジフライの味がよくわからないまま食事を終え、中原は帰路についた。

自宅に戻って着替えを済ませると、早速続きを読み始めた。小夜子の文章を、しかもこれほどの量を読むのは初めてだ。うまいのかどうかはわからなかったが、書き慣れているようには感じた。ライターとして一人前の仕事をしていたのだろうな、と内容とは全く別のことを考えた。

そしてその内容は――。

中原の心に響くものだった。小夜子もまた彼と同様、事件の呪縛から逃れてはいなかったのだ。彼女は次のように書いている。

『仮に死刑判決が出たとしても、それは遺族にとって勝ちでも何でもない。何も得ていない。ただ必要な手順、当然の手続きが終わったに過ぎない。死刑執行が成されても同じことだ。愛する者を奪われた事実は変わらず、心の傷が癒やされることはない。だったら死刑でなくても構わないではないかという人もいるだろうが、それは違う。もし犯人が生きていれば、「なぜ生きているのか、生きる権利が与えられているのか」という疑問が、遺族たちの心をさらに蝕むのだ。死刑を廃止にして終身刑を導入せよとの意見もあるが、遺族たちの感情を全く理解していない。終身刑では犯人は生きている。この世界のどこかにいて、毎日御飯を食べ、誰かと話し、もしかすると趣味の一つぐらいは持っているかもしれない。そのように想像することが、遺族にとっては死ぬほど苦しいのだ。だがしつこいようだが、死刑判決によって遺族が何らかの救いを得られるわけでは決してない。遺族にとって犯人が死ぬのは当たり前のことなのだ。よく、「死んで償う」という言葉が使われるが、遺族にしてみれば犯人の死など「償い」でも何でもない。それは悲しみを乗り越えていくための単なる通過点だ。しかも、そこを通り過ぎたからといって、その先の道筋が見えてくるわけではない。自分たちが何を乗り越え、どこへ向かえば幸せになれるのか、全くわからないままだ。ところがその数少ない通過点さえ奪われたら、遺族は一体どうすればいいのか。死刑廃止とは、そういうことなのである。』

文章を読み、そうなのだなあ、小夜子も同じだったのだなあと中原は思った。ここに書かれていることは、彼自身の思いを完璧に表現しているからだ。逆にいえば、今こうして文字として読むまで、彼はそれを具体的には言葉にできなかった。

死刑判決は単なる通過点――。

そうだよな、と中原は頷く。裁判をしている間は、それは目標だと思っていた。そうではなかったのだと思い知らされた時には、一層深い闇に落ちていくような気がした。

中原は原稿を読み進めた。小夜子は自分の論を展開させるだけでなく、いくつかの実例を挙げたり、関係者から聞いた話を載せたりしている。当然、愛美が殺害された事件についても触れている。その中に意外な名前があった。蛭川の弁護をした、平井《ひらい》肇《はじめ》という人物だ。

敵からも話を聞いたのか――。

相手の弁護士が悪いわけではないと頭ではわかっていても、中原たちにとってみれば凶悪犯の味方をする敵以外の何者でもなかった。蛭川の人を小馬鹿にしたような謝罪の言葉を、「真摯《しんし》な反省の弁」などと真面目な顔でいうのを聞き、殺意さえ覚えたものだ。やや斜視気味の目は、何を考えているのかわからず不気味だった。

平井弁護士とのやりとりを記した部分があったので、読んでみた。小夜子は敵愾心《てきがいしん》を剝きだしにして追及しているのかと思ったら、そうではなかった。むしろ穏やかな雰囲気の中、冷静にあの一連の裁判を振り返っているように思われた。

小夜子は平井に、自分たちが執拗に死刑を望んだことについてどう思うかと質問している。それに対する平井の答えは、当然だと思った、というものだ。

『家族を殺された人々が死刑を望まないケースなんて、私の記憶には殆どありません。弁護士としては、むしろそこからがスタートだと思っています。被告人は、断崖絶壁の端に立たされている。先はもうありません。だったら被告人のために、少しでも後ろに下がる道を模索するしかない。片足一歩でも下がれるスペースがありそうなら、何とかしてそこにまで移動させたい。それが弁護というものなのです。』

死刑制度についても小夜子は訊いている。平井は、なくせるものならなくしたほうがいい、という考えのようだ。

『冤罪で人を殺してしまうおそれがある、というのが死刑廃止論の中で一番強い意見だと思いますが、私の主張は少し違います。私が死刑に疑問を感じるのは、それでは何も解決しないと思うからです。Aという事件があり、犯人が死刑になった。Bという事件があり、こっちも死刑になった。事件は全く別物で、遺族の顔ぶれも違うのに、結論は死刑という一言だけで片付けられてしまいます。私は、それぞれの事件には、それぞれにふさわしい結末があるべきだと思うのです。』

この部分を読み、中原は考え込んだ。平井の言い分に、一理あると思ったからだ。それぞれの事件には、それぞれにふさわしい結末があるべき――。

まさにその通りなのだ。結末を見つけられず、中原たちは苦しんでいる。ではほかにどんな結末があるというのか。一部の死刑廃止論者がいう終身刑を導入すれば何かが変わるのか。その疑問も小夜子は投げかけている。平井の答えは、『私にもわからない』というものだった。

そして文章は、ここで一旦途切れている。五行ほどの空欄があり、次の章に移ってしまうのだ。その先を読んでみたが、平井弁護士とのやりとりはもう出てこないようだ。

元の空白部分に戻った。平井の談話を読み返しながら、なぜこの続きが書かれていないのかと考えた。

もしかすると、小夜子自身にも何らかの迷いが生じていたのかもしれない。ここに書くべき内容が、まだ自分の中で整理されていなかったのではないか。

原稿を一旦閉じた。そばのベッドに横たわり、天井を見上げた。ミチ君の顔を見ていると辛い――そういった時の小夜子の目が忘れられない。

懸命に答えを探していたのだなと思った。自分たちが何を成すべきなのか。どうすれば救われるのか。がむしゃらに動き回り、人の話を聞き、真理に辿り着こうとしていたのだ。

身体を起こした。時計を見る。まだそれほど遅い時刻ではない。

先程貰ったばかりの名刺を上着のポケットから出した。それを見ながら、携帯電話に手を伸ばした。

8

その建物は麻布十番《あざぶじゅうばん》駅から徒歩で数分のところにあった。飲食店が立ち並ぶエリアからは少し離れていて、周囲にはオフィスビルが多い。

建物に入り、壁に並んでいるプレートを見た。四階は『平井弁護士事務所』となっていた。エレベータに乗り、四階で降りた。事務所の入り口はすぐにわかった。

受付には若い女性がいた。中原が名乗ると話が通っているらしく、「三番の部屋でお待ちください」と、彼女はにこやかに左手で示した。

廊下があり、それに面して部屋がいくつか並んでいた。ドアの前には番号を付けたプレートが掲げられている。

いわれた通り、三番の部屋で待つことにした。三畳ほどの広さで、テーブルを挟むように椅子が配置されている。それ以外は何もない殺風景な部屋だった。

こういう場所に来るのは初めてだった。この中で法律相談などをするのだなと思った。

小夜子が平井弁護士から話を聞いていたと知り、目から鱗が落ちたような気になった。そんなことは一度も考えなかったからだ。中原にとって平井肇は、いつまで経っても憎い敵のままだった。死刑判決が出た後も、それは変わらなかった。最高裁への上告が平井の意向だったと知っていたから、余計に憎く思っていた。

しかし小夜子は違った。自分たちにとってあの裁判は一体何だったのかと考えた時、被告を弁護した側のことも知りたいと思ったのだ。何事も一方からの視点だけでは真の姿は把握できない。そんな簡単なことに気づかなかった自分を、中原は恥じた。

小夜子の足跡を辿ってみようと思った。彼女がどんなことを考え、どのように決着をつけようとしていたのかを知ることで、自分にも道標《みちしるべ》のようなものが見えるような気がした。

小夜子がどうやって平井に連絡を取ったのかを考えた。そこで思いついたのが山部のことだ。山部に電話をして尋ねてみると、当たりだった。小夜子から相談され、平井を紹介したのだという。

自分も紹介してもらえないだろうかと中原が頼んでみたところ、山部は快諾してくれた。

「あの原稿を読めば、中原さんもそういう気持ちになるんじゃないかなと思ってはいたんです。わかりました。連絡してみます」

間もなく回答があった。平井も是非会いたいといっているらしい。そして今日、中原は事務所に出向いてきたのだった。

ノックの音が聞こえた。どうぞ、と答えるとドアが開いた。灰色のスーツに身を包んだ平井が入ってきた。五分刈りの頭は以前のままだが、ずいぶんと白いものが増えていた。やや斜視気味なのは相変わらずだ。

お待たせしました、といいながら彼は椅子に座った。「お久しぶりです」改まった口調で挨拶してきた。

「このたびは無理なことをお願いしてすみませんでした」中原は頭を下げた。

いや、と平井は小さく手を振った。

「あなたのことは気になっていたんです。別れた奥さんまでもが理不尽な亡くなられ方をして、やりきれないんじゃないかとね」

「小夜子が殺されたこと、御存じだったんですね」

「警視庁の捜査員が私のところに来ました。今回の被疑者と浜岡小夜子さんとの間に、何らかの繋がりがあったかどうかを調べている様子でした。被疑者の顔写真を見せられましたが、全然見覚えのない人物だと答えておきました」

「単なる路上強盗殺人だったみたいです」

平井は表情を変えずに小さく頷いた。斜視の目はどこを見ているのかわからず、裁判の時には不気味に感じたが、今日は真剣な眼差しだと感じられた。

「お時間がないと思いますので、本題に入ります」中原はいった。「小夜子は本を出そうとしていました。死刑廃止論を批判する内容です。平井先生からもお話を伺ったようなのですが、どういったやりとりがあったのか、教えていただきたいんです」

さらに中原は、小夜子の原稿にあった平井の談話について確認した。

「たしかに、そんなふうに話しました。ひとつの事件にはいろいろな物語がある。事件によって、それは違う。それなのに結末は、犯人が死刑になりました、だけでいいのかとね。それでは結局、誰のためにもならないと思うわけです。しかし、ではほかにどういう結末があるのかと問われると黙り込むしかない。その答えが見つからないから、死刑廃止を唱えるにしても行き詰まってしまうのです」

「遺族も救われません」

「おっしゃる通りです」

「でも弁護人だから上告したというわけですか」

中原の意図がわからないのか、怪訝そうに少し首を傾げた平井の顔を見つめ、「我々の裁判の話です」と続けた。

「第二審で死刑判決が出た後、弁護側は上告しました。あなたの指示だったと聞いていま
す。弁護人としては黙って引き下がれないから上告した、ということですか」

平井は、ふうーっと息を吐きながら斜め上を見た後、机の上で両腕を組み、顔を近づけてきた。

「上告は取り下げられました。理由を御存じですか」

「知っています。新聞記者から聞きました。蛭川が取り下げたんですよね。もう面倒になった、といって」

「そうです。それを聞いて、どう思われましたか」

「どうって……」中原は肩をすくめた。「複雑な気持ちでした。死刑が確定したのはよかったですけど、自分たちがあんなに真剣に取り組んできた裁判に対して、馬鹿にされたというか、軽んじられたというか……」

平井は、うんうんと二度頷いた。

「そうでしょうね。奥さんも同じことをおっしゃってましたよ。でもね、蛭川が面倒になったといったのは、裁判に対してだけではないんです。生きていくことが面倒になった、という意味でもあるんです。あなた方の目にはどう映っていたかはわかりませんが、長期間に及ぶ公判の中で、蛭川の心は確実に変化していきました。初期の頃は、まだ生への執着があった。だから遺族に対して謝罪の言葉を口にしたし、供述内容を微妙に変えたりし

たのでしょう。ところが公判が何度も行われ、法廷内で死刑とか極刑といった言葉が頻繁に飛び交うのを聞いているうちに、彼の中に諦めの気持ちが芽生えていったのです。控訴審判決が出る前、彼は私にこういいました。先生、死刑も悪くないなって」

中原は思わず背筋を伸ばしていた。不意打ちをくらったような気分だった。

「それはどういう意味かと尋ねました。自分のしたことは死刑に値すると思うのか、と。すると彼は、そんなことはわからない。裁判官が勝手に決めればいい。死刑も悪くないと思うのは、どうせ人間はいつか死ぬのだから、その日を誰かが決めてくれるというのなら、それはそれでいいという気になってきた、という意味だといいました。この話を聞いて、どう思いますか」

胸の奥に何か重たいものが溜まっていく感覚があった。今の気持ちを表現すべき言葉を中原は探した。

「何というか……虚しい、ですね。やるせないというか」

「だと思います」平井は吐息をついた。「蛭川は死刑のことを刑罰だとは捉えなくなっていたのです。自分に与えられた運命だと思っていたのです。公判を通じて彼が見ていたのは、自分の運命の行方だけでした。だから他人のことはどうでもよかった。彼が上告を取り下げたのは、ようやく運命が決まったのだから、もうやり直しは面倒だということだったのです。死刑確定後も、私は手紙や面会などで蛭川とやりとりを続けました。もう一度彼に自分の罪と向き合ってほしかったからです。しかし彼にとって事件はもう過去のことでした。彼の関心は、自らの運命にしか向いていなかった。——死刑が執行されたことは御存じですか」

「知っています。新聞社から電話がかかってきたんです」

死刑判決が出てから二年ほど経っていた。コメントがほしいといわれたが断った。執行について、裁判所などの公的機関から連絡が来ることはなかった。新聞社からの電話がなければ、未だに知らなかったかもしれない。

「執行されたことを知って、何か変わりましたか」

「いいえ」中原は即答した。「何も……何ひとつ変わりません。ああそうなのか、と思っただけです」

「そうでしょうね。そして蛭川も真の意味での反省には、とうとう到達できないままだった。死刑判決は彼を変わらなくさせてしまったんです」平井は斜視気味の目で、中原を見据えてきた。「死刑は無力です」

例によって定食屋で夕食を済ませると、自宅に戻ってから小夜子の原稿を広げた。

死刑は無力——その言葉が今も頭の中で響いていた。

平井へのインタビューに関する小夜子の文章は、中途半端な形で途切れている。その理由が中原には何となくわかった。おそらく彼女は、平井の意見を受け入れたくなかったのだろう。死刑が無力だなどとは断固として認めたくなかったのだ。

だが中原と同様、蛭川の生前の様子を聞き、あの長きに亘った裁判の無意味さを強く感じたのも事実だったはずだ。死刑を刑罰とは捉えず、与えられた運命だと諦め、反省することもなく、遺族への謝罪の意思もなく、ただ執行される日が来るのを待っていた——。

聞かなければよかったと思った。あの男が後悔や反省をしているかどうかなどどうでもいいと思ってきたつもりだったが、やはり心の片隅では、罪を償う意識を芽生えさせてほしかったのだ。それが欠片もなかったことを知り、深く傷ついていた。遺族は様々な形で何度でも傷つけられるのだと改めて思った。

平井とのやりとりについては結論が出されぬまま、小夜子の原稿は次の章に入っていた。その内容は、再犯に関するものだった。そうだった、と中原は膝を打った。蛭川は仮釈放中に事件を起こした。つまり再犯だったのだ。

小夜子はまず、受刑者が出所後五年以内に再び刑務所に入る率が五十パーセント近いことを指摘している。また殺人に限定すれば、犯人の四割以上が過去に何らかの刑事事件を起こしているという。

刑務所に入れただけでは犯罪者の心は更生できない——それがこの章の論旨だった。

小夜子は近年起きたいくつかの殺人事件について取材を試みている。それらの共通点は、犯人がかつて殺人罪で服役していたということだ。ただし蛭川のように仮釈放ではなく、刑期を終え、出所していた。つまり有期刑だったのだ。二〇〇四年まで、有期刑の上限は二十年だった。殺人だけなら十五年だった。刑務所から出てきても、まだ殺人を犯せるほどの若さを保っていたわけだ。

再犯の動機は、殆どが金銭目当てだという。そしてそういう犯人の多くは、初犯の内容も同じようなものらしい。この点について小夜子は、刑務所の更生システムが全く機能していない証拠だし、今後も再犯が繰り返されるおそれが強いと警鐘を鳴らしている。なぜなら出所した元受刑者は、ほぼ例外なく金銭的に困窮するからだ。統計によれば、彼等の七割以上が職を見つけられないそうだ。

現在、有期刑は二十年から三十年に上げられているが、あまり意味はないと小夜子は書く。日本人の平均寿命は飛躍的に延びており、二十代で人を殺した男が五十代で出所するという事態を想像すると、とても安心できないというわけだ。

そもそも刑務所に長く入ったからといって更生するものなのか。この問題に向き合うために小夜子が選んだ事例を見て、はっとした。蛭川和男の名前が目に飛び込んできたからだった。彼女は、こう書き出していた。

『すでに何度も書いたように、私たちの娘を殺害した蛭川和男は仮釈放中の身だった。事件の半年前に出所するまでの二十六年間を千葉刑務所で過ごしていた。彼はどんな罪を犯し、無期懲役の判決を受けたのか。四十年近く前のことで関係者の多くが亡くなっていたが、数少ない御遺族の方に会って話を聞くうち、事件の全体像が見えてきた。』

ここまで読み、中原は息を呑んだ。小夜子は、蛭川が犯した最初の事件のことを調べていたのだ。それについては公判の時、大まかなことを聞いただけだった。

たしかに詳しく知りたいと思った。中原は食い入るように読んだ。小夜子によれば、その事件は以下のようなものだった。

当時、蛭川は江戸川区の自動車整備工場で働いていた。その頃からギャンブル好きで、仕事以外の時は賭け麻雀ばかりしていた。相手が仲間だけの間はいいが、やがて雀荘で見知らぬ人間と卓を囲むようになった。その中には堅気でない人間もいた。気づいた時には多額の借金を抱えていた。

ちょうどその頃、一台の高級外車が工場に持ち込まれた。当時、外車は珍しかった。持ち主は、上品な身なりをした老人だった。小夜子の原稿では、Aさん、となっている。地元に土地をたくさん持ち、駐車場やビルなどを経営していた。その工場にとっては上得意客で、社長も気を遣っていた。

整備を終えた車をAさん宅まで届けるように命じられたのが蛭川だった。そこで蛭川は車を運転し、Aさんの家まで行った。

チャイムを鳴らすとAさんが玄関から出てきて、隣の車庫に駐めてくれといった。屋敷の横には、屋根付きの大きな駐車スペースがあった。蛭川はいわれた通りに車を駐めた。

その後、家の応接間に通された。蛭川は整備内容を説明し、代金を告げた。少し待っていてくれといい、Aさんは応接間を出ていった。

Aさんを待つ間、蛭川は室内を見回した。調度品や飾られている絵などから、とても恵まれた生活をしているように思われた。貯えにも相当の余裕があるのだろうと想像した。

やがてAさんが戻ってきた。代金を受け取ると蛭川は領収書を渡した。Aさんは機嫌がよかった。整備されているだけでなく、洗車もされていることが嬉しかったようだ。

自分が洗った、と蛭川はいった。Aさんが、社長に命じられたのかと訊いてきたので、違う、どうせ届けるなら奇麗なほうがいいと思ったのだ、と答えた。

Aさんはますます上機嫌になった。今時珍しい若者だと褒めてくれた。君のような人がいるなら日本の将来は安泰だ、とまでいった。

自分への褒め言葉を聞いているうちに、蛭川の心に甘えの気持ちが生じた。これほど気に入ってくれたのなら、頼めば金を貸してくれるのではないか、と期待した。そこで、じつは金に困っている、助けてもらえないか、と正直にいった。借金した理由まで包み隠さずに話した。

Aさんは途端に顔色を変え、蛭川のことを非難し始めた。苦学生ならともかく賭け事にうつつを抜かすような人間には一円だって貸さない、そんな生き方は人間として最低だ、そんな人間が整備した車になど乗りたくない、さらには、あの車はもう処分する、とまでいったらしい。もっともこのあたりのくだりは蛭川自身の供述が元になっているので、誇張されている可能性は否定できない、と小夜子は注意深く書いている。

いずれにせよ、Aさんの言葉に蛭川は逆上した。テーブルに置かれていたクリスタル製の巨大な灰皿を手にし、殴りかかった。正面からの打撃であることは死体検案書にも残っている。倒れたAさんに馬乗りになって首を絞めた。

その最中、Aさんの妻B夫人が茶を運んできた。蛭川は家にいるのはAさん一人だと思い込んでいたが、夫人が奥にいたのだ。彼女は蛭川がAさんを襲っているのを見て、二つの湯飲み茶碗を載せた盆を床に落とした。蛭川はAさんから離れ、夫人に襲いかかった。廊下に逃げた彼女を押し倒し、手で首を絞めて殺した。

灰皿の指紋を拭き取った後、蛭川は屋敷内を物色した。だが、めぼしいものは見つからなかった。ぐずぐずしていて誰かに見つかったらまずいと思い、居間にあった婦人用のバッグに入っていた財布から現金数万円を抜き取り、現場から逃走した。

こんな稚拙な犯行でありながら、蛭川は自分が捕まるとは思っていなかったらしい。翌日も通常通りに出勤していた。

事件が発覚したのは、犯行から二日後だ。Aさんを訪ねてきた友人夫妻が、変わり果てた二人を発見し、警察に通報した。

逮捕までに時間はかからなかった。すぐに工場に捜査員がやってきた。蛭川は、Aさんと会ったのはたしかだが、代金を受け取ってすぐに帰った、と主張した。彼としては、灰皿の指紋は拭き取ったので安心していたのかもしれない。だが迂闊なことに、財布に付いた指紋のことは考えなかったようだ。革製品には指紋が残らないと思い込んでいたのかもしれない。指紋が一致していることを指摘されると、すぐに犯行を自供した。

裁判では、殺意があったかどうかが争点のひとつとなった。B夫人に関しては明らかに殺す気で追いかけ、首を絞めたと認定された。だがAさんのほうは傷害致死であるという弁護側の主張が通った。Aさんの直接の死因が脳内出血だったからだ。つまり蛭川が逆上して加えた最初の打撃で、Aさんは亡くなったことになる。そしてこの打撃時、蛭川に殺意はなかったというわけだ。

殺したのは一人だけで、もう一人は殺す気はなかった——約四十年前、この違いは大きかった。計画性の乏しさも、検察に死刑を求刑することを躊躇わせた。

こうして蛭川和男には、無期懲役の刑が下されたのだった。

小夜子の手記によれば、これらの話を聞かせてくれたのは、A夫妻の姪にあたる女性だったらしい。夫妻には息子が一人いたが、十年前に癌で他界していたのだ。その息子の妻は、事件について夫から話を聞いたことはないそうだ。

姪というのは、Aさんの妹の娘だ。彼女は当時二十代で、事件のことをよく覚えていた。

しかし裁判については、全くといっていいほど記憶がないという。判決が出た経緯は彼女の両親から教わったそうだが、その両親にしても詳しく知っていたわけではなく、後で人から聞いたらしい。

小夜子は、こう記している。

『A夫妻を殺害した犯人がどういう刑に処せられるのか、その行方は遺族の誰にも把握できなかった。親戚はもちろんのことA夫妻の唯一の肉親である長男にさえ、何ひとつ知らされなかったからだ。

長男や親戚は犯人の死刑を望んだ。当然、そういう結果が出るものと信じて疑わなかった。だがどういうわけか、死刑は回避された。一方の殺人罪が傷害致死に変わっていたことを彼等が知るのは、判決が出てずいぶんと経ってからだ。

A夫妻の長男は新聞記者から感想を求められ、「犯人が刑務所できちんと反省の日々を送り、二度と間違いを犯さないことを強く願います」と答えた。

この時点で蛭川から謝罪の手紙等は来ていない。その後も、来ることはなかった。』

小夜子は、千葉刑務所での蛭川の様子を調べようとしたようだ。だが特にコネクションを持たない無名のフリーライターの身では、やはり限界があった。『話を聞こうと当時の刑務官を捜したが、残念ながら見つけられなかった。』とある。

そこで彼女は、仮釈放を認められる無期懲役囚とはどういう人間なのかを調べることにした。刑法二八条では、「(前略)改悛《かいしゅん》の状があるときは、(中略)無期刑については十年を経過した後、(中略)仮に釈放することができる」と定められている。「改悛の状」とは、深く反省し、再犯の恐れがないことを意味する。それがどんなふうに判断されるのかを知ろうとしたのだ。

小夜子が会ったのは一人の僧侶だった。彼は千葉刑務所で教誨師《きょうかいし》をしていた。教誨とは受刑者がその月に亡くなった被害者の冥福を祈る儀式で、月に一度行われる。畳敷きの教誨室には三十人ほどしか入れず、常に満員だという。

僧侶によれば、多くの受刑者は真摯に参加しているように見えるが、仮釈放目当てに反省の態度を装っている者がいないとは断言できないらしい。

また小夜子は、かつて千葉刑務所で職員として働いていた人物からも話を聞いている。その人物は蛭川のことは覚えていなかった。だが、「仮釈放になったということは、所内ではそれなりに反省の態度を示していて、仮釈放を認めるかどうかを判断する地方更生保護委員会での面接でも、委員の目には更生したと映ったのでしょう」と語っている。

小夜子は地方更生保護委員会の人間にも会おうとした。どういう基準で仮釈放を認めるのかを確認するためだった。だがそれは叶わなかった。目的を相手に伝えた途端、インタビューを断られたからだ。そこで手紙を出してみたが、梨《なし》の礫《つぶて》に終わった。

ここで小夜子は怒りを露わにする。

『私たちの娘が殺害された事件の裁判において、蛭川は謝罪と反省の言葉を述べた。それがうわべだけのものであることは、私たちだけでなく、その場に居合わせた全員にわかった。それぐらい稚拙な演技だった。蛭川は入所中に特に問題は起こさず、教誨にも参加していただろうが、少し注意深く観察すれば、牙を隠しているだけだということはすぐに見抜けたはずなのだ。それなのに牢屋の外に出してしまうとは、地方更生保護委員会の委員の目は節穴といわざるをえない。結局のところ仮釈放というのは、刑務所が満杯になってきたからという理由だけで行われる無責任な行為なのだ。

もし最初の事件で蛭川が死刑になっていれば、私たちの娘が殺されることはなかった。娘に手をかけたのは蛭川だが、彼を生かし、再び社会に戻したのは国だ。つまり国によって娘が殺されたという言い方も可能なのである。人を殺した人間は、計画的であろうとなかろうと、衝動的なものだろうが何だろうが、また人を殺すおそれがある。それなのにこの国では、有期刑が下されることも少なくない。一体どこの誰に、「この殺人犯は刑務所に〇〇年入れておけば真人間になる」などと断言できるだろう。殺人者をそんな虚ろな十字架に縛り付けることに、どんな意味があるというのか。

懲役の効果が薄いことは再犯率の高さからも明らかだ。更生したかどうかを完璧に判断する方法などないのだから、更生しないことを前提に刑罰を考えるべきだ。』

そしてこう締めくくっている。

『人を殺せば死刑――そのようにさだめる最大のメリットは、その犯人にはもう誰も殺されないということだ。』

9

土曜日午後二時、新横浜駅。

大勢の人々が構内を行《い》き交《か》っている。若者の姿が多いように感じるが、横浜アリーナあたりで何かあるのだろうか。

もう一度時刻を確認してから、由美は新幹線の改札口に目を向けた。列車が到着したらしく、次々と乗客が出てくる。

その中に、妙子の姿があった。グレーのスーツを着ている。由美に会うだけなら、もっとラフな格好をしてきたはずだ。母親の覚悟と本気さを、その服装から感じた。

由美に気づいたらしく、妙子は真っ直ぐ彼女に向かって歩いてきた。その表情は硬い。

「わざわざ悪かったわね」由美の前で立ち止まり、妙子はいった。「せっかくのお休みなのに」

由美は肩をすくめた。

「いいよ、放っておける話じゃないし。それより電話でもいったけど、兄さんのところへ行く前に、一応見せてもらえる？」

「いいわよ。どこかに入りましょう」

駅に直結したビルの中にセルフ式のコーヒーショップがあった。奥の席が空いていたので、飲み物を買ってから向き合って座った。

妙子は大きめのバッグを膝に置き、そこからクリアファイルを出してきた。A4の書類が挟まれている。はい、といって由美のほうに差し出した。

ふうっと息を吐いてから由美は手を伸ばした。緊張しているのが自分でもわかる。書類を取り出し、目を落とした。一枚目に探偵業者の社名が印刷されていた。

「この業者、どうやって見つけたの？ インターネット？」由美は訊いた。

「お父さんの会社で時々使ってたのよ。よその会社の人を引き抜こうとする時に、その人の素行調査なんかを依頼していたみたい。仕事はできるけど女にだらしないとか、ギャンブル癖があるとか、そういうのはだめだからって」

「へえ、そんな調査なんてしてたんだ」

「お父さんは慎重な人だったからね。その慎重さが史也にもあると思ったんだけど」妙子は口元を曲げ、コーヒーカップを手にした。

由美は書類を開いた。細かい文字が並んでいる。写真も添付されていた。どこかの工場と思われる建物が写っていた。

「ふうん、花恵さんって、メーカーの生産ラインで働いてたんだ。ふつうのＯＬかと思ったけど」

「あの人にデスクワークなんて無理よ。字だって、ろくに知らないんだから」妙子は吐き捨てるようにいった。

報告書は三枚にまとめられていた。かなり細かいことまで記されているが、要点は一つだけだ。大体の内容は事前に妙子から知らされていたので、新たな驚きはなかった。由美は読み終えると書類をクリアファイルに戻し、妙子に返した。「なるほどね」

「どう思う？」

由美はカフェラテを飲み、眉根を寄せた。「きつい感じね」

「どういう意味？」

「翔君が兄さんの子供だと信じるのはきついってこと。アウトじゃない。完全に」

「でしょう？」妙子はクリアファイルをバッグに入れた。「これで史也も目を覚ましてくれるといいんだけど」

うーん、と由美は首を傾げた。「それはどうかなあ」

「何よ、どうしてよ」

「兄さんさあ、薄々わかってるような気がする。翔君が自分の子じゃないって。だって、ふつう気づくよ」

「だったら、どうして別れないのよ」妙子は口を尖らせる。

「だから、それだけ花恵さんのことが好きだってことじゃないの」

妙子の眉尻が吊り上がった。「なんでよっ。あんな女のどこがいいの？」

「知らないよ。あたしに訊かないでよ」

妙子は肩を落とし、ため息をついた。「昨日、白石《しらいし》さんから電話がかかってきたのよ」

「白石のおじさん？　ずいぶん久しぶりね」

長年、由美たちの父の右腕として会社を支えてくれた人物だ。史也や由美のこともかわいがってくれた。

「史也君が刑事事件に巻き込まれていると聞きましたけど、何かお手伝いできることはありませんかって。やっぱりあちらこちらで噂になってるのねえ」

「巻き込まれている、か。まあ、たしかにそうね」

「遠回しにそういってたけど、事情は知ってる感じだった。ねえ仁科さん、長男には家名を守る義務があるということを、是非とも史也君にはわかってもらう必要があるんじゃないですか、ですって。つまり離婚させろってことよ」

「それでお母さんは何て答えたの？」

「ええ、わかっています、史也にはいってきかせます、そういったわよ。いけない？」

「いけないなんていってないでしょ。突っかからないでよ」

妙子はコーヒーを飲み干し、カップを置いた。「何としてでも説得するわ。由美も加勢してよ」睨んできた。

「まあ、やってみる。自信ないけど」

「頼りないこといわないでよ」

店を出てＪＲ横浜線に乗り、菊名《きくな》駅で乗り換えた。史也の家は東急東横線の都立大学駅が最寄りだ。

「ねえ、裁判のこと、何か知ってる？」つり革に摑まった姿勢で妙子が訊いてきた。

「知るわけないでしょ。どうかしたの？」

ううん、と妙子は首を振った。「どんな判決が出るんだろうと思って」

由美は首を捻るしかない。見当もつかないからだ。「気になるの？」

「そりゃそうよ」妙子は周囲を見回してから、由美の耳元に顔を近づけてきた。「もし史也が離婚しなかったら、あの男が刑務所を出た後、また面倒をみなきゃならなくなるのよ。考えただけでもぞっとする」

母親の言葉に、由美は大きく胸を上下させた。いわれてみればその通りだ。

「そんなにすぐ出てくる？　殺人犯なのに」

「わかんないでしょ、そんなこと。史也のことだから、たぶん優秀な弁護士を雇ってるわよ。その弁護士が、あの手この手で罪を軽くしたらどうなると思う？　刑務所に入っている期間がぐっと短くなるってこともあるんじゃないの」

そうかもしれないと由美は思った。裁判についてはまるで素人だが、そういう可能性もあるような気がした。

私はね、と妙子はさらに声を落とした。「何とか、死刑になってくれないかなと思ってるの。たとえ史也が離婚したとしても、あんな男のことだから、いろいろとつきまとってくるかもしれない。死んでくれたら一番いいのよ」

何とも答えようがなく由美は黙っていた。しかし内心では母と同じ気持ちだった。最初から花恵にそんな父親などいなければよかったのだ。

都立大学駅で降り、商店が立ち並ぶ賑やかな通りを歩いた。由美が史也の家に行くのは二度目だ。あの時も妙子と一緒だった。「せっかく息子が一軒家を買ったっていうんだから、とりあえず見ておかなきゃと思って」と彼女はいっていたが、内心は息子の甲斐性が誇らしかったはずだ。由美も単純に、大したものだなあと思っていた。あの頃はまだ花恵に父親がいることなど発覚していなかった。

商店街を抜け、道を何本か曲がると、町の雰囲気ががらりと変わった。緑が豊かな住宅街で、洒落た民家が増えてくる。

やがて史也の家に着いた。こぢんまりとした白い家だ。由美がインターホンを押した。間もなく、はい、と花恵の気弱そうな声が聞こえた。

「由美です」

「あ、どうぞ。入ってきてください」

今日の訪問は、事前に伝えてある。由美は妙子と顔を見合わせ、小さく頷いてから門扉を押し開いた。

玄関のドアが開き、花恵が出てきた。両手を前で合わせ、深々と頭を下げた。

「お義母《かあ》さん、由美さん、御無沙汰しています」

たしかに会うのは久しぶりだった。花恵は明らかに疲れている様子だった。肌に艶がなく、化粧の乗りも悪そうだ。地味な顔立ちが、一層くすんで見えた。

「体調はどう？　お父さんのことで大変なんじゃないの？」妙子が訊く。言葉とは逆に、その目には優しさの欠片もない。

だが花恵は、「ありがとうございます。御心配をかけて本当に申し訳ありません」と何度も頭を下げた。

由美たちが玄関から中に入ると、翔がホールにいた。白いシャツに赤いショートパンツという出で立ちだった。手にロボットの玩具を持っている。

「翔ちゃん、こんにちは。大きくなったね」妙子が声をかけた。

だが少年は何も答えない。表情の乏しい顔を妙子と由美に交互に向けてきた。

「翔、こんにちは、でしょ」花恵が促した。

こんにちはと小さい声でいい、翔は小走りで廊下の奥に進んだ。ドアを開けて身体を滑り込ませ、ぱたんと閉めた。

「あまり好かれてないみたいね」妙子が皮肉を滲《にじ》ませた。「めったに会わないから、仕方ないかしらね」

すみません、と花恵は身体を縮こまらせた。

子供は敏感で正直なんだろう、と由美は思った。疑念を抱きながら接してくる相手に、心を許すわけがない。

それにしても改めて感じたことだが、翔は史也に似ていない。例の報告書を読んだ後だからか、より強くそう思った。

花恵は翔が消えたドアよりも手前にある部屋に由美たちを通した。そこは居間だった。隣のダイニングルームとは、引き戸で仕切られている。翔は今、その向こうにいるわけだ。テーブルを囲むように籐の椅子が並び、その一つに史也が腰掛けていた。膝の上でタブレット端末を操作している。由美たちが入っていくと顔を上げた。笑みはなく、それどころかじろりと睨みつけてきた。

「忙しいところ、悪かったわね」妙子は彼と向き合う席に腰を下ろした。

史也は口元を歪め、タブレット端末を横の棚に置いた。「悪いなんて思ってないだろ」

「私だって、親子の間で仲違いなんてしたくないんですからね」

「だったら用件をいわず、このまま帰ったらどうだ」

「そんなわけにはいかないわよ」

妙子は毅然とした態度を崩さず、花恵を見上げた後、視線を息子に戻した。

「できれば、まずはあなたにだけ話したいんだけど」

史也は母親の顔を見据える顔になった。「花恵には聞かせられないっていうのか」

「そのほうがいいと思うから。——ああ、花恵さん、お茶とかは出さなくていいわよ。用が済めば、すぐに帰ります。それより翔ちゃん、隣の部屋で一人きりなんでしょ？　それはよくないわよ。勝手に刃物に触ったりしたら危ないじゃない。誰かが一緒にいてやらないと」

花恵は困惑した様子で立ち尽くしている。史也は相変わらず母親を睨んでいたが、その目を妻に向けた。「君は隣の部屋にいろ」

花恵は何かいいたそうな顔をしたが、それを呑み込むように頷くと、失礼しますといって部屋から出ていった。

史也は深呼吸を一つし、母親に鋭い目を向けた。

「結局自分で乗り込んでくるのなら、最初からそうすればよかったじゃないか。由美に損な役回りを押しつけたりせず」

「私なりの配慮。由美のいうことになら、少しは耳を傾けるんじゃないかと思ったの」

「配慮ねえ」史也は不快そうに首を傾げた後、由美のほうを見た。「突っ立ってないで、座ったらどうだ」

うんと答え、由美は妙子の隣に座った。

「私たちの希望は、由美から伝えてもらった通りよ」妙子がいった。「花恵さんと別れなさい。あなたにとって、それが一番いいと思う」

「俺にとってじゃなく、お袋にとって、だろ?」

少し間を置いてから、そうね、と妙子は平然とした態度で答えた。

「私にとっても一番いい選択。由美にとってもね。あと、いろいろな人がそれを望んでる」

「それに対する回答は由美にいっておいた。伝わってないのか」史也は、ぶっきらぼうにいった。

妙子は、何かをぐっとこらえるように姿勢を正した。

「ねえ、史也。あなたの態度は、もしかしたら正しいのかもしれない。義理の父親が犯罪に手を染めても、愛した女性の父親なのだからきちんと責任を持つ――それはたぶん道徳的には正しい行為だと思う。その女性と別れるなんてことは、あなたにとっては自分勝手な行いでしかないんでしょうね」

史也は黙ったまま腕組みをし、横を向いている。何がいいたいんだ、とその表情は語っていた。

妙子がバッグから例のクリアファイルを出してきた。それを史也の前に置いた。

「あなたの正義感には感心する。だけどそれは、人間関係がきちんとしていればこそ成立する話よ。家族だとか夫婦の絆を信じているのがあなただけなのだとしたら、とんでもない笑い話なんですからね」

史也はクリアファイルに目を落とした。「何だよ、これ」

「見ればわかるわ」

史也は不機嫌な顔でクリアファイルから書類を取り出し、中を読み始めた。すぐに目つきが険しくなった。その目を妙子に向けた。「何やってんだよ、勝手に」

「母親が息子の嫁の経歴を調べるのに、誰の許可を得なきゃいけないの？　文句をいう前に、まずは読んでみなさい。自分がどれだけ馬鹿だったか、よくわかるから。それとも、読むのが怖いの？」

妙子の挑発するような言葉に、史也は怒りを込めた目で応じた後、再び報告書を読み始めた。その様子を由美は、息を呑んで見つめた。

報告書に書かれているのは、花恵の結婚前の人間関係についてだ。彼女は相模原《さがみはら》にある電気部品メーカーで働いていた。探偵は、当時花恵がいた職場の人間や、女子寮で一緒だった同僚などに当たり、彼女の交友関係を詳しく調査していた。

それによって明らかになったのは、花恵には交際していた男性がいたという事実だ。花恵とは寮時代から親しかったという元従業員の女性は、二人が出会うきっかけを作ったのは自分だと探偵に話したらしい。合コンをセッティングしたそうなのだ。男性については、「IT関連の企業に勤めている会社員で名字はたしか田端《たばた》さん」と覚えていた。探偵は念のために史也の写真を見せたが、全くの別人だとの答えだった。

花恵の交際相手がIT企業に勤めている会社員だということは、職場の上司も覚えていた。当時班長だった男性は、花恵自身の口からそれを聞かされたのだという。重要なのはそのタイミングで、彼女から寿退社を報告された時だった。しかも同時に、妊娠したことも打ち明けられたらしい。探偵の報告書には、『「結婚と妊娠を同時に知らされてとても驚きましたが、本人の嬉しそうな顔を見て、本当によかったと思いました」と上司は述べている。』とある。

時期から考えて、その時におなかにいたのが翔であることは間違いなかった。しかもその時点では、花恵自身はその「田端」なる人物と結婚するつもりだったのだ。それがなぜ史也と結ばれることになったのか。だがその点については探偵にも突き止められなかったようで、『不明』となっている。

報告書を読み終えたらしく、史也が顔を上げた。だがそこには表情がなかった。ただし、驚いているわけでも、放心しているのでもなさそうに由美には見えた。

「どう？」妙子が訊いた。「目が覚めた？」

史也は首を振った。「別に」

「どうして？　翔ちゃんはあなたの子じゃないってことなのよっ」

「翔は俺の子だ」史也は淡々とした口調でいった。「俺と花恵の子だ」

「何いってるのよ。それを読まなかったの？　田端っていう男の――」

妙子が言葉を切ったのは、史也が書類をびりびりと引き裂いたからだ。「帰ってくれ」

「史也、あなた……何を考えてるの？」

彼は破った書類をテーブルに叩きつけた。「帰れといってるんだ」

妙子が、ふうーっと強く息を吐き出し、立ち上がった。だがドアには向かわず、ダイニングルームとの仕切りになっている引き戸に近づいた。

「何をする気だ」史也が怒鳴った。

しかし妙子はその声を無視し、勢いよく引き戸を開けた。小さな悲鳴のような声が聞こえた。テーブルに向かって座っていた花恵が、怯えた顔で妙子を見上げた。翔が彼女に駆け寄り、しがみついた。

「史也じゃ埒《らち》が明かないから、花恵さん本人に訊くことにする。ねえ花恵さん、私たちの話は聞こえてたでしょ。教えてちょうだい。翔ちゃんの――」

史也が妙子の肩を摑んだ。「やめろっ。何をいいだす気だ。翔がいるんだぞ」

この言葉に、さすがに妙子もまずいと思ったか、ひと呼吸置いた。

「じゃあ、こう尋ねるわ。花恵さん、答えて。どうしてあなたは会社を辞める時、上司の人に結婚相手のことを会社員だといったの？　なぜ医者だといわなかったの？」

「答えなくていいぞっ」史也は妙子の身体を突き離し、引き戸を閉めた。「さっさと帰れ。――由美、お袋を連れて帰ってくれ」

これはただ事ではない、と由美は直感的に思った。史也は、もっと大きな何かを隠している。だがそれは迂闊に触れてはいけないことだ。

お母さん、と声をかけた。「帰ろう」

妙子は唇を嚙んで息子を睨んでいたが、ずかずかと戻ってくると自分のバッグを摑んだ。そしてその勢いのまま、ドアに向かった。乱暴に開け、部屋を出ていく。

由美は史也を見た。彼と目が合った。

すまん、と彼は静かな口調でいった。「お袋のこと、頼む」

そういわれても、どうしていいのかわからない。しかし由美は黙って頷き、妙子の後を追った。きっと兄も辛いのだ。それだけはたしかだと思った。

廊下に出ると、すでに妙子は玄関のドアを開けていた。急いで由美も靴を履いた。

外に出て、階段を下りた。門をくぐったところで妙子は足を止め、家を振り返った。

「一体どういうことよ。頭がおかしくなったのかしら、あの子」

「たぶん、何か事情があるんだよ」

「どんな事情よ」

「それはわからないけど……」

妙子は失望の色を見せ、ゆらゆらと頭を振った。

「孫は他人の子供、嫁の父親は人殺し、どうしてこんなことになっちゃったのよ。この先、どうやって生きていったらいいの？」

彼女はバッグをまさぐり始めた。ようやくハンカチを取り出したが、それよりも先に涙が地面に落ちた。

10

「ママ、どうしたの？」

その声で花恵は我に返った。気がつくと、翔を抱きしめていた。

「あっ、ごめんね」息子の身体から手を離し、作り笑顔を向けた。

翔はきょとんとした顔で、「お祖母《ばあ》ちゃん、どうして怒ってたの？」と訊いてきた。

「それはね……」

どう答えようかと考えていると、そばの引き戸が開けられた。

「お祖母ちゃんは怒ってないよ」史也がいった。

「嘘だよ。怒ってたよ」

「怒ってない。怒ってたとしても翔には関係ない。ママにもパパにも関係ない」

「関係ないの？」翔は花恵のほうを向いた。

うん、と頷くしかなかった。幼い息子は釈然としない様子だ。

「アニメ、観ないのか」史也が訊いた。

「観ていいの？」翔が花恵に尋ねてきた。お客さんが来るからといって、アニメのＤＶＤを観るのを我慢させていた。テレビは居間にしかない。

いいよ、と花恵は答えた。やったあ、といって翔は居間へと駆け込んでいった。その後ろ姿を見送った後、彼女は夫と目を合わせた。

すまないな、と史也はいった。

花恵はかぶりを振った。「お義母さんのいってることは尤もだと思う」

彼は顔をしかめた。「まさか探偵を雇うとはな」

「でも時間の問題だったんじゃないかな。こういうことがなかったとしても、いつかはばれてたと思う」

「人の家のことは放っときゃいいのに」

「そんなわけにはいかないよ。他人じゃないんだもの。孫は息子の子供じゃなかった、嫁の父親は人を殺した——これじゃあ、何とかして別れさせようとするのがふつうだと思う」

史也は苦悶の色を浮かべ、頭を掻きむしった。

ねえ、と花恵はいった。「本当に離婚しなくていいの?」

彼は手を止め、眉根を寄せた。「何をいいだすんだ」

「あたしが翔を連れて出ていけば、一番いいんじゃないのかなと思って……」

史也は顔の前で大きく手を振った。「馬鹿なことをいうんじゃない」

「でも……」

「論外だ。それについては、もういわない約束だろ」そういい放ち、史也は歩きだした。

ドアを開け、部屋を出ていく。廊下を進み、階段を駆け上がる足音が聞こえた。

花恵は居間を覗いた。翔はテレビの前に座っている。

テーブルの上に破れた書類が散らばっていた。近づいていき、拾い集めた。真っ二つに引き裂かれているだけなので、読むのに支障はない。田端という文字を見つけた途端、胸が騒いだ。古いが決して癒えることのない心の傷の存在を、改めて思い知らされる。

花恵は椅子に腰を下ろし、最初から文字を追った。そこに書かれているのは、かなり正確な事実だった。そのくせ何となく、別の人間の経歴を読んでいるような気もする。自分の過去だと思いたくないからかもしれなかった。


就職先の住所が神奈川県と聞き、横浜のような洗練された場所を思い浮かべていたが、行ってみると大小様々な工場が立ち並ぶ工業地域だった。女子寮は職場から徒歩で二十分以上かかるところにあった。廊下に面して、細長い部屋がずらりと並んでいる。トイレも流し台も共同だ。それでも独り暮らしができるというのが嬉しかった。

案の定、仕事自体はあまり面白くなかった。配属されたのは小型モーターの電線を巻く現場で、最初に与えられた仕事は巻線に不良がないかどうかを検査する作業だった。神経は使うし、目は疲れる。聞けば、この作業には若い女性が適任なのだという。「おばちゃんになって目が悪くなったり、神経が雑になってきたらお払い箱だ」と班長にいわれた。

しかし職場や寮の仲間たちと過ごす時間は楽しかった。昔から容姿にあまり自信がなく、恋人がいたこともなかったが、男子寮との合同パーティなどに参加するうち、男性から交際を申し込まれるようにもなった。処女を捧げたのは二人目に付き合った男性だ。本社勤務の彼は、エリート技術者だった。もしかするとこのまま結婚できるのではと期待したが、関係は長続きしなかった。彼のほうから一方的に別れを切りだしてきたのだ。二股をかけられていたと知るのは、ずいぶん後のことだ。

二十四歳の時に寮を出た。寮の年齢制限は三十歳だったが、なぜか女子寮には二十四歳までに出るという暗黙の了解があったのだ。おそらく、それまでには結婚しろということなのだろう。

会社の近くにアパートを借りた。住民票を寮から移したのを機に、富山にあった戸籍の分籍手続きも済ませた。これでようやく父親と縁が切れたと思った。無論、家を出て以来、作造とは一度も会っていない。向こうから連絡がくることもなかった。高校に問い合わせれば花恵の就職先などもわかったはずだから、作造も諦めたのだろう。

特に刺激のない平凡な日々が続いた。毎日毎日、同じことの繰り返しだ。いつか事務職に移れるのでは、という甘い希望はとうの昔に捨てた。代わりに電線を巻く仕事にはすっかり慣れた。試作品工場だから、特殊な注文が来ることもある。どんなに細い電線だろうが、重ならずに巻けるようになった。ただし、ほかの職場では全く役に立たない技術だ。

いつまでこんな生活を続けなければいけないのだろう、と不安になることもあった。周りの仲間たちはどんどん結婚退社していく。会社がリストラを始めていることも気になった。給料は安いが、これといった資格も特技もないから、転職などとても考えられない。

田端祐二《ゆうじ》と出会ったのは二十八歳になった日だった。一人で誕生日を過ごすのは嫌だなと思っていたら、寮で親しかった友人から飲みに行こうと誘いの電話があった。断る理由などなく、出かけていった。待ち合わせの店に行くと、友人のほかに二人の男性がいた。一人は当時友人が交際していた男性で、もう一人はその連れだった。つまり合コンが仕組まれていたわけだ。連れというのが田端祐二だった。

田端は三十代半ばで独身だった。IT関連の仕事をしているといった。それだけで花恵には別世界の人間のように思えた。パソコンのことなんて何も知らない。職場にあるが、最低限のことしかできない。わからなくなったら、いつも後輩に頼ってしまう。

おまけに彼は端正な花恵好みのマスクをしていた。背が高いことも、指が長くて細いことも魅力的に映った。会話が巧みで、大した内容でもないのに引き込まれた。要するに花恵は、一目惚れをしてしまったのだ。

「よし、じゃあ花恵ちゃんの誕生日を祝って、俺がシャンパンを奢ろうっ」田端がそういった頃には、花恵は彼の顔しか見なくなっていた。

連絡先を交換すると、後日すぐに電話があった。また会いたいといってくれた。もちろん、花恵は承諾した。有頂天になっていた。二度目のデートの後、ホテルに行った。彼は優しくしてくれた。今度こそうまくいくのではないかと思った。

何度かデートを繰り返した後、最初の出会いをセッティングしてくれた友人と話す機会があった。田端とのことをいうと、彼女は少し驚いた顔をした。

「そんなことになってたの。へえ、予想外の展開」

彼女によれば、田端についてはよく知らないとのことだった。

「でも、彼氏のお友達でしょ？」

そう訊くと友人は首を捻るのだった。

「彼にしても、じつはそれほど親しくはないみたい。どこかの飲み屋で知り合ったとかいってたな」

「ふうん、そうなんだ」

それならそれでいいと思った。もし結婚式をするにしても、この友人を必ず呼ばなければならないわけじゃない、ということだ。

田端とは、月に一度か二度の割合で会った。場所は横浜が多かった。彼が花恵の部屋にやってきて、そのまま泊まっていくこともあった。だがその逆はなかった。彼が母親と同居しているといったからだ。

「マザコンじゃないのかって疑われることがあるんだよね」田端は苦い顔を見せた。「でもさあ、親父が死んじゃって、お袋を一人にはしておけないだろ？　面倒臭いけど、仕方ないんだよな」

その話を聞き、感心した。それほど母親を大切にしているということだ。

問題は、その母親にいつ会わせてもらえるのか、だった。しかし花恵のほうから催促はできない。結婚の話など、まだ全く出ていなかった。

それに繋がる話が出てきたのは、田端と出会ってから半年ほどが過ぎた頃だ。まず彼から、すぐに自由になるお金はいくらぐらいあるか、と尋ねられた。

「じつは、うちの会社が新しいビジネスに乗り出すことになってね、出資者を募ってる。そのビジネスは確実に成功が見込めるから、俺も出資することにした。将来は独立した会社になるだろうから、うまくいけば役員ぐらいにはなれると思う。ここは勝負所なんだ。なるべくたくさん出資者を集めて、会社に対して存在感を示しておきたい。そこで君にもお願いできないかと思ってね」

花恵にしてみれば、まるで予想していない話だった。事業への出資なんか考えたこともない。仕組みもよく知らない。

「心配ない。お金を預けてくれれば、面倒なことは全部俺がやるから」田端は熱心な口調でいい、さらにこう付け加えた。「社員の場合、一人が出資できる額には限度があるんだ。結婚してる連中は、奥さんの名義なんかも使えるから有利なんだよね」

この台詞は花恵の心を揺さぶった。結婚という言葉を彼の口から聞いたのは初めてだ。

いくらぐらい必要なのかと尋ねてみた。彼は首を捻りながら指を二本立てた。

「二十万？」

彼女の答えに田端はのけぞってみせた。「そんなわけないだろ。二百万だよ」

びっくりした。そんな高い買い物はしたことがない。

「買い物じゃないよ。現金を証券に替えるだけだ。いつだってお金に戻せる」田端は何でもないことのようにいう。「無理なら半分の百万でもいい。あとの百万は、ほかの人に頼むから」

「ほかの人って？」

「いろいろと考えてる。頭を下げるのも仕事のうちだからね」

田端の仕事内容について、花恵は相変わらず何も知らなかった。だが彼が頭を下げている姿を想像すると胸が痛んだ。自分が助けられるものなら助けてやりたい。就職して十年、薄給だが贅沢をしてこなかったので、それなりに貯金はある。

気は進まなかったが出資を了承することにした。田端は喜んだ。これで会社に対して顔が立つといった。彼の明るい表情を見て、花恵も嬉しくなった。

「ただし、このことは誰にもいわないでくれ。極秘情報だからさ」田端はそう釘を刺した。

ところが話はそれだけでは済まなかった。それからしばらくして、また金が必要になったといいだしたのだ。

「やっぱりまだ足りないようなんだ。あと百万でいい。何とかならないかな」

拝まれて花恵は困惑した。百万でいいというが、彼女にとってみれば大金だ。

「お金は、いつ返ってくるの？」率直に訊いた。

「それは事業がスタートして、利益が出てからということになるけど……」田端は首を傾げながらいった。「早く返せということなら、俺が少しずつポケットマネーから返すしかないかな」

「そこまでしてくれなくていいよ」

すると田端は名案を思いついたという顔をして、「じゃあ、将来、俺のお小遣いから天引きってのはどう？」といった。

「お小遣いって……それ、どういう意味？」

彼はおどけたように両手を軽く広げた。

「そのまんまの意味だけど。えっ、お小遣いなし？　それはないだろ」

花恵は自分の顔が赤くなるのがわかった。彼は結婚を前提に話しているのだ。そう気づいた途端、お金のことなどどうでもよくなった。結局、さらなる出資を承諾していた。

その後も何度か田端に金を預けることになった。言い訳は様々だが、そのたびに彼は結婚を仄《ほの》めかす台詞を口にした。それを聞くと花恵は、魔法にかかったように何もいえなくなる。

花恵の身体に異変が起きたのは、田端と出会ってから二年近くが経った頃だ。生理が来ないのだ。もしやと思って妊娠検査薬を試してみると陽性反応が出た。

田端を呼び出し、おそるおそる打ち明けた。すると彼はカフェの椅子から立ち上がり、彼女の手を握った。

「そうなのか。やったね。ありがとう。本当にありがとう」顔を輝かせた。

「産んでいいの？」

「当たり前じゃないか。俺たちの子だろ。何いってるんだ」

そして彼は花恵の手を握ったまま彼女の目を見つめ、結婚しよう、といったのだった。

花恵は感激のあまり、泣きだしそうになった。困った顔をされたらどうしようと思っていたのだ。

「待てよ。すると生まれるのはいつ頃だろう」田端が、不意に何かに気づいたような顔をした。「ええと、ちょっと微妙なタイミングだな」

「タイミング？」

「うん、じつをいうと――」

来月からしばらくニューヨークに行くというのだった。新しいビジネスの拠点が向こうで、軌道に乗るのを見届ける必要があるらしい。

「社長がどうしても俺に行けというんだ。ほかの人間じゃ頼りないからって」

「いつまで向こうにいなきゃいけないの？」

「短くて三か月、長くて半年ってところかな」

それなら子供が生まれる前には帰ってきているわけだ。花恵は少し安堵した。そういうことなら仕方ないね、といった。

「大事な時にごめん。身体に気をつけてくれよ。無理するんじゃないぞ」

「うん、わかってる」花恵は自分の下腹部を撫でた。幸福感で胸がいっぱいだった。

病院に行くと、やはり妊娠していた。エコー写真を手にして帰る際には、つい鼻歌が出てしまった。

それから間もなく、会社に退職届を出した。理由をいうと、上司や同僚は手放しで喜んでくれた。口の悪い班長は、「売れ残りセールがやっと終わったか」といった。

田端とはなかなか会えなかった。ニューヨークへ行く前に片付けておかねばならないことが多く、忙しいのだそうだ。花恵は結婚式のことを相談したいし、彼の母親にも会いたかったのだが、いいだせなかった。

そんな彼が出発前日になって突然部屋にやってきた。まだ午前中のことだ。

「ヘマをしちゃったよ。アメリカに送った荷物に、カードやら通帳やらを入れちまったらしい。お金を下ろそうとして、気づいた」

「大変じゃない。いくらぐらいいるの？」花恵は訊いた。すでに自分が用立てる気でいた。

「どうかなあ。向こうで何があるかわからないからなあ。多ければ多いほどいいけど」

「わかった」

花恵は虎の子を出すことにした。克枝からもらった通帳と印鑑を手に、田端と共に銀行へ行った。百万円ちょうどを下ろし、彼に渡した。

「ありがとう、助かった。向こうで目処《めど》が付いたら、すぐに送金する」

見送りには来なくていい、と田端はいった。空港から妊婦を一人で帰らせると思うと気が気じゃない、というのだった。

「心配性ね。でもわかった。家でおとなしくしてる」

「そうしてくれ。じゃあ、出発前に連絡するから」そういって田端は去っていった。

花恵が彼の姿を見るのは、それが最後になった。しかし最後だったと気づくのは、もっと先のことだ。

田端は時折メールを寄越した。内容は大抵仕事絡みの話で、忙しいことを強調していた。

花恵は一人の時間を、育児雑誌を読んだり、テレビを観たりして過ごした。その合間には将来のことをぼんやりと夢想した。頭には幸福な映像しか浮かんでこない。毎日が楽しくて仕方がなかった。

少しだけ気に掛かっていることといえば、やはり金銭面だ。退職金は出たが、さほど大きな額ではない。無収入で過ごしていれば、預金残高が寂しくなっていくのは当たり前のことだ。

田端はすぐに送金するといったが、渡米して二か月が経ってもそれは成されなかった。初めの頃のメールには、それについて詫びるような文面が入っていたが、次第にそれもなくなっていった。

もしかすると忘れているのかもしれないと思い、遠回しに催促するメールを送ってみた。ところが、なかなか返事が来ない。ようやく届いたと思ったら、送金の件には全く触れていなかった。

思い余って、「少しお金に困りつつあります」と直截的な表現を使ってみた。すぐに返事が来なかったので、「できれば早急に送金してほしいです」と続けてメールを送った。

すると——。

田端からのメールが、ぱったりと途絶えてしまった。何日経っても返信がないのだ。花恵は毎日のようにメールを送った。それでも無反応だった。

心配になった。ニューヨークで何かあったのではないか。

彼との連絡方法はメールしかなかった。悩んだ挙げ句、初めて会った時に受け取った名刺を引っ張り出してきた。そこには職場の内線番号も記されていたが、とりあえず代表番号にかけることにした。

ところが電話から聞こえてきたのは、現在使われていない、というアナウンスだった。花恵は困惑した。会社の代表番号が変わることなどあるのだろうか。

NTTの番号案内で調べてみることにした。すると、その住所にそのような会社はない、という答えが返ってきた。花恵はそんなはずはないと何度も確認したが、間違いないとのことだった。

携帯電話を手に放心した。何が何だかわからなかった。

会社が移転したのかもしれないと思った。それに伴い、社名も変わった可能性がある。そのことを田端が花恵に伝えるのを忘れていただけではないか。

パソコンを持っていなかったので、インターネットカフェに行き、店員に教わりながら検索してみた。そうして見つかったのは、思いもよらない記事だった。

田端の会社は、かつて存在した。だが二年以上も前に倒産していた。どこかの会社に吸収されたわけでもなかった。花恵が彼と出会った直後のことだ。

頭が混乱した。では田端がいっていた会社とは何なのか。新しいビジネス、出資、ニューヨーク——様々な言葉が飛び交うが、少しも考えがまとまらない。

途方に暮れた。改めて、自分が田端のことを何も知らなかったと気づいた。共通の知り合いといえば、彼との出会いをセッティングしてくれた友人ぐらいだ。彼女に訊いたところで、たぶん何も知らないだろう。

花恵は、ただひたすらメールを送った。だがある日を境に、メールすら送れなくなった。アドレスが変わったということか。

どうしていいかわからぬまま、ただ時間だけが過ぎた。日に日に大きくなるおなかを抱え、花恵は不安になる一方だった。妊娠六か月に入っていた。預金は底をつきかけている。

そして一本の電話がかかってきた。知らない番号だった。

出てみると、「町村花恵さん？」と、いきなり尋ねてきた。女性の声だった。

「そうですけど、あなたは？」

「スズキといいます。田端祐二を御存じですよね」女性は早口で訊いてきた。田端の名前が出たので、どきりとした。

「知ってますけど……」

スズキと名乗った女性は一拍おいてから、「彼が死んだことは？」といった。「踏切から飛び込み自殺したってことは知ってます？」

あまりに素っ気ない言い方だったので、内容がすぐには頭に入ってこなかった。ええっ、と声を上げるまでに少し時間がかかった。

「やっぱり知らなかったんだ」

「それ、どういうことですか。いつですか」悲鳴混じりに訊いた。

「二週間ほど前。中央線の電車に轢《ひ》かれて死んだの」

「中央線？　そんなはずないです。だって彼、ニューヨークにいて……」

「ニューヨーク？　ふうん、あなたにはそういう嘘をついていたわけね」

「嘘……」

「あのね、町村さん。ショックだろうと思うけど、よく聞いて。あなたね、騙されてたの。

あの男にはいくら取られた？」

「えっ」

「取られたでしょ、お金。あたしは五十万。うまく口車に乗せられちゃった」

言葉の一つ一つが、花恵の頭の中でがんがんと響いた。田端の死自体が信じられないのに、こんな話を受け入れられるわけがない。

「ねえ、聞いてます？　彼にお金を渡さなかった？」

「いくらかは貸しましたけど……」

「やっぱりそうなんだ。あの男はね、とんでもない詐欺師なの。いろいろな女性を騙して、お金を取ってた。知らないと思うけど、奥さんと子供だっていたんだから」

かっと全身の血が騒いだ。「そんな……」

スズキという女性は、早口でしゃべり続けた。踏切での自殺を知った彼女は、新聞社の伝手《つて》から田端の住所を突き止め、彼の正体に気づいたらしい。彼女には経営コンサルタント会社の社長だといっていたが、実体のない会社だった。頭にきた彼女は田端の所持品を調べ、ほかにも被害者がいないかを確かめることにしたのだという。

「ねえ、町村さん、一緒に被害者の会を作らない？　このまま泣き寝入りなんて悔しいじゃない。いくらかでも、取り返せるものなら取り返したいでしょ？」

被害者の会、泣き寝入り――何ひとつぴんとこなかった。現実だとは思えなかった。

「すみません、あたし、そういうのはいいです」

「どうして？　お金、取られたんでしょ」

「あたしはお金なんて、それは……いいです。ごめんなさい。いいです」

相手は尚も何かいってきたが、ごめんなさい、といって電話を切った。そのまま視線を少し膨らみ始めたおなかに落とした。

そんな馬鹿なことがあるわけがないと思った。今の女は頭がおかしいのだ。田端は子供ができたことを喜んでくれた。ありがとう、といってくれた。結婚しようといった。あの言葉は嘘には聞こえなかった。

花恵は、またインターネットカフェに行った。新聞記事を調べるためだ。田端が二週間前に自殺しているなんていう事実は「ない」ことを確認するためだ。

だがいくつかのキーワードによって見つかった記事は、彼女を絶望の底に突き落とすものだった。

田端祐二は死んでいた。あの女性がいったように踏切で飛び込み自殺を図ったのだ。動機については、「金銭面でトラブルを抱えていた」としか記されていなかった。

身体から何かが抜けていく感覚があった。座っていることもできなくなり、花恵は椅子から崩れ落ちた。誰かが駆け寄ってくる物音を、遠のく意識の中で聞いた。

11

久しぶりに見る浜岡家の生け垣は、以前に比べて手入れが行き届いていないように思われた。今は剪定《せんてい》どころではないのだろうな、と中原は思った。

インターホンを鳴らすと、返事がないまま玄関のドアが開いた。薄紫色のカーディガンを羽織った里江が笑顔を覗かせた。「いらっしゃい」

中原は会釈をしてから門扉を開け、敷地内に入った。

通されたのは床の間のある客間だ。真ん中に座卓があり、隅には仏壇が置かれている。そこには小夜子の遺影があった。

里江から座布団を勧められたが、まずは焼香することにした。それを済ませた後、改めてかつての姑のほうに向き直った。「お忙しいところ、すみません」

「とんでもない」彼女は手を振った。「ありがたいと主人とも話してるのよ。小夜子のことを今も気にかけてくださって。今日は主人も会いたがってたんだけど、顧問をしている会社の用があって、どうしても出かけなきゃいけなかったみたい。道正さんによろしくい

 っておいてくれって」

「おとうさんの体調はいかがですか」

「まずまずといったところね。まあ、もう歳だから」

里江は脇に置いたポットの湯を急須に注いだ。日本茶の香りが漂ってくる。茶托に載せた湯飲み茶碗を、どうぞ、と座卓に置いた。

いただきます、と中原は座卓に近づき、茶碗を手にした。

「電話でもいいましたが、小夜子さんの原稿にはショックを受けました。僕はあれほど深くは考えてこなかったように思います」

「私たちも驚いてるの。だから何としてでも裁判には、あの子の信念を反映させましょうって山部先生とも話してるのよ」

「お気持ちはよくわかります。公判の時期は決まったのですか」

「そろそろ決まる頃じゃないかって、山部先生が」

「裁判、長引かなければいいですね」

「昔と違って、かなり時間は短縮されているそうよ。特に今回は犯人が全面自供しているから、結審までいくのにそんなに日数はかからないだろうって」

「そうなんですか。裁判員裁判について、僕はよく知らないんです。どんなふうに進められるのかな」

「山部先生によれば、裁判員は一般の人たちだから、事件がどう印象づけられるかが大事なんだそうよ。検察側は、いかに残忍な犯行だったかってことを強調するわけだけど、弁護側はたぶん情に訴えてくるだろうって」

「情、ですか。どのように？」

「今回の場合だと、自首したことを重視してほしいって主張するのは確実みたいね。そうそう、犯人の年齢を考慮してくれっていうんじゃないかとも先生はおっしゃってたわ」

「年齢？　何歳でしたっけ」

「六十八よ。だから二十五年の有期刑が下ったとしても、刑務所を出る時には九十三歳。無期刑に限りなく近い量刑じゃないかってわけ。まあ、いわれてみればその通りよね。それを聞いて私も、死刑じゃないならそれでもいいかなって思っちゃった」

中原は茶を啜り、ふっと息を吐いた。「死刑判決が出る見込みはないわけですね」

「無理だろうってことだったわ」里江は視線を落とした。

それでも彼女たちは裁判に臨む。被告人を死刑に――その一言を法廷に響かせたいがために。

「例のものだけど、そこにまとめてあるのがそうよ」里江が隣のリビングルームに目を向けた。この部屋とは襖で仕切られているのだが、その襖が今は開けられている。リビングルームの床には三つの段ボール箱が置かれていた。

「見せてもらってもいいですか」

「ええ、もちろん」

中原はリビングルームに移動し、段ボール箱の前で腰を下ろした。箱に入っているのは、書籍やファイル、ノート類だった。デジカメ、電子書籍端末もある。

これらは小夜子の部屋にあったものだ。昨日、中原は里江に電話をかけ、小夜子が仕事で使っていたものを見せてもらえないかと頼んでみた。例の原稿を読み、元妻が一体どのようなバックグラウンドの下で書いたのか、もっと深く知りたいと思ったからだ。

「あの子の部屋にはもっとたくさん本や資料があったけど、とりあえずあの原稿に関係していそうなものだけ集めておいたわ。カメラとかは関係ないかもしれないけど、一応入れておいたの」

「わかりました。お手間を取らせたみたいで申し訳ありません」

「いいのよ。例の原稿が入っていたパソコンはそれ」里江がソファの前にあるテーブルを指した。その上にノートパソコンが載っていた。

中原はソファに座った。「拝見します」

起動させてみるとパスワードを要求してきた。里江に尋ねると、『SAYOKO』だと教えてくれた。警察が中身を調べた際、再設定したのだという。

パソコンには様々なデータが入っていた。多いのはやはりテキストデータで、そのカテゴリは多岐に亘っている。最新のテキストは、例の万引き依存症の記事だった。

「私もざっと見たのだけど、いろいろなことを取材していたみたいね。フリーライターって、結構大変な仕事なんだなって思ったわ」

「彼女のほうが、僕よりもバイタリティがありましたからね」

「道正さんも立派よ。あんな目に遭ったのに、ちゃんと立ち直って新しい仕事をされてる。お葬式の時、みんなも感心してたわよ」

いやあ、と中原は苦笑いを浮かべて首を捻った。伯父の仕事を引き継いだだけで、誇れることは何もない。

「私、二階にいるから、何かあったら呼んでね」

「すみません。ありがとうございます」

部屋を出ていく里江を見送り、中原はパソコンに目を戻した。調べてみると、やはり死刑や刑罰に関する資料をかなり集めていたようだ。新聞記事や判例などをまとめたフォルダも見つかった。

パソコンの中身を粗方《あらかた》見終えると、いよいよ段ボール箱に移った。ここにも死刑制度や裁判、量刑といったものに関する書籍や資料がたくさん収められていた。被害者参加制度を解説する本もあり、中原は複雑な気持ちになった。まさか自分が殺害された事件で、両親がこの制度を使うことになるとは、小夜子自身は想像もしていなかっただろう。

余白に書き込みなどがないだろうかと思い、一冊ずつ本のページをぱらぱらとめくっていった。すると足下にぱらりと何かが落ちた。それは折り畳まれたB5判の紙だった。一番上に、『こども医療相談室開催日のお知らせ』とあり、その下にいくつかの日付が並んでいる。月に一度開催されるらしい。

単なる案内状かと思って折り畳もうとし、その手を止めた。一番下に、『慶明大学医学部附属病院』とあったからだ。

その名称を最近どこかで耳にした覚えがあった。記憶を辿り、思い出した。弁護士の山部から聞いたのだ。被告人の娘の夫が、慶明大学医学部附属病院に勤めているということだった。

いや、しかし――中原は肩をすくめ、紙を畳んだ。元通り、広げていた本の間に挟んでおいた。いくら何でも、これは単なる偶然だろう。この案内状は、別件の取材か何かが目的で手に入れたものに違いない。慶明大学医学部は名門だ。小夜子が取材対象に選んだとしても何も不思議ではない。そもそも死刑とは何の関係もない。中原が次の資料を手にした時には、もう彼の頭に今の案内状のことは残っていなかった。

段ボール箱に入っていたものすべてに目を通し終えたのは、外が暗くなりかけた頃だ。里江が下りてきて、コーヒーを淹れてくれた。

「どんな感じだった？」里江が訊いた。

中原は低く唸った。

「僕と別れた後も、小夜子さんがいかに真剣にこの問題に取り組んできたのか、よくわかりました。凶悪な犯罪を少しでも減らしたいという気持ちが、ひしひしと伝わってきます。心の底から感服しました」

これはお世辞ではなかった。小夜子が集めた本や資料のタイトルを眺めるだけでも、彼女の執念のようなものが感じられるのだった。

「それならあの話、真面目に考えてみようかしら」里江が思案顔になった。

「あの話とは？」

「前に話したでしょ。出版社勤務の日山さんが、小夜子の本を出すなら手伝いますよといってくださった件」

「ああ、なるほど」中原は大きく頷いた。「いいんじゃないですか。僕も大賛成です」

「じゃあ、裁判が一段落したら相談してみるわ。でも、いつのことになるかわからないわねえ。今はやらなきゃいけないことがいっぱいあるし」

「だったら、僕から日山さんに連絡しましょうか。通夜の時に会ったので面識はあるし、もう少しゆっくりと話をしたいと思っていたんです」

「そうなの？　だったら、お願いしたいわ。小夜子も、道正さんが仕切ってくださるのなら、きっとあの世で満足だと思うし」

「仕切るなんて、そんなに大したことはできないと思いますけど」

中原は段ボール箱からデジカメを取り出した。里江がいったように死刑問題とは関係ないかもしれないが、小夜子が取材でどんなものを撮影していたのか、一応見ておきたいと思ったのだ。

電源を入れ、液晶モニターに画像を表示させた。最初に映った画像を見て、やや意表をつかれた。どこかの刑務所内部でも写っているかと思ったが、表示されたのは鬱蒼と茂った木々だった。人は写っていない。

中原はデジカメのスイッチを操作し、その前の画像も見ていった。一面樹木の写真が何枚か続いている。庭園というより、完全に森林だ。記念碑めいたものも写っていない。撮影された日付を見ると、小夜子が殺された十日前だった。

「道正さん、どうかした？」彼の様子から何かを感じ取ったのか、里江が訊いてきた。

「いや、あの、これはどこだろうと思いまして」デジカメの液晶モニターを彼女のほうに向けた。

里江は怪訝そうに首を振った。「わからない。どこかしら」

「日付を見ると、事件が起きる少し前のようです。小夜子さんはどこかに旅行に行くようなことはいってませんでしたか」

「さあ……聞いてないわねえ」

「そうですか」

中原は画像に目を落とし、何となく釈然としないものを胸に抱いた。死刑廃止論に激しく反駁《はんばく》する原稿を書いていた小夜子と、樹木で埋め尽くされた写真とが、頭の中でうまく合致しなかった。

12

日山千鶴子に会うため、中原は珍しく休暇を取った。彼女が勤めている出版社は赤坂にある。外堀通りから一本入ったところに建つ真新しいビルだった。

受付で名前をいってからロビーで待っていると、ジャケット姿の日山千鶴子が現れた。通夜で会った時よりも若々しく見える。彼女は紙袋を提げていた。

「お待たせしました。こちらへどうぞ」日山千鶴子はにこやかにいい、すぐそばの入り口を示した。入っていくと、テーブルや椅子が並んでいる。来客との打ち合わせ用のスペースらしい。

飲み物の自動販売機があり、その前で彼女は足を止めた。「何、お飲みになります？」

「ではコーヒーを……あ、いや、自分で買います」

「遠慮しないでください。高いものじゃないですし」

「はあ、ではごちそうになります」

日山千鶴子もコーヒーを選んだ。二人で紙コップを手に、空いているテーブルについた。

「このたびは無理なことをお願いして申し訳ありませんでした」中原は改めて礼を述べた。

「とんでもない。よく連絡してくださいました。じつは私のほうも気になっていたんです。小夜子さんの例の原稿はどうなったんだろうって」

「お読みいただけましたか」

はい、と日山千鶴子は頷き、紙袋から原稿の束を出してきた。

「かなりの力作ですね。一気読みでした」

その原稿は三日前に中原が送ったものだった。日山千鶴子に連絡したところ、打ち合わせをする前に読んでおきたいといわれたのだ。彼女の立場を考えれば、当たり前のことだ。

「出版できるレベルでしょうか」中原は訊いた。

「レベルについては問題ないと思います。読みにくくないし、内容が難解すぎることもありません。死刑廃止は絶対におかしい、むしろ人を殺した者は全員死刑にすべきだという主張は、わかりやすくていいです。ただ、問題がないわけでもないです」

「どういったところですか」中原は原稿に目を向けた。ピンク色の付箋がいくつも貼られている。気になった箇所かもしれない。

「小夜子さんは、かなりがんばって客観的に書こうとしておられます。でもところどころ、感情的になっている部分があります。それはいいんです。こうした書物の場合、書き手の気持ちがはっきりと出たほうが説得力が出ますから。問題は、その感情が揺れている印象があることなんです」

「といいますと……」

日山千鶴子はコーヒーを一口飲んでから、小さく首を傾げた。

「小夜子さん自身、まだはっきりとした答えを見つけられていなかったんじゃないかと思うんです。人を殺せば死刑――それですべてが解決するのかどうかってことについて」

「ああ、それはそうかもしれません」中原は女性編集者の顔を見つめた。「さすがですね。やっぱりプロの読み手は違う」

「どういうことでしょうか？」

中原は弁護士の平井から聞いた話をした。死刑宣告を受けた蛭川が、そのせいでついに最後まで反省の心を持てなかったというエピソードだ。

日山千鶴子は得心した顔で何度も頷いた。

「死刑は無力、ですか。重たい言葉ですね」

「小夜子も平井弁護士の話を聞き、いろいろと迷いが生じたんじゃないでしょうか。再犯を防止できるという観点から死刑のメリットを強調していますが、迷う心の裏返しのような気もします」

「それはありそうですね」そういってから日山千鶴子は、ぱっと目を見開いた。「その弁護士さんとのやりとり、書いていただけませんか」

「はあ？　私がですか」

「ほかにもいくつか気になっているところがあるんですけど、中原さんなりの意見を書き加えてくださったら、大変良い読み物になると思います。小夜子さんと中原さんの共著という形で出版するというのはいかがでしょうか」

「えっ、いや、私は文章は苦手で」

日山千鶴子は首を振った。

「上手に書く必要はありません。思ったままを綴ってくだされぱいいんです。私もお手伝いします。やりましょうよ。きっと話題になります。小夜子さんの原稿が、このまま埋もれてしまうのは残念じゃないですか」

どうやら今の原稿のままでは単行本を出すのは難しい、ということらしい。中原は当惑した。こんな話になるとは夢にも思わなかった。ただ、小夜子の原稿を本にしてやりたいという気持ちはある。

中原が俯いて考えていると、いかがですか、と日山千鶴子が下から覗き込んできた。

「少し考えさせてもらってもいいですか。つまりその、あまり自信がないので」

彼女は頬を緩めた。

「わかりました。急ぎませんので、ゆっくりとお考えになってください。ではとりあえず、これはお返ししておきます」原稿を紙袋に戻し、中原のほうに差し出した。

「思いがけない展開だな」紙袋を受け取り、頭を振った。「私なんかの下手くそな文章が混じったら、あの世で小夜子が怒るんじゃないかな」

「だから、その点は心配しないでください。それに小夜子さんだって、最初はそんなに上手じゃなかったんですよ」

「そうなんですか」

「ええ。コピーライターをしていたから語彙は豊富でしたけど」

「へえ」中原は意外な思いで紙袋に目を落とした。「そうは思えないな」

「文章というのは、書けば書くほどうまくなるんです。小夜子さんも、いろいろな仕事をして、上達していったのだと思います」

「そういえば」中原は、ぴんと背筋を伸ばした。「雑誌のお礼をいうのをすっかり忘れていました。わざわざ送っていただき、ありがとうございました」

「万引きの記事ですね。いかがでした？」

「とても興味深かったです。あんなふうに悩んでいる人がいるとは知りませんでした」

「以前から小夜子さんと考えていた企画なんです。アルコール依存症などの治療を行っている医療機関があるんですけど、そこで窃盗癖を矯正するプログラムもあると聞いて興味を持ちました。そこの患者さんで取材に応じてくれそうな人を探したんですけど、結構苦労しました」日山千鶴子は苦笑を浮かべた。

「一口に窃盗癖といっても、人によって理由が違うんですね」

「そうなんです。といっても、私も初めて知ったんですけどね。私がしたことは取材のセッティング程度で、あとは全部小夜子さんがしてくれました。中原さんは、どの女性のエピソードが一番印象的でした？」

うーん、と中原は首を捻った。

「どの人の話も深刻で、ある意味気の毒だと思いました。摂食障害が万引きに発展してしまうなんて、悲劇としかいいようがない」

「同感です」

「でも一番印象に残っているのは、四番目の女性ですね。やけに自分を責めている人がいましたよね」

ああ、と日山千鶴子は顎を上下させた。

「自分は生きている価値のない人間だから、それにふさわしい生き方として、盗んだものを食べることにした、といっていた女性ですね」

「そうです。どうしてそんなに自分を責めるんだろうと思いました」

「何か抱えているものがあるのかもしれませんね。中原さん、あの記事の女性と会っておられますよ。小夜子さんのお通夜の時に」

「ああ、やっぱり」中原は頷いた。「記事を読んだ時、そうじゃないかという気がしたんです。たしか、イグチさん……じゃなかったかな」

「そうです。イグチサオリさんです。小夜子さんも、彼女には一番思い入れがあったようなんです。ほかの人は一度しかインタビューしてないのに、イグチさんには何度も会ったようなことをいってました」

「そういえば通夜の時、そんなことを話されてましたね。個人的にも小夜子には世話になったとか。具体的には、どういったことだったんでしょう」

「さあ、詳しいことは聞いておりません。あの二人がそこまで親しくしていたとは私も知らなかったんです。知ったのは、小夜子さんが殺されて、私のところにイグチさんから電話があった時です。浜岡さんが大変な目に遭ったとニュースで見たけれど、通夜やお葬式はどうなっているのかって訊かれたんです。それであの日、私と一緒に斎場に行ってもらうことになったというわけです」

「なるほど、そういうことでしたか」

あの記事を書くにあたり、小夜子はカウンセラーのようなことをしたのかもしれない、と中原は想像した。よほど心を開かなければ、あそこまでは打ち明けられないように思うからだ。

「彼女、よく見ると美人だし、私たちといる時なんかだと、ごくふつうの女性なんですよね」日山千鶴子が遠くを見る目をした。「でも商品が並んでいる棚を見ると、むずむずするそうなんです。実際に手が震えるとか」

「へえ、重症みたいですね」

「ただ、やっぱり少し変わったところもあるんです。初めて会ったのは彼女の部屋で、私も同席したんですけど、何だか異様な雰囲気がありました」日山千鶴子は眉をひそめ、少し身を乗り出してきた。

「どのように異様だったんですか」

「アロマオイルの香りが、とにかく強すぎるんです。適量ならリラックスできるけど、あれはちょっとやりすぎじゃないかしら。それから色。家具にしても電化製品にしても、やたら赤色のものが多いんです。カーテンや絨毯《じゅうたん》もですよ。冷蔵庫も赤」

「それはすごい趣味ですね」思い浮かべただけで落ち着かなくなった。「赤色が好きなんでしょうけど」

「ところがそうじゃないんです。私も訊いてみたんです。赤色がお好きなんですねって。そうしたら、特に好きではないっていうんです。気がついたら、何となくいつも赤色を選んでるんだってことでした」

「へえ……」心理学者ならばコメントできることがあるのかもしれないが、中原には何とも答えようがなかった。

「極めつきは樹海の写真」

「樹海？」中原は聞き直した。「樹海って、あの樹海ですか。木がいっぱいある」

「そうです。その写真をリビングボードの上に飾ってあるんです。花と一緒に。どこの森ですかって訊いたら、青木ヶ原の樹海ですって彼女が」

「その写真は絵はがきか何かですか」

「いえ、ふつうの写真を額に入れてあるだけだと思います」

「樹海だけですか。人は写ってないんですか」

日山千鶴子は首を振った。「写ってなかったです」

「お気に入りの写真なのかな」

「そうかもしれません。でも、特に芸術的な写真でもなかったんですよねえ」腑に落ちないといった顔で、日山千鶴子は紙コップのコーヒーを飲み干した。

中原の脳裏には、小夜子のデジカメに入っていた何枚かの画像が浮かんでいた。あれもまた、生い茂った森だけをカメラに収めたものだった。

「イグチサオリさんでしたっけ。どういう字を書くんですか」

中原の問いに日山千鶴子は、『井口沙織』という字を教えてくれた。

「仕事は何をされてるんですか」

すると彼女は意味ありげに黙り込んだ後、口元を片手で覆い、「たぶん風俗」と答えた。

「ははあ……」

「はっきりと聞いたわけではないんですけど、小夜子さんがそんなようなことをおっしゃってました」

「なるほど」

記事によれば、二度刑務所に入っているということだった。ふつうの仕事は難しいだろうなと思った。

出版社を出た後、道端で電話をかけた。すぐに繋がり、里江が出た。中原は先日の礼を述べた後、用件を切りだした。

「小夜子さんのデジカメの一番新しいデータの中に、森というか林というか、とにかく木がいっぱい生えている場所を撮影した写真があると思うんです。それを僕のところにメールで送っていただきたいんですが、お願いしていいですか」

「えっ、写真をメールで？　ちょっと待ってね」

里江がそばにいる誰かと話すのが聞こえてくる。相手はたぶん宗一だろう。

「もしもし、道正君。私だ」その宗一の声がいった。「先日は会えなくて残念だった」

「留守中にお邪魔してすみませんでした」

「構わんよ。またいつでも来てくれ。それはともかくデジカメの写真をメールで送ればいいんだな。わかった、お安い御用だ。こう見えてもパソコンの扱いには慣れとる」

「すみません、お願いします」中原は自宅のパソコンのアドレスをいった。携帯電話は旧式なので、画像のデータがあまりに大きいと受信できないおそれがある。

宗一はアドレスを復唱した後、了解した、といった。

「ところで体調はいかがですか」中原は訊いた。「一時期、少し崩されたようなことを聞きましたが」

「もう大丈夫だ。裁判があるし、しっかりせんといかん」

「僕もできるかぎり協力しますので、何でもいってください」

「うん、ありがとう。あのな、道正君。里江らは気弱なことをいっておるがね、私は諦めてはおらんのだ」

「というと……」

こほん、と宗一は咳払いをしてから続けた。

「死刑だよ。殺したのが一人だけだから死刑にならないなんて、そんなのはどうかしとる。何としてでも、裁判員を説得しようと思っとるんだ。だから道正君も、よろしく頼むな」

老いたかつての義父の言葉を聞き、中原は胸が熱くなった。

「はい、一緒にがんばりましょう」

「うん、がんばろう。じゃあ、メールのことは引き受けた」

「よろしくお願いします」

会話を終え、携帯電話を内ポケットにしまいながら歩きだした。宗一のしわがれた声が耳に残っている。彼はたしか七十歳を超えている。裁判のストレスに耐えられるだろうかと心配になった。

夕食にするつもりの弁当をコンビニで買い、自宅に帰った。着替えもそこそこにパソコンのメールをチェックしてみると、見事に画像データが届いていた。パソコンの扱いに慣れていると自慢するだけのことはある。

お礼の返信メールを送った後、インターネットで青木ヶ原の樹海を検索した。調べてみると大量の画像がアップされている。ただしそのうちの多くが、心霊スポットとして紹介しているものだ。

それでも純粋に観光地として撮影された画像も多くある。中原はそれらと小夜子のデジカメにあった画像を見比べていった。

やはりそうだ、と思った。小夜子が撮影したのも青木ヶ原の樹海だったのだ。幹の細い木が林立していたり、地面を這うように木が生えていたりする様子が、ネット上にある樹海の画像と酷似している。

なぜ小夜子がこんな写真を撮ったのか。

おそらく井口沙織と無関係ではないだろう。彼女の相談相手をしているうちに、自分も樹海の写真を撮りたくなったということか。

そのままインターネットで青木ヶ原の樹海について調べてみることにした。考えてみれば、詳しいことは殆ど知らない。知っているのは、松本清張《まつもとせいちょう》の小説に出てきて、自殺の名所だということぐらいか。

そもそも正確な場所さえ知らない。グーグルの地図で探してみた。

何だ、こんなところか——。

富士五湖の一つである精進湖《しょうじこ》の南にあった。東京からだと、どのような行き方があるのか。最寄りの大きな駅はどこか。そういうことを調べるため、地図の縮尺を変えてみた。

次の瞬間、胸騒ぎのようなものを覚えた。その原因が、自分でもすぐにはわからなかった。だが、何かとても重要なものを見つけた感覚があった。

中原は地図上に目を走らせた。間もなく、その地名に気づいた。

これはどういうことだ。偶然か。それとも——。

考えるよりも動いたほうが早い。携帯電話を手にし、さっき別れたばかりの日山千鶴子にかけた。

「はい、日山です。どうかされました？」彼女は心配そうに訊いてきた。

「ひとつ教えていただきたいことがあるんです。先程の話に出ていた、井口沙織さんのことです」

「何でしょうか」

「出身地はどちらでしょうか。雑誌の記事には、地元の高校を出た後、美容師になるために上京したと書いてあったと思います。つまり東京出身じゃないんですよね」

「そうです。違います。彼女は静岡県の出身です」

「静岡……静岡のどこですか」中原は携帯電話を握りしめた。

たしか、といってから日山千鶴子は続けた。「富士宮だったと思います」

「間違いありませんか」

「あ……はい。焼きそばが有名なところだなって思った記憶がありますから。あの、それが何か」

「何でもありません。お忙しいところ、申し訳ありませんでした」

電話を切り、もう一度パソコンを見た。青木ヶ原から、真っ直ぐ下に視線を移していく。

そこにあるのは富士宮市だ。井口沙織は、この町の出身だった。

そしてもう一人――。

13

「他人の経歴を知る方法ですか。ふーん、それはいろいろとあるんじゃないですか」九谷《くたに》焼《やき》の骨壺を点検しながら神田亮子はいった。彼女の前のカウンターには二十個ほどの箱が並んでいる。今朝、届いたものだ。製造元を変えたので、今まで取り扱っていたものとは雰囲気が違う。売れそうにないものは返品することになっている。

「たとえば、どんな方法？」椅子に座って作業の様子を眺めながら中原は訊いた。今日はセレモニーの予約が入っていないのだ。

「そりゃあ手っ取り早いのは、興信所とかに頼む方法じゃないですか。——ねえ、こういうの、どう思います？」神田亮子は持っていた骨壺を見せた。金地に花柄、壺の形は六角柱だ。彼女が難しい顔つきなのは、自分の趣味ではないからだろう。

「ちょっと派手だね」

「こんなの、とても勧められませんよ。返品でいいですね」

「うん、任せる。——興信所かあ。頼んだことないなあ。もっと簡単な方法はないかな」

「相手はどういう人なんですか。名前とか住所は、もちろん御存じなんでしょ」

「それはわかっている。大学病院の医者だってことも。でも知りたいのは、もっと昔のことなんだ。出身地での人間関係とか」

「そういうことなら、素人には無理じゃないですか。興信所に頼むのが一番だと思いますけど。あっ、これはいいな。こういうのをもっと送ってくればいいのに」神田亮子が両手で抱えたのは、赤を基調にした骨壺だった。赤といっても鮮やかすぎることはなく、渋い朱色といったほうがいいかもしれない。木々と雪山をイメージした模様が描かれている。

井口沙織の部屋が赤色で埋め尽くされているという話を中原は思い出した。一度しか会っていない女性だが、心の奥に底知れぬ苦悩があるのではないかという気がした。

彼女が静岡県富士宮市の出身。そう聞いて中原の頭に一人の男性が思い浮かんだ。小夜子を殺した町村作造の娘の夫にあたる人物だ。山部によれば、浜岡家に対する詫びの手紙を書いてきたという。その男性も富士宮出身だと聞いた覚えがあった。山部に電話で確認したところ、間違いなかった。氏名は仁科史也というらしい。慶明大学医学部附属病院で小児科を担当している。

小児科と聞き、再び中原の脳細胞が反応した。小夜子の本に挟んであった案内状のことを思い出した。たしか、『こども医療相談室開催日のお知らせ』というものだった。内容から察して、小児科が関わっていたのではないだろうか。

またしても浜岡家に電話をかけた。里江に、例の案内状を見つけてくれるよう頼んでみた。無事に見つかったようなので、記載内容を細かく訊いてみた。

「内容といったって、日付が並んでいるだけよ」

「それで結構です」

里江が読み上げていった日付をメモした。そのうちの一つが引っ掛かった。小夜子が殺害される三日前だった。

この案内状がどうかしたのかと里江は訊いてきた。いや特に何でも、とごまかして電話を切った。

中原はインターネットで、慶明大学医学部附属病院のサイトを閲覧した。『こども医療相談室』に関する情報があるのではと思ったのだ。すると睨んだ通りだった。小児科のページに、この相談室を紹介する記事が載っていた。そこには案内状よりさらに詳しい内容が記されていた。場所を示す地図、予約手続きの仕方、そして当日の担当者――。

担当者は、その日によって違うらしい。事件の三日前に開催された時の担当者を見て、中原は身を固くした。仁科史也となっていた。

この事実を簡単には無視できなかった。

小夜子が親身になって話を聞いていた井口沙織の出身地が富士宮で、仁科史也も富士宮の出身。その仁科が勤務する病院の案内状を小夜子は保管していて、相談室が開催されたのが事件の三日前。さらに事件の十日前には小夜子は樹海の撮影に行っており、井口沙織の部屋にも樹海の写真が飾られている。

もちろんすべてが偶然である可能性は否定できない。富士宮市の人口は十数万人だ。毎年多くの人間が上京しているだろうから、何の関係もない二人がたまたま富士宮出身だったということは大いにあり得る。だが様々な事象や人間関係を小夜子中心に配置した時、時間的にも空間的にも、これほど密接に繋がってしまっている状況を、果たして偶然で済ませられるだろうか。

「いろいろな値段がわかってからとおっしゃいますと、それはどういう……ああ、なるほど。お見積もりを比較してからお決めになりたいわけですね。……ええ、もちろん、そのようにしていただいて結構です」気がつくと神田亮子が電話に出ている。相手はペットを亡くしたばかりの飼い主だろう。別の業者との見積もり比較をしたいようだ。

話している途中で神田亮子の表情が曇り始めた。

「そちらは御遺体を引き取りに来る業者さんですか。で、火葬後に御遺骨を持ってきてくれるというシステムですね。あのう、このように申し上げては何なのですけれど、その業者さんのところに自前の火葬炉があるかどうかだけでも、お確かめになったらいかがでしょうか。……はい、というのはですね、預かった大事な御遺体は山などに捨てて、どこかのペット霊園で火葬した、全く別の動物の骨を小分けにして飼い主様に渡す、といったケースが大変多いんです。……そうなんです。悪質な業者も多くて。もちろん、そこがそういうところかどうかはわかりませんけど。……はい、ですから、火葬炉があるかどうか、まず御自分の目でお確かめになるのが一番いいと思います。それができなくても、どこにあるかだけでもお尋ねになったほうがいいです。嘘をついている場合は、相手の態度でわかると思いますから。……そんなことは気にされる必要はありません。大事な猫ちゃんのためなんですから。……はい。もちろん、我が社は自前の火葬炉がございます。こちらに来て、見ていただければわかります。……はい、ではよろしくお願いいたします」

電話を終えた後、神田亮子は中原のほうに苦笑を向けてきた。

「猫ちゃんの遺体を車で取りにきて、三日後に骨壺に入れて返す。それで三万円ですって」

「胡散臭《うさんくさ》いなあ。飼い主さんは、どんな人だ」

「おばあちゃんでした。自前の火葬炉があるかどうかなんて訊いたら、業者が気を悪くするんじゃないかって心配しておられました」

中原は顔をしかめた。「全く、日本の老人は人がいいよなあ」

「後ろ暗いところがないのなら、何を訊かれても平気なはずですものね」そういってから神田亮子は、「さっきの社長の問題も、それで解決するんじゃないですか」といった。

「うん？　どういう意味だ」

だから、と神田亮子はにっこり微笑んだ。

「その人の経歴を知りたければ、本人に直接訊けばいいんですよ。やましいことがなければ、正直に答えるはずです」

中原は腕組みをし、ベテラン女性社員の顔を見返した。「なるほどな……」

「もし相手が何かを隠していれば、かなり気まずくなっちゃうかもしれませんけどね」神田亮子は骨壺を選ぶ作業に戻った。

その手があったか――。

気まずくなることを恐れる必要などない。なぜなら、元々相容《あいい》れない関係だからだ。

14

待ち合わせの日は雨になった。中原は地下鉄の階段を上がると、傘をさして約束の場所に向かった。日比谷にある高級ホテルのラウンジだ。中原は相手の職場まで出向くつもりだったが、先方がそれでは申し訳ないので場所を指定してくれといった。だからといって『エンジェルボート』の事務所で話すのも気が進まなかったので、ホテルのラウンジを指定した。広告代理店に勤めていた頃、気を遣う相手と会う時によく利用したのだ。

ホテルの正面玄関は賑わっていた。タクシーやハイヤーが次々に到着し、裕福そうな男女が颯爽《さっそう》と建物の中へと入っていく。ドアマンの動きも優雅だ。

自動のガラス扉をくぐり、中原はロビーへと足を踏み入れた。柔らかな絨毯の感触を確かめながら、持っていた傘を細くまとめた。視線はすぐ左のラウンジに向けられている。オープンスペースで、百人以上がゆったりと座れそうなほど広い。

入り口に黒い服を着た男性がいる。いらっしゃいませ、と声をかけてきた。

「中原です」

男性は得心した顔で頷いた。「お待ちしておりました。お連れ様は、もうお見えになっています」

黒服の男性が歩きだしたので、後についていった。ラウンジの予約を入れたのは中原自身だ。お互いの顔を知らないので、そのほうがいいだろうと思った。現在時刻は午後七時。予約可能な時間帯だった。

案内されたのは、奥まったところにある席だ。ざわついた雰囲気がなく、落ち着いて話せそうだった。

中原の姿を認めたらしく、一人の男性が立ち上がった。引き締まった体格をしており、顔は浅黒い。スポーツマンタイプだった。年齢は三十代後半だろう。スーツを着て、渋い色のネクタイを締めていた。

「仁科さんですね」

中原が確認すると相手は、はいと答え、両手を身体の脇にぴたりとつけて直立した。

「御連絡をいただき、ありがとうございます」丁寧に頭を下げた後、名刺を出してきた。

それを受け取り、中原も名刺を差し出した。「とりあえず、座りましょう」

テーブルの上には水を入れたグラスが置いてあるだけだった。先に飲み物を注文するのは失礼だと思ったのだろう。

ウェイターを呼び、中原はコーヒーを頼んだ。仁科も同じものでいいといった。

「突然申し訳ありませんでした」

中原の言葉に仁科は、とんでもないと手を振った。

「意外ではありましたが、お話しできる機会をいただけて、本当に感謝しております」それから彼は両手を膝に置き、再び深々と頭を下げた。「このたびは私どもの身内が大変なことをしてしまい、誠に申し訳ございませんでした。刑事責任は本人に負わせることになりますが、私どもも可能なかぎりの誠意を示させていただきたいと思っております」

「頭を上げてください。詫びの言葉を聞きたくて、御連絡したわけではありません。あなたのお気持ちは、あの手紙で十分にわかっているつもりです。生半可な気持ちでは、あんな手紙は書けません。いや、遺族に手紙を渡そうという気にすらならないでしょう」

仁科はゆっくりと顔を上げ、目を中原に向けてきた。真一文字に閉じた口元に、苦悶の色が滲んでいる。

本当に誠実な人物なのだな、と中原は思った。この雰囲気は演技では出せないだろう。電話で話した時にも感じたことだが、こうして直に会ってみて確信した。

仁科からの手紙をきちんと読んだのは昨日のことだ。里江に電話し、読ませてもらえないだろうかと頼んでみたのだ。彼女は快諾し、ファクスで送ってくれた。それを読んだ後、再び里江に電話をかけ、自分が仁科に会ってもいいだろうかと訊いた。無論、彼女は驚いた。目的を尋ねてきた。

相手がどういう人物かを知っておきたいからだ、と中原は答えた。

「現在、僕は小夜子さんの正式な遺族ではありません。だから第三者としての目で見られると思うんです。まあ、完全に客観視できるわけではないでしょうけれど、相手のことを知っておいても損はないと思うのですが」

彼の説明に、里江は宗一と相談した後、そういうことならと了承してくれたのだった。

その後、仁科に電話をかけ、会う約束をした。携帯電話の番号は、手紙に書いてあった。被害者の元夫からの連絡で仁科は少し戸惑ったようだが、遺族から代理役を頼まれたというと納得した様子だった。

里江たちへの説明は嘘ではなかった。あの手紙を読み、どんな人間が書いたのだろうと興味が湧いたのは事実だ。だがそれ以前に中原は、どうしても仁科に会いたいと思っていた。富士宮、井口沙織、こども医療相談室——果たして単なる偶然なのか。

「それにしても不思議なんですよ」中原はいった。「あなたは今、身内という言葉をお使いになりましたが、実際には義理の間柄ですよね。その気になれば、いつでも縁を切れると思うのです。ところがそうはせず、実の息子のように事に当たろうとしておられる。人間として立派だとは思いますが、あまりに立派すぎて、感心するのを通り越して不自然さを感じてしまいます」

仁科は首を振った。

「立派だなんて、そんなことはありません。義父があんなことをした原因は自分にもあると思っていますから、縁を切っておしまいにするなんて、そんな身勝手なことはできません」

「それが立派すぎるというんです。元々、あなたに扶養義務はないじゃないですか」

「私になくても妻にはあります。そして妻に経済力がなければ、夫が支えるのは当然です」

「しかしその奥さんが父親への援助を打ち切ったわけでしょう？　あなたには何の落ち度も責任もないように思われます。仮にあなたが事件との関連を否定したところで、誰も文句はいわないでしょう」

「妻は私への気兼ねから、そうした不本意な行動に出たのです。私には関係がないとはとてもいえません」仁科は視線を徐々に下げていき、最後には俯いていた。

コーヒーが運ばれてきた。中原はミルクを入れ、スプーンで掻きまぜた。しかし仁科は下を向いたままだ。

「コーヒーぐらい召し上がってください。こちらまで飲みにくくなる」

「あっ、はい」仁科は顔を上げ、ブラックのままでコーヒーを一口啜った。

「御家族はどのように？」

中原の問いかけに、えっ、と仁科は顔を上げた。

「奥さんやお子さんのことではなく、あなたの御両親や御兄弟です。今回の事件のことを、どのようにおっしゃってるんですか」

「それはもちろん、ひどいことをしてくれたものだと……」

「奥さんと別れろ、とはいわれないんですか」

仁科は答えず、苦しげに唇を曲げた。その様子を見て、中原は察した。

「やはり、いわれているんですね」

仁科は深いため息を漏らした。

「それぞれに社会的立場がありますから、言い分はわかります」

「しかしあなたは別れようとはしない。奥さんのほうが大事だということですか」

「私は……責任を果たさなければなりません。逃げるわけにはいきません」仁科は相変わらず苦しげに、しかし力強くいった。伏し目がちだが、そこに宿る光には固い決意が潜んでいるようだった。一体何が、この人物の倫理をこれほどまでに堅牢にしているのだろう、と中原は思った。それとも彼を支えているのは、単なる倫理などではないのか。

「御出身は富士宮だそうですね」中原は本題に入ることにした。

虚を衝かれたように、仁科は身体をぴくりと動かした。何度か瞬きした後、「そうですが、それが何か」と訊いてきた。

「御両親は今も富士宮に？」

「母がいます。父は数年前に他界しました」

「御実家は、どのあたりですか」

「フジミガオカというところですが……」

「フジミガオカ、ですか」中原はボールペンを内ポケットから出し、ペーパーナプキンを抜き取ると、そこに『富士見ケ丘』と書いた。「字はこれで合ってますか」

「ええ」

「そうですか。じつは知り合いに富士宮出身の者がいるんです。歳もあなたと近いように思います。高校はどちらですか」

仁科が戸惑った様子で答えた高校は、中原が予想したものの一つだった。あの地域では一二を争う進学校らしい。しかし本当に知りたいのは高校ではない。

「さすがですね、ちなみに中学は？」

仁科は不審げに眉をひそめた。「たぶん御存じないと思いますが」

「一応教えていただけますか。その知り合いに確認してみたいんです」

仁科は逡巡の色を浮かべた後、「富士宮第五中学校です」と答えた。声が、これまでよりもさらに沈んだように感じられた。

「公立中学ですね」

「そうです」

中原は先程のペーパーナプキンに高校名と中学校名を書き足し、折り畳んでボールペンと共に内ポケットにしまった。

「富士山が近いんですよね。羨ましい。よく登られたんですか」

「いえ、私はそんなには……」仁科は、なぜそんなことを訊くのか、という顔をしている。

「富士山といえば、樹海もありますね。行かれたことはありますか」

「樹海……ですか」

一瞬、仁科の目に宿っていた光が揺れたように見えた。彼は視線を宙に彷徨わせた後、中原に目を戻した。

「小学生の時、遠足か何かで行きましたね。でも、それぐらいだったと思います。樹海がどうかされたのでしょうか」

「ええ、じつはですね」中原は脇に置いた書類鞄から三枚の写真を出し、仁科の前に置いた。例のデジカメの画像をプリントアウトしたものだった。「事件の十日前、小夜子はこんなものを撮影していたんです。これ、青木ヶ原の樹海ですよね？」

写真を見て、仁科は首を傾げた。

「さあ、わかりません。今もいいましたように、小学生の時以来行ってないので」

中原は相手の表情の変化を見逃すまいとしていたが、仁科が動揺しているかどうかは判別できなかった。だが口調は少し硬くなったような気がした。

そうですかと頷き、中原は写真を鞄に戻した。仁科がグラスの水を飲むのを横目で見ながら、一枚の書類を出した。例の、『こども医療相談室』の案内状を里江にファクスしてもらったのだ。

今度は明らかに仁科の表情が変わった。驚いたように目を見開いたのだ。

「それは……」

「もちろんあなたは御存じですよね。あなたがお勤めの小児科が主催しているのですから」

何かを呑み込むように仁科は顎を引いた。「はい」

「ここにはいくつかの日程が記されていますが、インターネットで調べたところによれば、

「間違いありませんか」

この日の担当はあなたということでした」日程のひとつを中原は指差した。「間違いありませんか」

仁科は唇を舐め、頷いた。「ええ」

「よく見てください。この日は小夜子が殺される三日前です。どう思われますか」

「……いや、その、そういわれましても」仁科はコーヒーを口にした。「なぜ今こんな話をされるのかがわかりません。この案内状が……『こども医療相談室』が、どうかしたんでしょうか」

中原は案内状を手にした。

「これはファクスですが、現物は小夜子の遺品から出てきたんです。子供のいない彼女が、こんなものを持っていたのには、何かわけがあったと思われます。職業がフリーライターですから、取材が目的だったのではと考えるのが最も妥当です。そこであなたにお伺いしたいんです。この『こども医療相談室』に小夜子が来ませんでしたか」

仁科は案内状をじっと見つめた後、ゆっくりと瞬きをしてから中原に視線を戻した。そのしぐさが中原には、まるで何かを吹っ切ろうとしたかのように見えた。

「いえ、いらっしゃってません」

「間違いありませんね」

「はい」

「わかりました」中原は案内状を鞄にしまった。

中原さん、と仁科が呼びかけてきた。

「私に連絡をくださったのは、こういう質問をするためだったのですか」

そうです、と中原は答えた。「いけませんか。気に障りましたか」

「いえ、そんな」仁科は首を振った。「気に障るだなんて、そんなことをいう資格はありません。ただ、私どもは逃げも隠れもいたしませんので、もし何かおっしゃりたいことがあるのなら、遠慮なくいってくださるとありがたいのですが」

「いいたいこと、ですか」

そう口にした途端、不意に中原の頭に浮かんだことがあった。それはこうして仁科と会うまでは考えなかったことだ。

中原は、わかりましたといって少し胸を反らせた。仁科もつられたように姿勢を正した。

「両親は……小夜子の両親は死刑判決が出ることを望んでいます」

仁科の睫がぴくぴくと動いた。はい、と小声で答えた。

「しかし初犯だし、被害者は一人だし、自首している。それらを考えれば死刑判決が出ることはまずないと思われます。ただし強盗殺人罪の場合の法定刑は死刑か無期懲役ですから、死刑でなければ無期ということになります。仮に温情が働いたとしても、二十五年や三十年といった、高齢の犯人にとっては過酷な判決が出るでしょう」

ただし、と中原は続けた。

「単純な強盗殺人ではなく、別の何らかの動機、しかもそれが情状酌量の余地があるものであれば、刑期が大幅に短縮される可能性が出てきます。たとえば、自分以外の誰かのためであったとか」

仁科の頬が引きつり、顔にさっと赤みがさした。それは彼が初めて見せた、大きな表情の変化だった。中原は核心をついた手応えを得た。

やはりそうなのだ。事件には、この人物が関わっている。だから妻とは別れず、犯人と共に罰を受けようとしているのだ。

しかし次の瞬間には、仁科は元の表情に戻っていた。

「何のことをおっしゃっているのか、よくわからないのですが」

中原は黙って相手の目を見つめた。仁科も真っ直ぐに見返してきた。目をそらそうとはしない。

「そうですか。すみません、つまらないことをいって。私のいいたいことは以上です。では本日のことは、ありのままを小夜子の両親には伝えます」

「よろしくお願いします。心からお詫びしておりますとお伝えください」

「わかりました」

中原は伝票に手を伸ばしたが、先に仁科が取った。「いえ、ここは私が」

「では御馳走になります」中原は鞄を抱えて立ち上がってから仁科を見た。「ひとつ、訊くのを忘れていました」

「何でしょうか」

「さっきお話しした富士宮出身の知り合いです。井口沙織という女性なんですが、お知り合いではありませんか」

仁科が息を呑むのがわかった。

「いいえ、知りませんが」

中原は頷いた。「それは残念」

踵を返し、出口に向かった。頭の中では、いつ休暇を取ろうかと考えていた。無論、富士宮に行くためだ。

15

テレビ画面の中では、いつものように悪役キャラクターが暴れ回っていた。そこへ登場してくるのが正義の味方。悪いことをした者はいつかは罰せられるんだ——これまたいつもの決め台詞。悪役キャラは抵抗するが、最後には正義の味方にやっつけられておしまい。めでたし、めでたし。

翔は手を叩き、床の上で跳ねている。花恵を振り返り、「もう一回観ていい？」と訊いてきた。「もう一回だけよ」と答えると、嬉しそうにリモコンを操作する。すっかり手慣れたものだが、同じアニメを何度も観て、何が楽しいのだろうと不思議に思う。

花恵はテレビの横の置き時計に目をやった。午後八時半を少し過ぎたところだ。先方との話し合いはどんな具合なのだろう。そのことばかりが気になって、今日は一日中、何も手につかなかった。

浜岡小夜子さんの御遺族から連絡があった、と史也から聞かされたのは昨夜だ。別れた元夫ということだから厳密にいうと遺族ではないが、両親の意向を受けているらしいので、同じようなものだ。

その中原という人物は、話があるので会いたいといってきたそうだ。もちろん史也は承諾した。今日の午後七時に、都内のホテルで会うことになったといった。

どういう用件なのか、先方は電話ではいわなかったらしい。

どんなふうに罵られても耐えなきゃいけないし、どんな無理難題を吹っかけられても、俺は拒否しないつもりだ——今朝、家を出る時に史也が口にした台詞だ。

彼のいっていることはよくわかる。自分たちに何かをいい返す資格などない。しかし、ただ黙って頭を下げ続けている史也の姿を想像すると、きりきりと胸が痛んだ。

一体いつまでこんな日々が続くのだろうと思った。近所を歩けば、白い目で見られているのを感じる。翔は今、幼稚園を休んでいる。たぶんどこか別の園を探すことになるだろう。だが果たして入園が認められるのか。不安なことを数え上げればきりがない。

あっ、と翔が声を上げてドアのほうを見た。「パパだ」

玄関のドアが開く音を聞いたのだろう。小さな子供は夢中でテレビを観ていても、自分にとって大事な音を聞き逃さない。

翔が廊下に出ていく。お帰りなさい、という元気な声。ただいま、と史也が返している。

花恵は思わず手を握りしめていた。

翔が戻ってきた。その後ろから史也が現れた。お帰りなさい、と花恵はいった。自分の顔が強張っているのがわかる。

彼は頷くと、居間には入ってこずにドアを閉めた。二階の寝室で着替えるのだろう。

花恵は翔を残し、居間を出た。階段を上がって、寝室のドアを開ける。史也がネクタイを外しているところだった。

「どうだった?」花恵は夫の背中に訊いた。

史也がゆっくりと振り向いた。その顔を見て、どきりとした。あまりにも表情が陰鬱だったからだ。

「何を……いわれたの？」

彼は、ふうっと息を吐いた。「いわれたんじゃない。訊かれたんだ」

「訊かれた？　どんなこと？」

「いろいろだ」史也は上着を脱ぎ、ベッドに放り投げた。花恵の顔を見て、続けた。

「もしかしたら、何もかもおしまいかもしれない」

ぎくりとした。「……どういうこと？」

史也はベッドに腰を落とし、がっくりと項垂れた後、頭をゆらゆらと振った。

「中原さんは気づいてるよ。ただの強盗殺人じゃないって」

「えっ」

史也は花恵を見上げた。暗い目をしていた。

「樹海の写真を見せられた。浜岡小夜子さんが撮ったものらしい。富士宮出身なら、行ったことがあるんじゃないかって」

樹海という言葉が、花恵の心にずしりと落ちた。「それだけのことなら、別に……」

「それだけじゃないんだ」

史也は中原とのやりとりを、ぽつりぽつりと話し始めた。その内容の一つ一つは、まさに真綿で首を絞めるように花恵の心を追い込んでいった。

「まだ中原さんは真相には気づいていないようだ。だけど時間の問題だと思う。覚悟しておいたほうがいい」

「そんな……」

花恵は足下に目を落とした。今にもどこかに落ちていくような気がした。

ママっ、と声が聞こえた。翔が呼んでいるのだ。ママァ――。

「行ってやれ」史也がいった。「早く」

花恵はドアに向かった。部屋を出る前に夫のほうを振り返った。彼と目が合った。

「すまないな、俺のせいで」

彼女は首を振った。「あなたは全然悪くない」

史也は薄い笑みを浮かべ、俯いた。その姿を見ているのが辛くて、花恵は部屋を出た。

階段を下りる時、立ちくらみがした。咄嗟に腕を伸ばし、壁に手をついた。一瞬、網膜の裏に浮かんだのは、地面が雪で覆われた樹海だった。


五年前の二月――。

田端祐二が自殺を図ったこと、自分がずっと彼に騙されていたことを知った瞬間、魂が抜けていくような感覚を味わった。

インターネットカフェで倒れて以後、花恵には数日間の記憶がない。気を失っていたのはほんの数分だったそうだが、その後自分がどう行動したのか、どんなふうに過ごしていたのか、まるで覚えていなかった。

　だがその間に、死ぬことを決意したのはたしかだった。花恵は最低限の荷物を持って、部屋を出た。財布には有り金すべてを入れた。誰にも迷惑をかけず、そしてあまり苦しむことなく死ねる場所を見つけ、そこで命を絶とうと考えていた。

　じつは真っ先に頭に浮かんだ土地があった。だからスニーカーを履いたし、荷物は手提げバッグではなくリュックサックにした。寒いだろうからマフラーを巻き、手袋も持った。本屋で行き方を調べ、目的地に向かった。電車を乗り継ぎ、辿り着いた先は河口湖《かわぐちこ》駅だった。そこからはバスだ。ボンネット部分が突き出た、レトロなデザインだった。二月という季節のせいか、乗客はまばらだった。

　三十分ほど揺られたところで『西湖《さいこ》コウモリ穴』という停留所で降りた。散策コースのスタート地点として推薦されているからだ。広い駐車場の端に、遊歩道の配置を記した大きな地図が立てられていた。

　青木ヶ原の樹海のことは、母の克枝から聞いた。何かの小説に出てきて、それがきっかけで自殺の名所として知られるようになったらしい。一度迷い込んだら決して出てこられず、方位磁石さえ役に立たないとのことだった。つまり、自殺の決意が揺るがないというわけだろう。

　花恵は首に巻いているマフラーを触った。これをどこかの木にくくりつけ、首を吊ればいい。人に見つからないよう、遊歩道からはできるだけ離れる必要がある。

そんなことを考えながら地図を見上げていると、「お一人ですか」と横から声をかけられた。黒いダウンジャケットを羽織った、三十過ぎぐらいの男性が立っていた。

「そうですけど」花恵は警戒しながら答えた。

「これからトレッキングですか」

「ええ……」

男性は頷き、花恵の足下を見た。「その靴で大丈夫ですか」

彼女は自分のスニーカーを見下ろした。「いけませんか……」

「遊歩道には、まだ雪が残っています。滑らないよう、気をつけて行ってください」

「あ、はい。ありがとうございます」男性に向かって頭を下げ、花恵は歩きだした。あまり長く話をしていると、自分の思惑が露呈してしまいそうな気がした。

男性がいったように、遊歩道は雪に白く覆われていた。だが積雪自体はさほどでもなく、靴が埋まることはない。富山の田舎のほうがもっとすごかった、と花恵は思った。

少し進むだけで、鬱蒼とした樹木に囲まれた。落葉樹も多いが、殆どの木が青々とした葉をつけたままだ。なるほどそれで青木ヶ原なのかと納得した。

十分ほど歩いたところで立ち止まった。前方に人の姿はない。ゆっくりと後ろを振り返ってみた。そちらも誰もいなかった。

深呼吸をした。吐き出された息が白くなって散った。

遊歩道から外れ、木々の間に踏み出した。さくっさくっと雪を踏む音が響く。そこに風の音が重なった。寒さで耳が少し痛くなっていることに気づいた。

どれだけ歩いただろうか。徐々に足場が悪くなったこともあり、下ばかりを見て進んでいたので、距離感が摑めなくなっていた。顔を上げ、周囲を見渡した。

愕然とした。どちらを向いても、見事に同じ景色だった。地面は白く、樹木が不気味なほどに密集して生えている。

霊気が地面からじわじわと上がってくるようだった。

ああ、自分はここで死ぬのだな、と思った。これまでの人生を振り返ろうとしたが、頭に浮かんでくるのは、田端のことばかりだった。なぜあんな男に引っ掛かってしまったのだろう。あの男との出会いさえなければ、もっとましな人生を送れたはずなのだ。

考えてみれば、母親と同じだ。克枝も作造に騙されていた。いや、実際に結婚しただけ、克枝のほうがましだったかもしれない。

今さらながら、自分を哀れに思う気持ちが押し寄せてきた。花恵はしゃがみこみ、両手で顔を覆った。生きているのが辛いとこれほど強く思ったことはなかった。

不意に母の顔が頭に浮かんだ。克枝は笑みを浮かべ、手をさしのべてきた。こっちに来なさい、といっているようだった。

うん、これから行くね――。

だがその時、肩に何かが触った。花恵はぎくりとして顔を上げた。そばに誰かが立っていた。「大丈夫ですか」そう尋ねてきた。

見上げると、先程の男性だった。心配そうに彼女の顔を覗き込んできた。「お加減でも悪いんですか」

わけがわからなかった。なぜこの男性がここにいるのか。

花恵は立ち上がり、かぶりを振った。「何でもないです」

「ここは遊歩道からかなり外れています。戻りましょう」

「あ……お先にどうぞ」

「一緒に行きましょう。ついてきてください」言葉は丁寧だが、口調は強かった。

「あたしはまだ、もう少しここに……」

「いけません」男性は、ぴしりといった。「ふつうの身体じゃないんでしょ?」

はっとして男性の顔を見返した。すると彼は口元を緩め、ポケットからカードのようなものを出してきた。「僕はこういう者です」

それは慶明大学医学部附属病院の入館証だった。仁科史也、とあった。

「さっきあなたを見かけた時、ぴんときたんです。あっ、妊娠されてるんじゃないかってね。違ってたら、ごめんなさい」

花恵は俯き、下腹部に触れた。「いえ、その通りです」

「やっぱり。それで何となく気になって探しにきてみたら、森に入っていく後ろ姿がちらりと見えました。まずいなと思い、足跡を辿ってきたというわけです。——さあ、戻りましょう。妊婦一人をこんなところに置いておくわけにはいきません。戻らないというのなら、僕もここにいます。どうしますか」

彼の言葉には有無をいわせぬ響きがあった。花恵は頷き、わかりました、と答えた。

遊歩道に戻ると、どちらかがいい出したわけでもないのに、最初の駐車場に引き返していた。仁科は黙々と歩いている。

「あの……ここには旅行で来られたんですか」花恵が訊いた。

「旅行というのとは少し違いますね。実家が富士宮で、東京に戻る途中に寄ったんです」

そういってから仁科は少し首を傾げた。「墓参り……みたいなものです」

あっ、と思わず声を漏らした。そういうことかと合点した。彼の知り合いが、ここで自殺したのだろう。

「あなたはどちらから？」

「あ……相模原ですけど」

何のためにこんなところに来たのか、と尋ねてくるかと思ったが、彼はそれ以上何も訊いてこなかった。

駐車場に戻った。仁科は立ち止まらず、歩き続けている。あのう、と背中に声をかけた。

「あたしはもうここで……」

彼はようやく足を止め、振り返った。

「河口湖駅まで送りますよ。バスは当分来ないし」

「いえ、結構です。一人で待ってますから」

すると彼は大股で近づいてきた。

「送ります。早く暖かいところに入ったほうがいい。体に障りますよ」

「いいんです。ほっといてください」花恵は下を向いた。

仁科がさらに近づく気配があった。

「樹海の中で死んだって、いいことなんか何ひとつありませんよ」

どきりとして顔を上げた。彼と目が合ったので、また俯いた。

「おかしな伝説がありますが、樹海に囲まれているからといって、楽に死ねるわけじゃない。野生動物に食い荒らされ、見るも無惨な死骸になるだけです。ちなみに磁石が使えないというのも嘘です」彼は花恵の肩をぽんと叩いた。「行きましょう」

どうやら諦めるしかなさそうだった。死ぬのは別の場所にしよう、と花恵は思った。たしかに樹海の中でなくてもいいのだ。

仁科は駐車場の隅に車を駐めていた。助手席側のドアを開けてくれたので、花恵はリュックを背中から下ろして乗り込んだ。

彼はダウンジャケットを脱ぎ、運転席に乗り込んでから、「自宅には誰かいらっしゃいますか」と訊いてきた。

「いいえ、独り暮らしです」

「旦那さんは？」

「……結婚してません」

「あ……」

花恵は俯いていたが、仁科の視線が自分の下腹部に向けられたのを感じた。ではその子の父親は、と尋ねてくるのかなと思った。

だが彼は一呼吸置いた後、「御両親は？」と訊いてきた。「あるいは御兄弟に連絡はつきますか」

花恵は首を振った。「兄弟はいないし、両親は死にました」

「では、ふだん親しくしている方は？　職場の方とか。どなたかいらっしゃるでしょう？」

「いません。仕事は辞めました」

仁科は沈黙した。困惑している様子が伝わってきた。

面倒臭いことになった、と思っているに違いなかった。声をかけたことを後悔しているかもしれない。知るものか、と花恵は思った。ほうっておいてくれればよかったのだ。

ふっと息を吐く音が聞こえた。仁科はシートベルトを締め、車のエンジンをかけた。

「わかりました。住所を教えてください。たしか相模原でしたね」彼はカーナビを操作し始めた。

「どうするんですか」

「とりあえず御自宅までお送りします。その後どうするかは、運転しながら考えます」

「そんな……結構です。河口湖駅で降ろしてください」

「そういうわけにはいきません。その後のあなたの行動が心配ですから。さあ、早く住所をいってください」

花恵は黙っていた。すると彼は、またため息をついた。

「あなたが住所を教えてくれないのなら、僕は警察に電話をしなければならなくなる」

「警察……」花恵は仁科の顔を見た。

彼は不承不承といった顔で頷いた。

「樹海の中で自殺願望があると思われる女性を発見したのですから、警察に連絡するのは当然の義務です」ポケットから携帯電話を出した。「どうしますか」

彼女は小さく手を振った。「電話しないで。自殺はしませんから」

「じゃあ住所を」

もはや仁科が引き下がることはなさそうだった。花恵は小声で住所をいった。それを彼はカーナビに打ち込んだ。

「苦痛でなければシートベルトを締めていただけませんか」

「あ、はい」花恵は観念し、シートベルトを締めた。

車中、仁科は花恵が死のうとした理由を尋ねてはこなかった。そのかわりに勤めている病院でのことを話した。彼は小児科医で、難病で苦しんでいる子供を何人も診ているということだった。生まれた時からチューブを付けられたままの子もいるらしい。

でもね、と仁科は続けた。

「誰一人として、生まれてきたことを後悔はしていないんです。彼等の親たちにしても、産んだことを後悔していない。どんなにハンディを背負っていても命の重さに違いがあるわけじゃない、ということを忘れてはいけないと思います」

彼が何をいいたいのかは明らかだ。命を大切にしろということなのだろう。そんなことはわかっている。でも、生きているほうが辛くなったらどうすればいいのか。

するとそんな彼女の心中を察したかのように、彼はこんなことをいった。

「あなたは、自分の命なのだから、自分がどう扱おうと勝手だと思っているのかもしれませんが、それは違います。あなたの命はあなた一人のものではありません。もうお亡くなりになっているとしても御両親のものでもあったし、そんなに親しくはないかもしれないけれど、あなたを知っているすべての人のものでもあるんです。いや、すでに僕のものでもあります。だって、もしあなたが死ねば、きっと僕は悲しみますから」

花恵は、どきりとして仁科の横顔を見た。こんなふうにいわれたのは初めてだった。あの田端からもいわれなかった。

「それにあなたは大事なことを忘れている。あなたが持っている命は一つじゃない。もう一つ、持っているでしょ？　でもそれはあなたの命じゃない。違いますか」

花恵は下腹部に手を当てた。それはわかっている。ではどうすればいいのか。この子には父親がいない。そもそも愛の結晶ですらない。男が詐欺のついでに作った子供だ。

途中、サービスエリアに寄った。食事をしようと仁科がいいだしたのだ。断る理由が思いつかず、一緒にレストランに入った。

食べることなどずっと頭になかったが、ショーケースの中を眺めていると猛烈に食欲が湧いてきた。考えてみれば、何日もろくに食事をしていなかった。

「何にしますか」食券売り場で仁科が訊いてきた。財布を手にしている。

「あっ、あたし、自分で払います」

「気にしないで。何がいいですか」

じゃあ、ともう一度ショーケースの中を見てから答えた。「鰻重《うなじゅう》を……」

仁科は少し驚いた色を見せた後、微笑んで頷いた。「いいですね、僕もそれにしよう」

テーブルを挟んで彼と向き合い、花恵は饅重を食べた。涙が出そうになるほどおいしかった。御飯の最後の一粒まで、丁寧に食べた。おいしかったですかと仁科が訊いてきたので、はい、と答えた。彼は満足そうに頷いた。

「よかった。ようやくあなたの笑顔を見られた」

そういわれ、自分が笑ったことに花恵は気づいた。

アパートに着いた時には午後八時を過ぎていた。仁科は部屋の前まで送ってくれた。

「今日はありがとうございました」花恵は頭を下げた。

「大丈夫ですね」仁科が訊く。はい、と彼女は答えた。

部屋に入り、明かりをつけた。空気が冷え切っている。ここを出たのは今朝なのに、ずいぶん長い間戻らなかったような気がした。

腰を下ろし、毛布を背中から羽織った。両膝を抱え、今日一日の出来事を振り返った。不思議な日だった。樹海の中で死に誘惑されそうになったこと。仁科との出会い。そして饅重の感激的な美味。

仁科の言葉の一つ一つが蘇ってくる。

「もしあなたが死ねば、きっと僕は悲しみますから」

彼の話を思い出していると、ほんの少しだが勇気が湧いてくるような気がした。

しかし――。

それも長くは続かなかった。明日からどう生きていけばいいのか、それを考えただけで絶望的な気持ちになるのだった。お金はない。仕事もない。この身体では、水商売もできない。このままでは子供が生まれてしまう。たぶん、中絶できる期間は過ぎている。

だめだ、と思った。勇気が出たような気がしたのは錯覚だ。

花恵は組んだ腕の中に顔をうずめた。すると、あの樹海にいた時の感覚が蘇ってきた。脳裏に浮かぶ母の顔。やっぱり、あたしもあそこへ行きたい——。

その時、携帯電話が鳴りだした。花恵はゆっくりと顔をあげ、バッグから電話を出した。着信があるのは、いつ以来だろう。表示されている番号に見覚えはなかった。

出てみると、「仁科です」と名乗った。「大丈夫ですか」

車を降りる前、携帯電話の番号を訊かれたことを思い出した。

花恵が答えないでいると、もしもし、町村さん、もしもし、聞こえていますか、と焦った様子で呼びかけてきた。

「あ……はい。聞こえています」

「よかった。大丈夫ですか」

花恵は何とも答えようがなく、黙っていた。するとまた、もしもし、と声をかけてくる。

「あの、仁科さん、あの……」

「はい」

「ごめんなさい。あの、あたし、大丈夫じゃないです。やっぱり……やっぱり無理かも。……ごめんなさい」

仁科は少し間を置いた後、「これから行きます」といって電話を切った。

約一時間後に彼はやってきた。コンビニで買ったという温かい飲み物とサンドウィッチの入った白い袋を提げていた。

花恵はペットボトルに入ったホットレモンを飲んだ。身体の芯から温まりそうだった。

「一人、気になっている子供がいましてね」仁科はいった。「生まれつき心臓がよくないんです。不整脈が頻繁に起きて、いつ突然死してもおかしくない状況なんです。だから仕事が休みの日でも、なるべく様子を見に行くようにしています。それで今夜も行ったのですが、その子がやけに元気だったのです。そして僕に向かって、こんなふうにいいました。先生、僕のことは大丈夫だから、今夜はほかの人のことを心配してあげてよって。何をいってるんだと思いましたが、その瞬間、なぜかあなたのことが頭に浮かびました。それで急に気になりましてね、先程電話をしたというわけです」彼は白い歯を見せた。「電話して、正解だったみたいですね」

花恵の胸に熱いものがこみ上げてきた。これほど優しさに溢れた言葉を聞くのは生まれて初めてだった。涙が止まらなくなり、あわてて仁科が差し出したティッシュペーパーを目の下に当てた。

「仁科さん、どうして訊かないんですか。あたしが死にたい理由を」

彼は困ったように頭を掻いた。

「見ず知らずの人間に話せるような内容ではないと思うからです。人は、そんなに軽い理由で死にたくなったりしません」

誠実な人なのだ、と花恵は思った。たぶんこれまでに出会った誰よりも真面目で、自分に厳しい生き方をしている。

花恵は仁科の目を見つめた。「あたしの話、聞いていただけますか」

彼は正座し、背筋を伸ばした。「僕でよければ」

こうして花恵は、長い物語を会ったばかりの人間に話すことになった。うまく割愛できないので、生い立ちから話した。段取りが悪く、自分でもわかりにくい話し方だと思ったが、仁科は辛抱強く聞いてくれた。

彼女の話が終わった後、彼はしばらく黙って壁を見つめていた。その眼差しは鋭く、声をかけるのが躊躇われた。何が彼をこれほど真剣にさせるのか、まるでわからなかった。

やがて仁科は太い息を吐き、花恵のほうを向いた。

「いろいろと大変でしたね」温かい笑みを浮かべた。「でもとりあえず、死ぬことは考えないでください」

「……あたし、どうすればいいと思いますか」

すると仁科は流し台に目を向けた。「自炊されてるんですね。料理は得意ですか」

意外な質問だったので、答えるのが少し遅れた。

「得意ってほどではないですけど、一応やります」

そうですか、といって仁科はポケットから財布を出した。そこから出してきた一万円札を花恵の前に置いた。どういう意味かわからず、彼女は彼を見た。

「明日、改めて話をしましょう。ここで食事をしながら」

「えっ……」

「夕食はいつも病院の食堂で摂るのですが、メニューが代わり映えせず、ちょっと飽きているんです。だからあなたにお願いしようと思って。これは材料費と手間賃です」

あまりに予想外の話なので当惑した。

「あたしの料理を？」

はい、と彼は微笑んで頷いた。「僕は夜八時頃に来ます。それまでに食事を用意しておいていただけないでしょうか」

「あたしなんかの料理でいいんですか。変わったものなんて、作れないんですけど」

「ふつうの料理で結構です。苦手な食材はありません。お願いしてもいいですか」

花恵は前に置かれた一万円札を見つめてから顔を上げた。

「わかりました。やってみます。でもあまり味に期待しないでくださいね」

「いや、大いに期待していますよ。引き受けてもらえてよかった」そういうと仁科は立ち上がった。「では、また明日」

「あっ、はい」

花恵が腰を上げた時には、彼はもう靴を履き終えていた。おやすみなさい、といって部屋を出ていった。

狐につままれたような気分だった。仁科はなぜあんなことをいいだしたのだろう。

一万円札を自分の財布にしまいながら、一体どんな料理を出したらいいのだろうと考えた。医者をしているぐらいだから、高級料理なども食べ慣れているに違いない。そんなものと張り合おうとしたって無駄だ。

食べ物のことを考えているとおなかが減ってきた。冷蔵庫に何かなかっただろうか。そう思った時、コンビニの袋が目に留まった。そこにサンドウィッチが入っている。

いただきます――心で仁科に声をかけ、手を伸ばした。

翌日は久しぶりに気持ちよく目が覚めた。まともに眠れたこと自体、田端の死を知って以来初めてだった。

昨日のことを振り返った。すべてが夢のように感じられた。だがそうではない証拠に、ゴミ箱にサンドウィッチの包装フィルムが捨ててあった。

花恵はベッドから起き上がった。のんびりとはしていられない。夜までに料理を作らねばならないのだ。

料理の献立を考え、必要な食材をメモに書き込んでいった。あまり多くないが、得意料理はいくつかある。それを出してみようと思った。

献立が決まると食材を買いにスーパーに向かった。その帰りにマクドナルドに寄り、ハンバーガーを食べた。昨夜鰻重を食べて以来、食欲が戻ったようだ。

部屋に帰ると早速料理の仕込みにかかった。本格的に調理器具を使ったのは、ずいぶん昔のような気がした。

午後八時を少し過ぎた頃、仁科がやってきた。花恵はテストの解答用紙を教師に見せる生徒のような気持ちで、テーブルに料理を並べた。筑前煮、鶏の唐揚げ、麻婆豆腐、卵スープ――まるで脈絡のない組み合わせだ。だがそれらの料理を口にし、すごくおいしい、と彼はいってくれた。

食事をしながら仁科は、病院に来る子供たちの話をしてくれた。暗い話ばかりではなく、楽しい話もあった。遠足に行けなくなるのが嫌で、体温計の目盛りをごまかそうとした男の子の話には花恵も笑った。

仁科は自分がしゃべるだけでなく、花恵からも話を引き出そうとした。趣味、好きな音楽、好きな芸能人、よく遊びに行くところ、等々だ。誰かに自分のことをこれほど話したのは初めてだった。田端にさえも話さなかった。

「ごちそうさま。お願いしてよかった。手料理を食べたのは久しぶりだ」食事の後、仁科はしみじみとした口調でいった。

「お口に合ったのならよかったのですけど」

「大変おいしかった。そこで相談なんですがね、明日もお願いしていいですか」

「えっ、明日もですか」

「はい。できれば明後日以降も毎日」仁科は、さらりといった。

「毎日……」花恵は何度も瞬きした。

「だめでしょうか？」

「いえ、だめではないですけど……」

「ではお願いします。とりあえずこれだけ」仁科は財布から出した金をテーブルに置いた。五万円あった。「足りなくなったら、いってください」

呆気にとられて何もいえないでいると、ごちそうさま、また明日、といって仁科は帰っていった。

花恵は食器を洗いながら、明日は本屋に行こうと考えていた。料理本を買うのだ。もっとレパートリーを増やさなければと思った。

それ以後、仁科は毎日やってきた。花恵は一日の大半を、彼に食べさせる料理のために費やした。そのことが少しも嫌ではなく、むしろ張り合いがあった。誰かのためにすべきことがあるというのは、とても幸せなことなのだと心の底から思った。

単に料理を作るのが楽しかっただけでなく、仁科の来訪を心待ちにするようになった。少しでも遅れたりすると、急患があって来られないのではないか、と不安になった。

そんなふうにして十日が経った。食事を終えた彼は、大事な話があるといって少し改まった表情になった。

「あなたとあなたのおなかにいる子の将来について、僕なりに考えてみました」背筋をぴんと伸ばし、真っ直ぐに花恵の目を見つめてきた。

彼女は、両手を膝に置いた。「はい」

「生活保護を受けるという手もあるし、女手一つで子供を育てていくことも不可能ではないと思います。だけどやっぱり子供には父親がいたほうがいいし、何より、将来子供に父親のことを説明できないというのはまずいでしょう。そこで提案ですが、僕が父親になるということでいかがでしょうか」

流暢《りゅうちょう》に語られた内容は、思いがけないものだった。花恵は声が出せなかった。

「いや、まあ、つまり」仁科は頭を掻いた。「これは提案であると同時に、あなたに僕の妻になってもらいたいというプロポーズでもあるわけですが」

彼女が尚も黙っていると、だめですか、と窺うような目をした。

花恵は右手で自分の胸を押さえた。心臓の鼓動が苦しいほどに激しくなってきたからだ。

唾を飲み、息を整えてから口を開いた。「そんな、まさか……嘘でしょう?」

仁科は真顔になり、顎を引いた。「嘘や冗談でこんなことはいえません」

「でも、そんなのよくないです。同情して結婚するなんて、おかしいです」

「同情なんかじゃありません。自分の人生もひっくるめて考えた末に辿り着いた結論です。この十日間、あなたの手料理をたくさん食べ、あなたのことをたくさん知りました。その上での申し出です。もちろん、あなたが嫌だというのなら、諦めるしかないわけですが」

乾いた土に水がしみ込むように、仁科の言葉は花恵の胸の奥へと広がっていった。こんな夢のようなことがあっていいものか。まさに奇跡だ。

花恵は俯いた。身体が震えるのを止められなかった。

「どうしました」仁科が訊いてきた。「何か、いけないことをいいましたか」

彼女は首を振った。「信じられなくて……」そういうだけで精一杯だ。涙がこぼれた。嬉し涙を流すのは、一体いつ以来だろう。

仁科が腰を上げる気配があった。彼は花恵のそばに立ち、彼女の頭を両腕で包み込んだ。

「よろしく」

花恵の胸に熱く大きな波が押し寄せてきた。彼女も仁科の背中に腕を回した。

この人のためなら命を捧げてもいいと思った。

16

電話を終え、赤いスマートフォンをベッドに放り投げた。毛布は赤。枕カバーも赤だ。ＩＨコンロに置いた赤いポットが湯気を吹き始めた。井口沙織はスイッチを切り、ポットを持ち上げた。ティーバッグを入れたカップにゆっくりと湯を注いでいく。ティーカップも、もちろん赤色だ。

椅子に腰掛け、頭痛薬を口に放り込んでから紅茶を啜った。朝からずっと頭が重たい。たぶん天気が崩れるのだろう。そういう時は、いつもこうだ。

煙草をくわえ、火をつけた。案の定、ちっともおいしくない。それでも煙を吐くことをやめなかった。

今し方、男性スタッフから吐き捨てるようにいわれた台詞が耳に残っている。

「また休み？　あのね、歳をごまかせるうちに稼いどいたほうがいいと思うよ」

ふんと沙織は鼻を鳴らす。大きなお世話だ。そうなったらそれなりの店に移ればいいだけの話だ。世の中には年増好きなんてごまんといる。それに客だって、不機嫌そうな青白い顔で陰茎を舐められても、嬉しくも何ともないだろう。

眉根を寄せ、指先でこめかみをマッサージしていると、ベッドの上から着信音が聞こえてきた。店長からだろうか。

腰を上げながら煙草を灰皿の中で揉み消し、スマートフォンを手に取った。日山、という名字が表示されている。無視できない相手だった。

はい、と電話に出た。

「ああ、井口さんね。日山です。今、ちょっといいですか」

「大丈夫ですけど」

「じつはね、井口さんの連絡先を教えてほしいといってきてる人がいるんです。でも全然知らない人じゃありません。井口さんもお会いになっています。浜岡小夜子さんの元旦那さんです。中原さんという方です」

「お通夜の時に……」

「ええ、そうそう。あの方です。どうしましょうか」

「なぜあの人が、あたしの連絡先を知りたがってるんですか」

「小夜子さんのことで話があるんだそうです。勝手に教えるわけにはいかないと思って、こうしてお電話したんですけど」

「どういう用件か、日山さんは知らないんですね」

「はい、聞いておりません。中原さんは、井口さんと直接お話ししたいそうです。お教えしても構いませんか」

だめだ、というのも変な気がした。それに用件が気になる。相手は、あの浜岡小夜子の元夫なのだ。

わかりました、と答えた。

「お教えしていいんですね」

「はい」

「じゃあ、そうします。ところで、その後いかがですか。元気にしておられますか」

「まあ、何とか」

日山千鶴子は沙織の体調を気遣う言葉をいくつか並べた後、ではまた、といって電話を終えた。

スマートフォンをテーブルに置き、紅茶に口をつけた。浜岡小夜子の夫――中原という人物の顔を思い出そうとしたが、うまくいかなかった。通夜の時、きちんと見ていなかったのかもしれない。

紅茶を飲み干し、赤いカップを流し台に置いた時、着信音が鳴り響いた。スマートフォンの着信画面には、知らない番号が表示されている。

深呼吸をしてから電話を繋いだ。はい、と答える。

「もしもし、井口沙織さんの携帯電話でしょうか」男性の実直そうな声が聞こえた。

そうです、と答えながら、中原という人物だなと思った。

相手は名乗った。沙織が思った通りだった。

「じつは折り入ってお話ししたいことがあるのです。どこかでお会いできませんか」

「いいですけど、どういった内容ですか」

「それはお会いしてから。いつがいいですか。私は、なるべく早いほうがありがたいんです。裁判が控えておりますし」

「裁判？」

「もちろん、小夜子が殺された事件の裁判です」

沙織の心臓が跳ねた。「裁判に関係するようなことなんですか」

「わかりません。関係ないのかもしれません。でも一応、お話を伺っておきたいのです」

「あたし、あの事件とは関係ないですけど」

「そうかもしれません。だから単なる確認です。こちらも大げさなことはしたくないので」

「大げさなことって、どういうことですか」

だから、と中原は間を置いて続けた。

「些細なことだと思うので、警察なんかの手は煩わせたくないと考えているんです。だから直接あなたにお会いしたほうがいいだろうと。井口さんだって、刑事にあれこれ詮索されるのは、あまりいい気がしないんじゃないかと思った次第です」

婉曲《えんきょく》な言い方だが、会わないのなら警察に委《ゆだ》ねる、と威嚇しているのも同様だった。

沙織の胸に黒い雲が広がった。どうすればいいか、わからない。

「もしもし、井口さん。もしもし」彼女が黙っているので、中原が呼びかけてきた。「聞こえていますか」

はい、と沙織は答えた。「聞こえています……」

「いかがですか。お時間は取らせませんので、会っていただけないでしょうか」

特に高圧的でもないのに、中原の言葉にはこちらを頭から押さえ込んでくるような響きがあった。その原因が自分自身にあることに、沙織は気づいていた。

彼女はリビングボードの上に目を向けた。飾られている写真を見て、心を決めた。

わかりました、と答えた。「いいですよ」

「そうですか。いつなら御都合がよろしいでしょうか」

「別にいつでも……。仕事を休んだので、今日でも大丈夫です」

「では今日でお願いできますか。時間と場所をいってくだされば、どこへでも伺います」

中原は勢い込んでいった。

時間はいつでもいいし、場所など思いつかなかった。そういうと中原は、沙織の住まいがどのあたりかを訊いてきた。吉祥寺だ、と答えた。

かけ直す、といって中原は一旦電話を切った。店を調べる気なのだろう。

煙草を吸いながら、着信を待った。何気なく煙草のパッケージに目をやる。喫煙は、あなたにとって――で始まる警告文を読み、腹立たしくなった。十代の頃から吸っている。一日に二箱吸うこともざらだ。キスをして、客から煙草臭いと苦情をいわれることも多い。それなのに、身体には何の異状もない。おかしいのは頭だけだ。煙草は寿命を縮めるというのなら、さっさとこの命を奪ってほしい。

おいしくもないのに吸っていた煙草をあっという間に灰にし、次の一本を箱から引き抜いた時、スマートフォンが着信を告げた。中原からだった。

電話に出ると彼は、午後六時という待ち合わせ時刻と、吉祥寺駅のすぐ近くにある居酒屋を提案してきた。沙織も知っている店だった。

わかりました、といって電話を切った。


店は雑居ビルの二階にあった。入り口で女性店員に中原という名前を告げると、奥に案内された。通された個室には、スーツ姿の男性が待っていた。痩せた体型で、顔も細い。短く刈った髪には清潔感があった。ああそうだった、こういう人だった、と思い出した。

沙織が入っていくと中原は立ち上がった。「お忙しいところをすみません」

いいえ、と短く答えた。相手が立ったままなので、沙織も座れないでいた。そのことに気づいたらしく、「あっ、どうぞお掛けください」といって中原が腰を下ろした。それで彼女も向かい側の席に座った。

「ええと、どうしますか。こういうところでは、まずは生ビールあたりを注文するのが一般的だと思うのですが」中原が訊いてきた。

「あ……それでいいです」

「では、そうしましょう」

中原は手元の呼び出しボタンを押した。間もなく女性店員がやってきたので、彼は生ビールと枝豆を注文した。

店員が去ってから、「小夜子とは酒を飲みに行きましたか」と訊いてきた。

「いいえ、お酒は……」

「そうですか。いや、あいつは結構いけるくちだったので」

中原は和やかな雰囲気を作ろうとしているのかもしれない。それでも沙織は身を固くするのを堪《こら》えられなかった。裁判に関わる用件とは一体何だろう。

「あの、煙草を吸ってもいいですか」灰皿を横目に見ながら訊いた。

「あっ、もちろんです。どうぞ」

沙織が煙草に火をつけた時、生ビールと枝豆が運ばれてきた。

中原はビールを一口飲み、口元を手の甲でぬぐった後、やや改まった顔を彼女に向けてきた。「小夜子とは、どんな話をされたんですか」

「どんなって……だからそれは、雑誌をお読みになったらわかると思うんですけど」

「万引きの話ですか」

はいと頷き、下に向かって煙を吐いた。

「ほかにはどんな話を？」

沙織は灰皿に煙草の灰を落とし、もう一方の手でグラスを摑んだ。

「いろいろな話です。趣味とか」

「なるほど。趣味は何ですか」

「映画……かな」

「ははあ、昔から好きだったんですか、映画は」

「そうですけど、それが何か」

「いや、地元にいらした頃は、どんな人と一緒に観に行かれたのかと思いましてね。お友達とかとですか」

「……地元？」

「ええ、富士宮の御出身だそうですね。日山さんから聞きました」

話の行方がよくわからない。だが嫌な予感が膨らんできた。沙織はビールを口にした。

それから煙草を吸おうとし、フィルター近くまで燃え尽きていることに気づいた。あわてて灰皿の中で消した。

「富士宮にいた頃のことを小夜子には話しましたか」

中原の目が光ったように思えた。ここからが核心なのだ、と沙織は感じた。

「どうだったかな。話したかもしれませんけど、よく覚えていません」

すると中原は、そうかな、と首を捻った。「そんなはずはないと思うんですが」

「どうしてですか」

「だって小夜子があなたと知り合ったきっかけは、万引き依存症の取材でしょう？　当然、なぜあなたがそんなふうになったのかを突き止めたくなるわけで、その場合、どうしたって過去に話が及びます。あの記事によれば、十代の頃に何度か自殺未遂を起こしたそうじゃないですか。つまり上京前に、あなたにとって重大な出来事があったと考えるのが妥当だと思うのですが」

畳みかけるように中原が話すのを聞き、沙織は後悔していた。ここへ来るべきではなかった。この人物に会うのではなかった。

井口さん、と彼は身を乗り出してきた。

「教えていただけませんか。小夜子にはどんな話をしたんですか」

「別に……何も話してません」

「そんなことはないでしょう？　どうか正直に話していただけませんか」

沙織は煙草を抜き取りかけていた手を止めた。箱をバッグに戻し、腰を上げた。「あたし、帰ります」

「電話でもいいいましたが」中原がいった。「あなたから話を聞けないのであれば、私は警察に行くしかありません。警察に行き、私が富士宮で知ったことのすべてを話します。それでも構わないのですか」

ドアに向かいかけていた沙織だったが、足を止め、振り向いた。「行ったんですか、富士宮に……」

「行きました。あなたの家があった付近を歩き、あなたと中学が同じだったという人に何人か会いました。地元に残っている人が多くて、助かりました」

沙織は足元に視線を落とした。どうしていいかわからなくなった。

「とりあえず、お掛けになったらいかがですか。まだビールも残っているし」

このまま逃げ帰ったところで、どうにもならないことは明らかだった。沙織は椅子に腰を下ろした。

「富士宮第五中学校――」宣告するように中原がいった。「それがあなたの母校ですね」

「そうですけど」

中原は頷いた。

「あの方と同じだ。その学校名は、あの方から聞いたんです。あの方というのは、誰だと思いますか」

沙織が黙っていると、「仁科史也さんですよ」と彼はいった。それでも彼女は何もいわないでいた。すると中原は、「やはり驚いた様子はないですね。あなたにとっては予想外でも何でもない名前ですからね」と続けた。

「何のことなのか、さっぱりわからないから……」

「そうですか。でもあなたの同級生は、はっきりと覚えていましたよ。あなたが一学年上の仁科史也さんと交際していたことを」

一瞬にして心臓の鼓動が速くなった。

誰だろう、同級生というのは。史也と付き合っていることは、特に吹聴《ふいちょう》していなかった。だが町で目撃されたりして、何人かから訊かれたことはある。

「取材であなたと知り合った小夜子が、それから間もなく路上で殺された。その犯人が、昔あなたの交際相手だった人物の義父。私はね、これが単なる偶然だとはとても思えないんです。いや、私だけじゃない。誰が聞いたって、変だと思うでしょう。だから井口さん、何か知っていることがあれば、話していただけませんか」

「あたしは何も……」煙草を箱から抜き取ろうとして、床に落とした。あわてて拾い上げようとしたが、指先が震えてうまく摑めない。ようやく手にしてから、「何も知りません」

と答えた。その声も震えた。

「では警察に話してもいいんですね。私の話を聞けば、警察だって黙ってはいないはずです。刑事の取り調べは、こんな生易しいものではないと思いますよ」

沙織は答えず、くわえた煙草に火をつけようとした。だがライターをうまく使えない。手が震えるからだ。緊張すると、いつもこうだ。だから美容師にもなれなかった。

井口さん、と中原が呼びかけてきた。「樹海で何があったんですか」

えっ、と思わず顔を上げた。彼と目が合ったので、すぐに伏せた。

「日山さんから聞きました。あなたの部屋には樹海の写真があるそうですね。そして小夜子もまた樹海の写真を撮っていたんです。このことも私は警察に話さざるをえません。それでもいいのですか」

やっと煙草に火をつけられた。立て続けに吸うが、味などわからない。煙草を挟んだ指は細かく震え続けている。

「小夜子の死は、いつ知ったんですか」不意に中原が別のことを訊いてきた。「日山さんによれば、事件後、あなたのほうから電話がかかってきたということでした。ニュースで事件のことを知ったといったそうですが、いつ、どこのニュースで知ったんですか」

「それは、あの、事件が起きた日のすぐ後……だったと思いますけど」

「浜岡小夜子という女性が刺し殺された、というニュースだったのですか」

「そうです。それでびっくりして……」

中原は、おかしいな、と首を傾げた。

「小夜子の両親に確認したのですが、ニュースで事件を知ったといって連絡してきた人は、一人もいないそうです。おかしいと思い、当時どんなふうに報道されたのかをネットで調べてみました。すると見つかりましたが、女性が路上で血を流して倒れているのが見つかり、病院に運ばれたがそのまま死亡が確認された、とあるだけなのです。女性の氏名などは報道されていない。おそらく病院に搬送された時点では、身元がわからなかったのだと思います。なぜなら免許証や携帯電話など、身元を示すものを奪われていたからです。警察は付近の聞き込み捜査などで身元を突き止めたのでしょうが、公表はされなかった。私自身、刑事の訪問を受けるまで事件を知りませんでした。両親もそうだし、日山さんもそうらしいのです。だから不思議なんですよ。なぜあなたが見たニュースには、小夜子の名前が出ていたんでしょう」

またしても沙織は逃げだしたくなった。警察に話すなり何なり勝手にすればいい、と口から出そうになった。だが強面《こわもて》の刑事たちに囲まれて、あれこれと追及されることを想像すると怖くなる。

「井口さん、私はね、今のままでは小夜子に顔向けできないんですよ」中原の口調が重々しいものになった。「御存じかもしれませんが、私と彼女はとても悲しい経験をしています。そのことが原因で離婚しました。それ以来私は、その辛い思い出から逃げることばかりを考えて生きてきました。ところが小夜子は違った。逃げるどころか、それを正面から受けとめ、再び同じ悲劇が繰り返されないようにと闘い続けていました。私は、今回の事件も、彼女のそんな闘いの延長上で起きたことのように思えてならないんです。だから一体何があったのか、どうしても真実が知りたい。お願いします、井口さん。あなたが隠していることが、たとえ法に触れるものであったとしても、決して警察に知らせたりはしません。ほかの誰にも話したりしません。約束します。ですから、どうか話していただけないでしょうか。この通りです」両手をテーブルにつき、頭を深々と下げた。

その姿を見ていると、沙織はいたたまれない気持ちになった。この男性がかつてどれほど辛い思いをしたかは、浜岡小夜子から聞いて知っている。その小夜子も理不尽な形で殺された。真相を知りたいと思うのは当然のことだ。

浜岡小夜子の言葉が耳に蘇った。

「私に何かができるわけでもない。あなたを救える自信なんてない。だけどもし、何かの答えを探していて、その答えを見つけるのに私の経験が少しでも役立ちそうなら、どうか打ち明けてくれないかな」

あの言葉に自分が心を動かされなければ、この男性がこれほど苦しむこともなかった。やはり自分はどこまでも罪深い存在なのだ。もっと早くにこの世から消えるべきだったのだ——頭を下げたままの中原を見つめ、沙織は思った。

17

由美の職場は飯田橋にある。目白通りに面した高層ビルだ。エレベータは四基あるが、いつも混んでいて、なかなか来ない。やっと乗れたと思っても、途中いくつもの階で止まるため、目的の場所に行くのにひどく時間がかかる。終業時刻直後は特にそうだ。家路に向かう従業員たちでいっぱいになる。

今がまさにその時間帯だった。どうせなら別の時間にしてくれればよかったのに、と混み合うエレベータの中で思った。

ようやく一階に到着した。人の流れに身を任せるようにしてエレベータを降りたが、その後は帰宅組とは違う方向に歩きだした。彼等は従業員用通用口のほうへ行くが、由美の向かう先は正面玄関だ。

天井が吹き抜けになった巨大なロビーに行くと、いくつか並んだソファの一つに史也が腰掛けて待っていた。スーツ姿だがネクタイは締めていない。由美を見て、小さく手を振ってきた。

彼女が向かい側に腰を下ろすと、「急にすまなかったな」と史也はいった。どことなく表情が沈んでいる。

三十分ほど前に電話があり、これから会社に行ってもいいかと尋ねられた。折り入って話があるというのだ。彼が会社に来ることなど、これまで一度もなかった。

「このところ暇だったんだけど、今日にかぎって残業があるのよね。もう少し遅い時間だったら、外でお茶でも飲みながら話せるんだけど」

「いや、残念ながらあまり時間がなくてね。今夜、うちに人が来ることになっている。午後七時までには帰らなきゃいけない」史也は腕時計を見た。

「ふうん、私の知っている人？」

「いや、由美は全然知らない人だ」

「そう」それなら興味はない。「で、話というのは何？」

うん、と史也は目を伏せた。やはり元気がない。

「いろいろと迷惑をかけてすまないな」呟くようにいった。

由美は吐息をつき、自分の髪に触れた。「だったら、正直に話してよ」史也が顔を上げたので、その顔を見つめて続けた。「何か隠してること、あるんでしょ？」

彼は口を閉じ、瞬きしながら頷いた。

「じゃあ今日は、それを話すために来てくれたの？」

いや、と史也は首を一回だけ横に振った。

「話すと長くなる。それに、こんなところでは話せない」彼は上着の内側から封筒を出してきた。「後で、これを読んでくれ」

由美は封筒を受け取った。思った以上に厚みがあった。かなりの枚数の便箋が収められているようだ。

「今、読んじゃだめなの？」

「読まないほうがいい。後で、ほかに誰もいないところで読んでほしい」

「何よ、それ……」

由美は改めて封筒に目を落とした。由美様へ、と書いてある。不吉な予感が胸に広がってきた。楽しいことが書かれているわけでないことは確かなようだ。

「今、ここで話せることはないの？」

すると史也は大きく胸を上下させた後、真っ直ぐに彼女を見つめ返してきた。

「一つだけいっておきたい。花恵を責めないでほしい。彼女は何も悪くない」

「でも……」

「おまえたちの指摘通りだ。翔は俺の子じゃない。だけど花恵に騙されたわけではない。出会った時、彼女が妊娠していることはわかった」

「そんなことはどうでもいいぐらい、彼女のことを好きになったってわけ？」

すると彼は、ほんの少しだけ表情を緩めた。

「その通りだといいきれるのが一番いいんだが、残念ながらそれだけじゃない。その理由についても、それを読んでもらえればわかると思う」

「ここに書いてあるの？」

「はっきりとは書いていないが、たぶん察してもらえると思う」

由美は封筒を持つ手に力を込めた。ここにはどんなことが書いてあるのか。全く想像がつかなかった。

由美、と史也がいった。

「みんなのことをよろしく頼む。花恵と翔、それからお袋のことも。おまえだけが頼りだ」頭を下げた。

由美は見開いた目を兄に向けた。

「何よ、それ。どういうこと？　よろしく頼むって、兄さん、どこかへ行くの？」

史也は気まずそうに目をそらした後、また彼女に視線を戻した。

「そうだな。おそらく、そういうことになると思う」

「どこへ行くの？　はっきりいって」

しかし史也は答えず、腕時計を見てから立ち上がった。兄さんっ、と由美は声を上げた。

周りの何人かが自分たちを見るのがわかったが、気にしてはいられない。

「元気でな」そういい残し、史也は大股で歩きだした。

「ちょっと……ちょっと待ってよ」由美はあわてて追った。正面玄関の手前で、兄の腕を摑んだ。「そんなのないよ。きちんと説明を――」

彼女が言葉を切ったのは、史也の目を見たからだ。赤く充血し、涙が滲んでいた。

「由美、本当にすまない」

「兄さん……」

史也は彼女の手を自分の腕から離した。ゆっくりと頷いた後、再び歩きだした。

その後ろ姿を見送っていると、唐突に遠い昔の記憶が蘇ってきた。

由美は小学生だった。

寒い朝だった。兄がこっそりと家を抜け出していった。高校の制服は着ておらず、なぜかリュックサックを背負っていた。その後ろ姿を由美は窓越しに見送った。

兄は夜になって帰ってきた。彼を見た途端、違う人だ、と彼女は思った。

明るかった兄が、陽気で優しかった兄が、あの日を境に別人になった。ほかの人間たちは気づかなかったようだが、由美にはわかった。だがそのことを誰にもいわなかった。決していってはいけないと直感していた。

由美は手紙を見た。ここに書いてあるのは、きっとあの日のことだと思った。

18

電車を降りてから中原は時刻を確認した。午後七時まで、まだ少し時間があった。

駅からゆっくりと歩きながら、町の景色を眺めた。柿の木坂に来るのは今日が初めてだ。気品のある邸宅が並んでいる。新しい建物に混じって、はっとするほど歴史を感じさせる家があったりするのは、空襲を免れたせいかもしれない。緑も豊かだ。樹木に囲まれた遊歩道が続いているだけでなく、多くの家の庭に枝振りが見事な木々が植えられていた。

仁科史也の家は、少し入り組んだ道の奥にあった。白を基調としたモダンな建物だ。門の鉄扉には幾何学模様が施されていた。その先に階段があり、玄関ドアへと続いている。

家を見上げ、深呼吸を一つしてからインターホンのボタンを押した。屋内でチャイムが鳴ったのが、かすかに聞こえた。

玄関のドアが開いた。黒いシャツに身を包んだ仁科史也が姿を見せた。中原に向かって、頭を下げてきた。「どうぞ、お入りになってください」

中原は鉄扉を開け、敷地に足を踏み入れた。階段を上がりきったところで、仁科と対峙した。

「先日はどうも。このたびは急に無理なことをお願いして申し訳ありません」

いいえ、と仁科は小さく首を振った。そして促すように右手を屋内に向けた。お邪魔します、といって中原は玄関をくぐった。

仁科の妻が玄関ホールに立っていた。花恵という名前は、彼等からの手紙を見たので知っている。

「ようこそいらっしゃいました」そういって微笑みを浮かべようとしたのだろうが、その表情は明らかに強張っていた。年齢は仁科よりも少し下だろうか。昨日会った井口沙織と比べると、ずいぶんと地味な印象だ。

「突然、すみません」中原は頭を下げた。

廊下を進んですぐ左の部屋に案内された。テーブルを挟んで籐の椅子が並んでいる。ガラス越しに小さな庭を見下ろせた。庭には三輪車が放置されていた。

「お子さんがいらっしゃるんですね」

「四歳になります。男の子でしてね、やんちゃで困ります」仁科が答えた。

「今日はどちらに？」

「預けました。小さいのがうろちょろしていたのでは、ゆっくりと話ができないと思いまして。——どうぞ、おかけになってください」仁科は椅子を勧めてきた。

失礼します、と中原は腰を下ろした。仁科も向かい側に座った。

中原は室内を見回した。書棚には実用書や小説などが並んでいるが、それらに混じって絵本もあった。戸棚の上には洒落た花瓶と玩具のロボットが飾られている。

ごくふつうの家なのだ、と思った。井口沙織とは対照的に、仁科史也は長い年月をかけてふつうの家庭を築き上げた。

「こちらに住まわれて何年ですか」

「そろそろ三年になるところです」

「いいお住まいですね」

「ありがとうございます。中古住宅を買い取って、少し手を加えたんです。もう少し広い家にしたかったのですが、予算がなくて」

「いやいや、お若いのに素晴らしいと思います」

「さあ、どうでしょうか」仁科は小さく首を捻った。

おそらく不安で胸がいっぱいなのだろうな、と中原は想像した。先日のホテルでのやりとりで、中原が事件に関する重要な手がかりをいくつか摑んでいることはわかっているはずだ。そんな相手が、大事な話があるので会いたいなどといってきたのだ。一体どこまで突き止められたのだろうと怯えて当然だ。

そろそろ切りだそうかと思った時、ノックの音がした。どうぞ、と仁科が答える。ドアが開き、花恵が入ってきた。トレイにコーヒーカップを載せている。香ばしい匂いが漂ってきた。

中原の前にコーヒーカップが置かれた。花恵の手は少し震えているように見えた。ありがとうございます、と彼は小声でいった。

夫の前にもコーヒーを置くと、花恵は中原に一礼して部屋を出ていった。中原は、少しほっとした。彼女が同席していないほうが話しやすいと思ったからだ。

コーヒーにミルクを入れて一口飲んだ後、仁科の顔を見た。「そろそろ本題に入らせていただいても構いませんか」

仁科は両膝を揃え、背筋を伸ばした。「はい」

中原は持参してきた書類鞄から雑誌を取り出した。ピンク色の付箋が貼られたままだ。それをテーブルに置いた。「付箋の頁を開いてみてください」

仁科は怪訝そうな表情で雑誌に手を伸ばした。頁を開いた後も、その顔に変化はない。

「万引き依存症……ですか。これが何か」

「小夜子が……浜岡小夜子が書いた最後の記事です」

仁科は目を見開いた。それから無言で記事を読み始めた。その表情がみるみる険しくなっていく。どうやら彼は中原の狙いを察したようだ。

記事を読み終えたらしく、仁科は顔を上げた。どことなく放心しているように見えた。

「いかがですか」中原は訊いた。

仁科は無言のまま、視線を落とした。苦しい思いが伝わってくる。

「その記事には万引き依存症の四人の女性が登場していますね」中原はいった。「その中に、あなたの知っている女性がいます。はるか昔、とても親しくしていた女性が。どの女性か、わかりますか」

仁科は腕を組み、じっと瞼を閉じた。瞑想しているようでもあり、心の中の様々な思いと葛藤しているようでもあった。中原は待つことにした。目の前にいる人物は、もはや覚悟を決めたのだろうと思った。

やがて仁科が目を開けた。両手を膝に置き、ふうーっと息を吐いた。

「四番目の女性でしょうか」

「その通りです。自分のことを生きている価値のない人間だと思い込んでいる女性です。よくわかりましたね」

仁科は唾を呑み込んだようだった。その顔を見つめ、「名前は……井口沙織さん」と中原はいった。

仁科は動揺の色を見せることなく、ええ、と答えた。「彼女にお会いになったのですか」

「昨日、会いました。最初はなかなか本当のことを話してくれなかったのですが、すべて打ち明けてくれるならば、私のほうから警察に知らせることはないといったところ、ようやく話してくれました」

「そうですか。彼女も辛かったでしょうね」

「二十一年間、ずっと辛かったらしいです。ただの一度も楽になったことはない、心の底から笑えたこともない、といっていました」

仁科は俯き、唇を真一文字に結んだ。眉間を寄せた顔には苦悶の色が滲んでいる。

中原は雑誌を引き寄せた。

「小夜子に対しても、すぐに心を開いたわけではないようです。でも彼女から、幼い子供を殺されて、どんなに辛い日々を送ってきたかを聞かされているうちに、隠しているのが苦しくなってきたんだそうです。そこで、この人にだけは打ち明けてみようと思ったんだとか」

仁科は顔をしかめて頷いた後、ちょっと失礼、といって立ち上がった。隣の部屋と仕切っている引き戸を開けた。

「君も一緒に話を聞かせてもらうんだ」仁科は隣室の中に向かっていってから、中原を振り返った。「構いませんよね？」

どうやら隣はダイニングルームで、花恵がいたらしい。引き戸一枚で仕切られているだけだから、話は筒抜けだろう。

もちろん、と中原は答えた。どうせ彼女も知ることだ。

花恵が申し訳なさそうに入ってきた。仁科が腰を下ろすと、彼と並んで座った。

「今までの話は聞いておられたんですね」

中原の問いかけに、はい、と彼女は小さく答えた。頬が青ざめている。

「ここから先の話は、あなたにとっても辛い内容になります」

だが仁科が横から、いいえ、と口を挟んできた。「妻は、もう知っています」

「あなたがお話しになったのですか」

「そうではありません。そのあたりの経緯についても御説明する必要があります」

「そうですか。あの話を奥様が御存じだと聞き、少し気が楽になりました。正直いうと、どう話せばいいのかわからなくて、内心困ってたんです」

「彼女から……沙織から聞いて、驚かれたでしょうね」

ええ、と中原は仁科の目を見返した。「俄《にわか》には信じられませんでした」

「でしょうね」仁科は見つめ返してきた。「はっきりと申し上げておきます。多少の思い込みや記憶違いはあるかもしれません。でも沙織があなたに話した内容は……真実です」

「つまり、あなた方は……」

はい、と仁科は目をそらさずに頷いた。「私と沙織は人殺しです」

隣で花恵が、がっくりと首を折った。ぽたり、と涙が落ちた。

19

気がつくと棚の缶詰を見つめていた。蟹《かに》のイラストが鮮やかだ。沙織は小さくかぶりを振り、その場を離れた。蟹なんて、そんなに好きじゃないのに、と思った。

さほど涼しくないにも拘わらず長袖の服を着てしまったからかもしれない、と気がついた。おまけに袖口が広い。このタイプの服は、万引きに便利なのだ。棚の奥に片手を突っ込み、一つ目の缶詰を素早く袖の内側に入れる。その上で、もう一つ缶詰を手に取る。その缶詰を籠《かご》に入れかけたところで迷ったふりをし、棚に戻す。警備員が見ていたとしても、袖の中の缶詰には気づかない。この手で、いろいろなものを盗んだ。大きなドラッグストアでも可能なので、かつては口紅なんて買ったことがなかった。

弁当と惣菜のコーナーに移動した。人目の多いここなら、万引きはほぼ不可能。おかげで気持ちが波立たない。どの売り場も、もっと警戒を厳重にすればいいのに、と自分の行動と矛盾したことを考えてしまう。

何分間か食べ物を眺めていたが、ほしいと思うものが何もなかった。お金を払ってまで食べようとは思えないのだ。外が暗くなったので、何となく部屋を出てきたが、そもそも食欲自体があまりない。

沙織は空の籠を戻し、スーパーを出た。この瞬間は、いつも少し落ち着かない。何も盗んでいないにも拘わらず、警備員に呼び止められるのではないかと不安に襲われる。

買い物を終えた主婦たちが家路についていく。それぞれに抱えている悩みはあるのだろうが、帰り着いた先に待っているのは、それなりに暖かい空気に違いない。ついに自分には縁がなかった生活だ。

どこへ行く当てもなく、沙織はとぼとぼと歩きだした。迷子の犬になったような気分だ。

今日の昼間、中原道正から電話がかかってきた。今夜、仁科史也の家に行くことになったという。そうですか、と答えるしかなかった。中原の行動は止められない。彼は警察やほかの人間には絶対に話さないと約束しただけだ。仁科史也は、「ほかの人間」ではない。

今頃は、もう会っているかもしれない。会って、どこまで話しただろう。警察に行くように説得しているのか。浜岡小夜子がそうしようとしたように。

昨夜のことを振り返った。沙織の長い告白を聞いた後も、中原はしばらく言葉を発しなかった。どうやら彼はある程度のことを予想していたようだが、実際に聞くとやはり衝撃的だったらしい。

あなたの元の奥さんは、予備知識もなくいきなりこんな話を聞かされたんですよ、と沙織は中原に教えてやった。それを聞き、中原は無念そうに黙り込んだ。そんな話を聞かなければ、殺されることはなかったのに、とでも思ったのかもしれない。

そう、浜岡小夜子にあんな話を聞かせるべきではなかった。二十一年前に心に決めたように、あの秘密は墓場まで抱えていけばよかったのだ。

心療クリニックを通じて取材の依頼が来た時、断っておけばよかった。窃盗癖の実態を知ってもらいたいという院長から頼まれ、受けることにした。そのクリニックには、二度目の服役を終えた後、弁護士だった女性に勧められて通うようになっていた。アルコール依存症や薬物依存症の治療で実績のある医療機関だ。だが沙織自身は効果があるようには思えなかった。通っているのは、更生に前向きだと示すためのポーズにすぎない。

浜岡小夜子は奇妙な雰囲気を纏《まと》った女性だった。勝ち気そうな目の奥に深い翳りがある。その目で見つめられると、なぜか心にさざ波が立った。すべてを見透かされているのでは、と不安になった。

どんなふうに生まれ育ったのか。これまでどんな生活を送ってきたのか。そして、なぜ万引きをするようになったのか。浜岡小夜子の質問は多岐に亘った。それらの一つ一つに、沙織は注意深く答えていった。嘘はつきたくないが、すべてを話すわけにはいかないのだ。

インタビューを一通り終えた後、浜岡小夜子は釈然としない様子だった。そして、よくわからない、といった。

「これまで何人かの万引き依存症の女性を取材してきたけど、彼女たちの気持ちは何となく理解できる。なんだかんだいって、結局は自分のために万引きをしている。逃避だったり、快楽を求めてのことだったりするけど、みんな自分のことは大事だと思っている。でもあなたは違う。自ら何かに陥っていこうとしているみたい。どうしてなのかな」

さあ、と沙織は首を傾げてみせた。自分でもよくわからない、と答えておいた。

するとと浜岡小夜子は将来について尋ねてきた。

「三十六歳でしょ。まだ若いじゃない。結婚とか子供を産むとか、そういうことは考えないの？」

「結婚なんてもういいです。子供も……あたし、お母さんになれるような人間じゃないし」

「どうしてそう思うの？」

その問いには答えられなかった。黙って下を向いていた。浜岡小夜子の目を見ると、心が騒ぎ、平静ではいられなくなるような気がした。

その日はそこまでで浜岡小夜子は帰っていった。だが数日して、また連絡があった。もう一度会いたいというのだった。断ればよかったのだろうが、了承していた。もしかすると沙織のほうにも会いたい気持ちがあったのかもしれない。

自分の部屋に来てくれないかと浜岡小夜子はいった。見せたいものがあるから、というのだった。沙織のほうに断る理由はなかった。

「あなたのことが気になって仕方がないの」部屋で向き合うと浜岡小夜子がいった。「万引き依存症なんかは関係ない。それはたぶん表面的なこと。あなたはもっと大きな何かを抱えていて、それがあなた自身を苦しめているように思えてならないのよ」

だとしたらどうなんですか、といってみた。「あなたに関係がありますか」

「やっぱり何かあるのね」

「だから何ですか」

「話してもらえないかなと思って」

「どうして？　面白い記事になりそうな気がするから？」

浜岡小夜子は首を横に振った。

「万引きの話をしている途中で、あなたは自分のことを、生きている価値のない人間っていってたわね。どうしてそんなふうに思うのかと訊いたけど、はっきりとした理由をいってくれなかった。でも最後にあなたが、お母さんになれるような人間じゃないといったのを聞いて、もしかしたらそちらに本質が隠されているんじゃないかと思った。なぜかっていうと、私がそうだから。私もね、もう母親にはなれない人間なの」

どういうことかわからず、沙織は相手の顔を見返した。すると浜岡小夜子は、驚くべきことを語り始めた。

十一年前、八歳だった彼女の娘が殺されていた、という話だった。その時の新聞記事を見せてくれた。

浜岡小夜子は淡々と語ったが、その事件の残虐さ、捜査や裁判を通じて彼女ら遺族が味わった苦しみは、沙織の胸に深く迫ってきた。そんな体験をした人間が、なぜ今このように平気な顔で話せるのだろうと不思議なほどだった。

すると彼女は、平気なわけではない、といった。

「あの事件のことを考えても、もう感情といえるものが湧いてこなくなっちゃった。たぶん心が死んでしまったんだと思う。振り返るたびに思うのは、なぜあの時あの子を一人にしたんだろうということだけ。あの子を守ってやれなかった自分に、もう一度母親になる資格なんてない。そう思ってしまう」

この言葉は沙織の胸に鋭く突き刺さった。その剣先は心の奥底まで達し、長年秘め続け、もはや自分でも手がつけられなくなっていた古傷に触れた。そのあまりの痛みに目眩がしそうになった。

「私に何かができるわけでもない。あなたを救える自信なんてない。だけどもし、何かの答えを探していて、その答えを見つけるのに私の経験が少しでも役立ちそうなら、どうか打ち明けてくれないかな」

胸の奥が熱くなっていくのを沙織は感じた。さざ波だったものが、みるみるうちに大きなうねりへと変わっていった。心臓の鼓動が速くなり、息が苦しくなってきた。

気がつくと涙が溢れていた。堪えようとしても無駄だった。沙織は両手で顔を覆った。わあああああ、と声が出てしまう。身体が震えるのも止められなかった。

浜岡小夜子が隣にきて、背中を撫でてくれた。沙織は彼女の胸に顔を押しあてていた。


沙織と史也の関係は、彼が高校に入ってからも続いた。やがて二人きりになりたいという理由から、外ではなく沙織の家で会うようになった。父の洋介は休日でも留守がちだ。チャンスはいくらでもあった。最初に彼が部屋に来た日、二人は唇を重ねた。沙織にとって生まれて初めての経験だった。彼もそうだといった。

洋介に史也とのことは話していない。父の帰宅前に史也は帰るので、彼等が鉢合わせすることもなかった。

誰にも邪魔をされない空間に、愛し合っている若い男女が二人きりでいれば、欲望を抑えろというほうが無理だ。好奇心が旺盛な時期でもある。特に史也のほうが、沙織の身体に触れたがった。彼女も嫌ではなかった。

ある時、二人で寝転がって映画を観ていた。恋愛映画で、官能的な描写も多かった。女性の裸体も何度か映し出されていた。そのたびに沙織は落ち着かなくなった。隣で史也が気持ちを昂ぶらせているのもわかった。

映画が終わったのでモニターを消した。いつもは感想を述べ合うところだが、その時は違った。史也が抱きついてきて、キスをした。その後、じっと沙織の目を見つめ、「ねえ、してみない?」と囁いた。

何のことをいっているのか、すぐにわかった。苦しいほどに胸がどきどきした。

彼女が答えられないでいると、「やっぱりだめ?」と彼は訊いてきた。少し傷ついたような顔をしているので、何だか申し訳なくなった。

ちょっとこわい、と沙織はいってみた。

史也は考え込む顔になり、「やってみて、無理だったらやめるから」といった。

無理とはどういうことだろう、と沙織は思った。彼女が嫌がったらということか。それともうまくできなかったら、ということだろうか。しかし口には出せなかった。史也のことが好きだから、彼を困らせたくなかった。このことをきっかけに嫌われるのも怖かった。

うん、と頷いた。史也は、ふうーっと大きな息を吐いた。

沙織のベッドに移動し、裸になって抱き合った。何をどうすればいいのか、全くわからなかった。史也がきっとうまくしてくれるだろうと思った。この日、彼はコンドームを持ってきていた。すべてにおいて用意周到なのだ。

だがさすがの彼も、こればかりは最初から上手にはできなかった。後から思えば、沙織が身体を固くさせていたせいかもしれないが、力任せに挿入しようとするので、彼女はただ痛いばかりだった。

それでも汗みどろになりながら、史也は沙織の中で果てた。彼女にとっては苦痛しかない初体験だったが、彼が満足そうだったのが嬉しかった。どうだった、と訊かれたので、よくわからない、と答えておいた。

この日以来、会うたびにセックスをした。いや正確にいうならば、セックスをできる日に会った。できる日とは、安全日のことだ。

史也が最初に持参してきたコンドームは、テニス部の先輩から貰ったものだった。それがなくなったので、別の避妊方法を採る必要があった。薬局でコンドームを買う勇気が出ないという彼の気持ちはよくわかった。店員が売ってくれるかどうかもわからない。

沙織は生理の日から計算し、危険日を史也に告げていた。その日を避けて、彼はやってきた。そして二人はセックスをした。それで何ら問題がないと信じていた。

体調に異変を感じたのは、夏休みに入ってからだった。かすかに胸焼けがし、常に口の中に胃液の酸っぱさがあった。冷たいものを食べ過ぎたせいだろうか、などと考えていた。

やがて重大なことに気づいた。生理がひどく遅れているのだ。

まさか、と思った。危険日は避けてきたはずだ。妊娠なんかするはずがない。沙織はカレンダーを見ながら、セックスをした日を振り返った。

規則正しく基礎体温を測ったりしないかぎり、排卵日を正確に予測することなどできない、というごく当たり前の知識を、この時の沙織は持っていなかった。彼女の場合、生理の周期が安定していた。だから生理が終わった直後なら、まだ大丈夫だろうと思っていた。妊娠してたらどうしよう——不安に胸が押し潰されそうになった。

そんな時、史也から電話がかかってきた。彼はテニス部の合宿に行っていたので、話をするのは一週間ぶりだった。

合宿での出来事を彼は楽しそうに話した。沙織は相槌を打つが、やはり上の空だった。

「何？　どうしたの？　元気がないみたいだけど」案の定、史也が心配した。

「ううん、何でもない。ちょっと夏バテしちゃったみたい」

「それ、よくないな。気をつけなきゃ。ところで今後の予定はどうなってる？　生理は終わったんだろ？」史也はいつものように危険日を尋ねてきた。

それがまだ来なくて、というべきだったかもしれない。しかし沙織はいえなかった。妊娠したかもしれないなどといったら、きっと彼は困るだろう。

「うん、終わったよ」沙織は、ついそう答えていた。「だから、あの、明日か明後日ぐらいからもう大丈夫だよ」

「えっ、もう危険日は過ぎたってこと？」

「うん、大丈夫」

「オーケー。じゃあ、どうしようかなあ」

史也の明るい声を聞きながら、せめて彼に会っている間は余計なことは考えず、楽しく過ごそう、と沙織は思った。それに、まだ妊娠したと決まったわけではないのだ。

しかしそれから何日経っても生理は訪れなかった。夏休みが終わる頃には、沙織は自分が妊娠していることを確信していた。確信しつつ、どうしていいかわからなかった。史也にも打ち明けられずにいた。

「沙織、少し痩せたんじゃないか」洋介にこう訊かれたのは、九月の半ばだ。相変わらず遅い時間に帰ってきた父が、一人で食事を摂っている時だった。食事を作ったのは沙織だが、彼女自身はそれを殆ど食べていない。つわりのせいで食欲がなかったのだ。

「別にそんなことないよ」洗い物をしながら答えた。

「そうか？　何だか、やつれてるみたいに見えるけどな。受験勉強、そんなに大変なのか。あまり無理するなよ。身体を壊したら、元も子もないんだからな」

優しく声をかけてくれる父の顔を、沙織はまともに見ることができなかった。洋介のほうこそ、こちらが心配になるほど働いている。それが家族、つまりたった一人の娘のためだとわかっているから、沙織の心は激しく痛んだ。自分はとんでもない裏切り行為をしているのだと思った。

父を悲しませることなど絶対にできなかった。また、本当のことを知れば、洋介はきっと史也を責めるだろう。たぶん向こうの親のところへ怒鳴り込むに違いない。そうなればどうなるか。きっと、永久に史也とは会わせてもらえなくなる。

ではどうすればいいのか。答えが見つからないまま、時間が過ぎた。

史也とは会っていた。しかし家には呼ばなくなっていた。仕事の関係でお父さんが急に帰ってくることがある、といったら彼は疑わなかった。

それに、と沙織は付け加えた。「あたしが高校に入るまでは、エッチは我慢しようよ。勉強もあるし」

これにも史也は異を唱えなかった。そうしよう、といってくれた。

本当の理由は、彼に身体を見せたくなかったからだ。服を着ていればあまり目立たないが、身体の変化は外見にも現れていた。裸を見たら、きっと彼は目を剝くだろう。

だが史也の目をごまかし続けるのは、やはり無理だった。彼は彼女の外見からでなく、態度で異変を察知したのだ。ある時、突然怒りだした。

「一体、何を隠してんだよ。沙織、ずっとおかしいぜ。何かいいたいことがあるならいえよ。何なんだよ、それ。俺たち、そういう仲だったのか」

「そうじゃないよ。そんなんじゃないよ……」

「じゃあ、どういうこと？　はっきりいえよ」

「だって、だって……」

限界だった。堪《たま》らず沙織は泣きだした。わあわあと声を上げた。涙が止めどなく溢れた。

あわてた史也は、彼女をどこか人目のつかないところに連れていこうとした。だが適当な場所が咄嗟に思いつかない様子だった。そこで、家に送って、といった。

「いいの？」史也が怪訝そうに顔を覗き込んできた。

うん、と頷いた。すべてを打ち明けよう、と決心していた。

家に入って彼と向き合うと、不思議に気持ちが落ち着いてきた。涙も出なくなっていた。

史也の目を見て、妊娠していることを告げた。彼の顔から血の気が引くのがわかった。

「間違いないの？」彼の声はうわずっていた。

沙織は服の裾を上げ、スカートをずらして下腹部を見せた。「だって、こんなだよ」

彼は無言だった。声を出せなかったのかもしれない。その顔は何かに怯えているようだった。彼のそんな表情を沙織は見たことがなかった。

彼女が服を戻していると史也がようやく声を発した。「病院は？」

「行ってない」

「どうして？」

「だって、お父さんに知られたらまずいもん。史也君だって、そうでしょ？」

この問いに彼は答えなかった。彼女のいう通りだからだろう。

「何とかして流産させられないかなって思ったんだよね。図書館に行って、妊婦が気をつけなきゃいけないってことを調べて、逆のことをやってみた。激しい運動とか、身体を冷やすとか。でもだめだった」

「じゃあ……どうすんの？」

「どうしよう……」

重苦しい沈黙が続いた。沙織は史也を見た。彼は暗い顔で下を向いていた。いつの間にか正座をしている。年上でいつも頼もしかった彼が、なぜか弟のように思えた。こんなに苦しめて申し訳ない、自分が何とかしてこの苦難から彼を救ってやらなければ、という気持ちが芽生えた。もしそれが母性というものなら、じつに皮肉な話だった。

「もう、最後まで行くしかないかなって思う」

沙織の言葉に史也が顔を上げた。「最後までって？」

「だから、出てくるまで」そういって彼女は自分の下腹部を指した。「途中で出せないなら、もうそれしかないでしょ」

「その後は……どうするわけ？」

沙織は深呼吸を一つした。「あたしが何とかする。史也君には迷惑をかけない。誰にも知られないように、ちゃんとする」

「それって、つまり――」

「いわないで」沙織は両手で耳を塞いだ。「聞きたくない」

それは漠然と頭の中にあったことではあった。しかし極力、具体的には考えないようにしてきた。一度考え始めたら、きっと後戻りができなくなると思ったからだ。

だが史也が苦悩している姿を見たことで覚悟が決まった。もう、それしかない。

彼はその案に対し、賛成とも反対ともいわずに帰っていった。

沙織は婦人科の本を読んで計算してみた。もし順調に育っているのなら、出産は二月半ばだ。何とかそこまで、誰にも気づかれないようにしなければならない。学校は案外大丈夫だ。元々体型の出にくい制服だし、下に厚着しているように見せかければわからない。少し太ったなと思う者がいるかもしれないが、ただそれだけのことだ。気にかける者などいないだろう。三年生になってから、プライベートな時間の大半を史也とのことに充ててきたから、特に親しい友人はいない。目立たなくて暗い女子——多くの者はそう思っていることだろう。いやそもそも、今はみんな受験のことで頭がいっぱいだ。

受験のことは沙織も考えなければならなかった。公立高校の入試は三月早々にある。気持ちが集中できなくて、最近は成績が下降気味だが、失敗するわけにはいかなかった。

沙織は自分の下腹部を撫でた。受験当日には、このおなかは引っ込んでいるのだろうか。

そして年が明けた。それまではあまり目立たなかった外見の変化が、少々のことでは隠しきれなくなってきた。洋介の目は何とかごまかせる。ぶかぶかの服を着ていればいいのだ。相変わらず仕事が忙しくて、顔を合わせるのは朝と夜の短い時間だけだ。それに父が彼女の下半身をじろじろ見るということはない。

問題はやはり学校だ。通学中はコートを着て腹を隠し、教室内ではそのコートを膝にかけてごまかした。体育の授業は、体調不良を理由に休んだ。幸い、私立の入試があったりして、授業がない日も多い。一月の後半からは、めったに登校しなくなった。

それでも後から思うと、クラスの中には気づいていた者もいたかもしれない。特に女子の目と勘は鋭いものだ。だが誰も何もいわなかったのは、関わり合いになりたくないという気持ちと、一体どうするつもりだろうという好奇心が働いていたからではないか。自分がもし逆の立場なら、やはり何もいわないだろうなと沙織は思った。

辛い日々が続いたが、折れそうになる心を支えてくれたのは、やはり史也だった。彼は再び、沙織の家に来るようになっていた。ただしセックスはしない。

彼は受験に備えての勉強を教えてくれた。その教え方はわかりやすく、親切だった。彼は沙織から切りださないかぎり、出産に触れてくることはなかった。彼は彼なりに、何かを吹っ切ったのだろう。

そろそろだと思う、と彼女が告げたのは、二月に入ってすぐの頃だ。その瞬間、史也の頬が強張り、目が赤くなった。「何日頃?」

「そこまではわかんない。でも本とか読むと、あまり時間はなさそうに思う」

「一体、どうするの?」

沙織は少し躊躇してから、「お風呂場かな」といった。「すごく血が出ると思うし」

「どんなふうにやるの」

「そんなの、わかんないよ」沙織は顔をしかめた。「やったことないもん。でも、お父さんがいない時でないとだめだから、それが一番心配」

出産の前には、陣痛というものが襲ってくるらしい。とてつもない痛みのようだが、洋介がいる時は、何が何でも我慢しなければならないと決めていた。問題は、出産が夜になったらどうするかということだ。いくら洋介が眠っているといっても、風呂場を使うわけにはいかない。こっそり家を抜けだし、どこか別の場所で事に当たらねばならない。神社の裏の空き地で、レジャーシートを敷いて——具体的な方法を真剣に考えた。

「あのさ、やっぱり俺も手伝うよ」意を決した表情で史也はいった。「その時になったら、ポケベルに知らせて。何とかして駆けつけるから」

「そんなのいいよ」

「だって、心配なんだ。どんなことになるかわからないし、沙織が一人で苦しんでるのかもしれないと思ったら、俺、じっとしてられないよ」

史也の言葉は心底嬉しかった。たった一人でうまくやれるだろうかと不安で胸がいっぱいだったのはたしかだ。彼がそばにいてくれるなら、どれだけ心強いだろう。

わかった、と沙織はいった。「じゃあ、連絡する。ありがとう」

史也は悲しげな目をし、彼女の身体を抱きしめてくれた。

それから一週間後、運命の日がやってきた。夜になり、陣痛が始まったのだ。洋介には、風邪を引いたみたいなので先に休む、といってベッドにもぐりこんだ。父は怪しまなかった。

陣痛は数分間隔で訪れた。そのたびに悶え苦しんだ。とても歩くことなどできない。史也を呼ぼうかとも思ったが、この状況では彼にもどうしようもないだろう。洋介が起きてきたりしたら大変だ。

生まれたらどうしようという気持ちと、父親に気づかれてもいいからさっさと産んで楽になりたいという気持ちが交錯した。

やがて朝になった。沙織は一睡もできなかった。依然として続く陣痛にげっそりとしていると、ドアをノックする音がした。はい、と辛うじて声を出した。

ドアを開け、洋介が顔を覗かせた。「どうだ、身体の調子は?」そういってから眉根を寄せた。「うん? ずいぶんと汗をかいてるな」

大丈夫、と沙織は微笑んでみせた。「生理痛もひどいの」

「あっ、そうなのか。それは大変だな」婦人科系の話になると洋介は及び腰になる。

「ごめん、朝御飯は作れそうにない」

「ああ、構わない。途中でパンでも買っていくから」洋介はドアを閉めた。

足音が遠ざかるのを確認し、再び身悶えした。声を出さないようにするのが精一杯だ。

やがて洋介が玄関を出ていく物音が聞こえた。沙織はベッドから這い出て、四つん這いで移動した。時には蛇のように身体をくねらせ、電話機のところまで行った。史也のポケベルにかけ、約束した番号を続けた。１４１０６――これで、『アイシテル』となる。受話器を置き、その場でうずくまった。もうとても動けなかった。陣痛はピークに達しているように感じられた。

どれぐらい経っただろうか。がちゃがちゃとドアノブを回す音が聞こえた。洋介が鍵をかけていったのだ。再び蛇のように床を這い、力を振り絞って玄関まで行った。腕を伸ばすが、鍵の位置がとんでもなく遠くに感じられた。

鍵を外すと、すぐに史也が入ってきた。大丈夫か、と訊いてきた。お風呂場に、と答えるのがやっとだった。

史也は沙織の身体を抱え、浴室に運んだ。だがその後は、どうしていいかわからない様子だった。「服を脱がせて」沙織はいった。「全部……脱がせて」

「寒くない？」

彼女はかぶりを振った。二月だが、寒さなど感じる余裕はなかった。

全裸になり、浴室の床に座り込んだ姿勢で、頻繁に襲ってくる陣痛に耐え続けた。史也はずっと沙織の手を握ってくれていた。声が近所に聞こえてはまずいと思い、そばにあったタオルをくわえた。

史也は時折彼女の股間を覗き込んでいたが、何度めかの時、あっと声を上げた。「すごく開いてきてる。何かが出てくるみたいだ」

その感触は沙織にもあった。痛みはピークを越え、頭がぼうっとしている。

それからどれほど経っただろうか。身体の内側が掻き出されるような痛みが、うねるように沙織を襲った。彼女はタオルをくわえたままで叫んだ。暴れる彼女を、史也が懸命に押さえた。

そして不意に痛みは去った。何かが股間から離れる感覚があった。

耳鳴りがして、視界がぼやけていた。意識も朦朧《もうろう》としている。だが正気を取り戻したのは、小さな泣き声が耳に入ったからだ。

いつの間にか沙織の上半身は外の廊下に出ていた。下半身だけが浴室にあった。顔を起こすと、下着姿の史也が両手で何かを抱えていた。小さくて薄いピンク色の何かだ。泣き声はそこから発せられている。

見せて、と沙織はいった。

史也は辛そうな目をした。「見ないほうがいいんじゃない？」

「うん……でも、見ておきたい」

史也は少し逡巡の色を浮かべた後、腕に抱いたものを沙織に見せた。

そこにいるのは不思議な生き物だった。顔は皺だらけで、目元はむくんでいる。頭に比べ、手足がやけに貧相だ。だがその手足を懸命に動かしていた。

男の子だった。

「もういい……」沙織は赤ん坊から目をそらした。

「じゃあ、どうする？」

沙織は史也を見た。「どうすればいい？」

彼は何度か瞬きし、唇を舐めてからいった。

「呼吸を止めるのが一番早いんじゃないかな、鼻と口を塞げば……」

「うん、それなら……一緒にやろう」

はっとしたように史也が沙織を見た。その視線を彼女は真っ直ぐに受けとめた。

史也は頷き、黙って赤ん坊の鼻と口に手のひらを置いた。沙織も、その上に自分の手を重ねた。涙が止まらなかった。史也を見ると、彼も泣いていた。

赤ん坊はすぐに動かなくなった。それでもしばらく、二人はその上で手を重ねていた。

浴室を掃除し、ついでに沙織は身体を洗った。疲労と倦怠感が極限に達していたが、寝込むわけにはいかなかった。

着替えて居間に行くと、支度を終えた史也が待っていた。傍らに黒いビニール袋を置いている。家から持ってきた、と彼はいった。

そのビニール袋は膨らんでいた。中身が何かは尋ねるまでもない。

「あと、これも」そういって史也が見せたのは、園芸で使う小さなスコップだ。

「そんなので大丈夫かな」

「雪かき用のシャベルもあるけど、持ってくるわけにはいかなくて」

「ああ、そうだよね」

傍らに、血に染まった史也の下着が脱ぎ捨てられていた。こうなることを予想して、換えの下着を持ってきたのだという。どんな時でも用意周到だ。

少し休んでから家を出た。史也は一人で行くといったが、沙織は自分もついていくといい張ったのだ。彼一人に押しつけるのは嫌だった。出産直後にも拘わらず問題なく動けたのは、やはり身体が若かったおかげだろう。

行き先は決めていた。富士宮駅からバスに乗り、河口湖駅で降りた。そこからもバスだ。車中、史也はリュックサックを大事そうに抱えていた。例の黒いビニール袋に入れたものも、その中に収められている。

青木ヶ原に行くのは初めてだった。どんなところか、よく知らなかった。史也によれば、死体を隠すには最も都合のいいところ、ということだった。

「自殺の名所でさ、迷い込んだらなかなか出られないそうなんだ。そんなところに埋めたら、たぶんずっと見つからないと思う」暗い顔をして彼はいった。

行ってみると、本当にすごい場所だった。まさに樹海だ。どっちを向いても不気味な枝振りの樹木が鬱蒼と茂っている。

しばらく遊歩道を進み、周りに人がいないことを確認した。

「このあたりにしようか」史也が訊いてきた。うん、と沙織は答えた。

彼がポケットから出してきたのはナイロンテグスだった。その一端を近くの木に縛りつけた後、行こう、といって茂みの中へと歩きだした。

彼は方位磁石も持っていた。それを見ながらゆっくりと移動した。地面には少し雪が積もっていた。地形が悪くて真っ直ぐには進めないところもあった。

テグスが尽きたところで足を止めた。周囲を見たが、ここがどのあたりか、全くわからなかった。

小さなスコップを使い、史也が穴を掘り始めた。沙織には手伝わなくてもいいといった。土は硬そうだった。華奢なスコップを地面に突き刺すのに、史也はずいぶんと苦労していた。だが顔をしかめながらも、彼は黙々と掘った。やがて深さが数十センチの穴が完成した。

例の黒いビニール袋からタオルにくるまれた赤ん坊を出し、そのまま穴の底に置いた。沙織もタオルの上から触れてみた。まだ柔らかく、心なしか体温を保っているように感じられた。

二人で手を合わせた後、土をかけていった。今度は沙織も手伝った。手が汚れることなど何でもなかった。

完全に埋め終えた後、もう一度合掌した。

史也はカメラを持ってきていた。少し離れたところから、その場所を何枚か撮った。たぶん二度とこの場所には来られないだろうから、といった。

「その写真、現像したらあたしにも一枚ちょうだい」沙織はいった。

うん、と史也は答えた。

テグスを頼りに、元の遊歩道まで戻った。史也が方位磁石を片手に、もう一方の手で森の奥を指差した。

「ここから真南に六十メートル。そこがあの場所だ」

沙織は、その方向を見てから、周囲を見回した。この場所を決して忘れてはならない。

その時、乳房が痛いほど張っていることに気づいた。胸に触れながら、たぶん自分たちが幸せになることなど決してないだろう、と思った。

20

見てほしいものがあるといって部屋を出ていった仁科が戻ってきた。彼は三十センチほどの長方形の箱を両手で持っていた。椅子に座ると箱をテーブルに置き、慎重な手つきで蓋を取った。そのまま中原の前に押し出した。「御覧になってください」

中原は身を乗り出し、箱の中を覗き込んだ。そして、はっとした。そこに入っているのは小さなスコップだった。

「これは……」

はい、と仁科は顎を引いた。「あの時に使ったスコップです」

「今まであなたが保管されていたんですか」

「そうです」

「どうしてまた、こんなものを……」

仁科は薄く笑みを浮かべ、首を傾げた。

「なぜだったんでしょうね。あの夜、家に戻ってから、自分の机の引き出しに入れました。

母が庭で使っていたものだったので、元の場所に戻しておいたほうがいいのですが、なぜかそうする気になれなかった。禍々《まがまが》しいものになってしまったので、母に触らせるわけにはいかないと思ったのかもしれません」

中原は、もう一度箱の中を見た。スコップは金属製で、柄の部分にだけ塗装がなされている。それ以外の部分はすっかり錆びていた。これを握りしめ、十代半ばの少年が樹海の地面に穴を掘る姿を想像した。傍らには少女がいる。子供を産んだばかりの少女だ。

仁科が箱に蓋をし、ふっと息を吐いた。

「全く、愚かなことをしたものです。無知だからといって許されることではなかった。あんな愚行を回避する方法など、いくらでもありました。もちろん、中学生の女の子と性交渉をもったこと自体が論外なのですが、妊娠がわかった時点で、きちんと双方の親にいえばよかった。叱られるんじゃないか、別れさせられるんじゃないかなんて、じつに小さなことに怯えていました。いや、私にいたっては、このことが明るみに出れば自分の将来に傷がつくのではないかという、姑息《こそく》な考えにも縛られていました」

本当に愚かだった、と彼は繰り返した。

「私は富士宮で、井口さんの同級生だったという女性に会いました」中原はいった。「その人によれば、当時、井口さんが妊娠しているのではないかという噂はあったそうです」

仁科は、はっとしたように目を見開いた後、「やはり、そうでしたか」と呻くようにいった。「完全に周りに隠すのは無理だろうと思ってはいました。でもどうして騒ぎにならなかったのかな」

「気づいていたのは一部の人間だけだし、下手に騒いで学校の評判が落ちるのを恐れたそうです。受験前でしたからね」

「ああ……なるほど。そういうわけですか」

「担任の先生も気づいてたんじゃないかってことでした」

「えっ、そうなんですか」

「気づいていたけれど、気づかないふりをしてたのではないか、と。どうせ間もなく卒業する生徒だし、面倒なことになるのを避けたことは十分にあり得ます。男性の先生だったそうですしね」

「……そうか」

「もし騒ぎになっていれば、あなた方の犯行は未遂に終わったでしょう。周りの無関心も若い二人の背中を押したわけです。悪い方向へ」

その通りだと思ったのか、仁科はゆっくりと瞬きをした。

「井口沙織さんの話によれば、その後半年足らずであなた方の交際は終わったそうですね」

仁科は辛そうな顔で頷いた。

「以前と同じような思いでは会っていられなくなったんです。当たり前のことですが、もう性交渉はしなくなっていました。私は彼女の身体に触れることにさえ躊躇いを感じるようになっていたんです。二人の間の会話も弾まなくなりました」

「そうらしいですね。井口さんがおっしゃってました。二人の絆を土の中に埋めたのだから、当然の結果だと思うって」

この言葉が胸に刺さったのか、仁科は一瞬目を閉じた。

「別れた後は、どうだったんですか」中原は訊いた。「あなたの経歴を見るかぎり、立派な道を進んでこられたようです。このように安定した家庭も築いておられる。二十一年前の事件が、何らかの障壁になることはなかったんですか」

仁科は眉根を寄せたまま、顔をかすかに傾け、斜め下に視線を落とした。

「あの出来事を忘れたことなどありません。いつも頭の中にあって、どうすれば償えるだろうかと、それればかりを考えていました。小児科に進んだのも、失われそうになっている小さな命を、一人でも多く救えたらという思いからでした」

中原は頷き、「なるほどね。やはり男と女とでは違うのかもしれない」といった。「実際に産むのは女ですからね」

「沙織のほうは」仁科が躊躇いがちに口を開いた。「かなり苦しんできたようですね」

「そうです。さっきもいいましたが、二十一年間、ずっと苦しんできたらしいです。自殺未遂も何度か繰り返しています。おまけに雑誌の記事にもありましたが、運にも恵まれなかった。結婚生活は破綻するし、唯一の肉親である父親は不慮の事故で亡くす。彼女はそういったことの原因を二十一年前の出来事と結びつけて考えるようになりました。何もかも、あの行いの報いなんじゃないかと」

「そんな彼女の前に浜岡小夜子さんが現れた、というわけですね」

中原は相手を見つめながら首を縦に振った。

「井口さんの告白を聞き、小夜子は彼女に自首を勧めたようです。たとえ生まれたばかりの子供であろうと、人の命を奪ったことにかわりはない。きちんと罪と向き合わなければ、心が解放されることはないといってね。井口さんも、その通りだと思ったみたいです。しかし自分がすべてを公にすれば、仁科史也さんも共犯者として罪に問われることになる。仁科さんに無断で自首するわけにはいかない。井口さんはそういったそうです。そこで小夜子がどんな行動を取ったのか。それはあなたのほうがよく御存じのはずです」

仁科はテーブルの上で両手の指を組んだ。ふっと表情が穏やかなものになった。

「御明察の通りです。浜岡さんは、例の『こども医療相談室』にいらっしゃいました。基本的には予約を入れてもらうのですが、当日来られる方もいます。先日あなたがおっしゃったように、その日の担当は私でした。相談者の数は十名ほどだったと思います。そして最後に入ってこられたのが……浜岡さんでした」

「彼女は相談者に紛れてやってきた、ということですか」

「そうです。私がお子さんのどういうことで悩んでいるのかと訊いてみたところ、浜岡さんは、じつは相談したいのは自分の子供のことではなく、知り合いの子供のことだ、といいました。私は、なぜその方が来ないのかと訊きました。すると浜岡さんは、本人にはいろいろと事情があって来られないのだといい、メモ用紙を出してきました。そこには名前が記されていました。どういう名前かはおわかりですね。そう、井口沙織と書いてあったのです。この女性が産んだ子供のことで相談がある、と浜岡さんはいいました」

中原は仁科の浅黒い顔を見つめた。「驚かれたでしょうね」

「一瞬、息ができなくなりました」仁科は力なく微苦笑した。「頭の中が真っ白でね、どう対応していいかわかりませんでした。辛うじて口から出たのは、あなたは何者ですか、という質問でした」

「小夜子は何と？」

「名刺を出し、井口沙織さんの相談に乗っている者だとおっしゃいました」

「で、あなたは？」

「頭が混乱したままでした。名刺を手にし、凍りついたように動けなかった。すると浜岡さんは席を立ち、気持ちが落ち着いたら連絡がほしいといって、部屋を出ていかれました。私が椅子から立ち上がれたのは、それからずいぶん時間が経ってからです」

「あなたから連絡したのですか」

はい、と仁科は答えた。

「浜岡さんと会った日は、一晩中悩みました。しかし知られてしまっている以上、浜岡さんと会わないわけにはいきません。翌日、電話をしました。ゆっくりと話がしたい、と彼女はいいました。そこで、この家に来ていただくことにしました。場合によっては花恵を同席させたほうがいいかもしれないと思ったものですから」

「その時、会う日時も決めたんですね」

「決めました。二日後の午後七時、と」

「それで、会ったんですね？」

だがここで仁科は瞬きを何度か繰り返し、いい淀んだ。言葉を選んでいるように見えた。

「どうしたんですか。小夜子と会ったんでしょう？　二日後に、この家で」

仁科は小さくかぶりを振った。「いいえ、私は会ってないんです」

えっ、と中原は声を漏らした。「どういうことですか。小夜子は来なかったんですか」

「いいえ、浜岡さんはいらっしゃいました。しかし私のほうに予定外のことが起きたんです。担当患者の容態が急変し、病院を離れられなくなってしまったんです」そういってから仁科は、今まで黙って俯いていた花恵に顔を向けた。「ここから先は、君が説明したほうがいいんじゃないかな」

花恵は小さくぴくりと身体を震わせ、夫を見た。それから頼りなげな視線を中原に一瞬向け、また自分の足下に落とした。「でも……」

「俺だって、自分がいない間に何があったのかは、君から聞かされて知ったんだ。中原さんにも君から話したほうがいい」

だが花恵は気後れしたように黙り込んでいる。

「どういうことでしょうか」中原は訊いた。

「浜岡という女性が午後七時に家に来ることは、前の日から妻にも伝えてありました」仁科が説明を始めた。「用件については、その日の出がけに、私が若い頃に犯した過ちに関することだ、とだけいっておきました。内容が内容だけに、多少は覚悟させておいたほうがいいと思ったんです。ところが今もいいましたように、仕事の都合で、約束の時間には帰れそうになくなりました。ところがその時、浜岡さんの名刺が手元にありませんでした。そこで家に電話をかけ、浜岡さんに事情を話すよう妻にいったんです」

仁科は妻のほうに顔を巡らせ、「後は君が話してくれ」と命じた。「黙ってても仕方がない。俺がここまで話したんだから、君も覚悟するんだ」

中原は花恵の白い顔を見つめた。彼女はかすかに顔を起こした。しかし中原を見ようとはしない。

「あたしは主人みたいに、すらすらと、要領よくはお話しできないと思います」か細い声で途切れ途切れにいった。「だから、わかりにくいところもいっぱいあると思いますけど、とりあえず、聞いていただけますか」

「ええ、わからなければ、その都度お尋ねします」

「はい、お願いします」

こほんと小さく咳をしてから、花恵は呟くように話し始めた。

たしかに彼女は能弁とはいいがたく、話の筋道がわかりにくくなる部分も多かった。だがそのたびに中原が質問を挟んだりしているうちに、その夜ここで何が起きたのか、徐々に明らかになっていった。

21

その日、花恵は朝から落ち着かなかった。浜岡小夜子という人物が何者なのか、一体どういう用件でやってくるのか、まるで想像がつかなかったからだ。

俺が若い頃に犯した過ちに関することだ――史也がいったのは、それだけだ。当然、詳しい内容を花恵は尋ねた。しかし時間がないといって、彼は家を出てしまった。

様々なことを想像した。あの史也が大それた過ちを犯しているとはとても思えなかった。きっと大げさにいっただけだ。そんなふうに自分を納得させるしかなかった。だが翔をどこかに預けておくように、という指示が気に掛かった。やはりそれほど重要なことなのだろうか。

時間が経ってほしいようなほしくないような、複雑な思いを抱えながら日中を過ごした。翔を預けたのは午後五時だ。主にシングルマザー向けの託児所だ。最初は抵抗があったが、意外と信頼できることが判明し、重宝していた。

午後六時半近くになった頃、史也から電話があった。担当患者の容態が急変し、予定通りに帰れる見込みがなくなった、というのだった。

「帰れそうにないの？」

「いや、それはまだわからない。このまま経過が良好そうなら、帰れると思う。ただ、いつ判断できるかは不明なんだ」

「じゃあ、どうすればいい？」

「たぶん先方は、もう家を出ていると思う。いらっしゃったら、事情を話してほしい。日を改めてということならそれでもいいし、もし待つとおっしゃったら、居間にお通ししてくれ。後はこちらの状況がわかり次第、連絡する」

わかりました、と答えた。

そして午後七時をほんの少し過ぎた時、インターホンのチャイムが鳴った。出てみると来客は女性の声で浜岡と名乗った。

短い髪、ぴんと背筋を伸ばした姿勢、真っ直ぐに結ばれた唇、いずれもが意志の強さを示しているようだった。妥協を許さない気配を発していた。

花恵は夫からいわれたことを彼女に伝えた。

「わかりました。やはり、大変なお仕事なんですね。でも私としても、それなりの決意を抱いてやって参りました。待たせていただけるものなら、しばらくお待ちしたいのですが」浜岡小夜子は毅然とした口調でいった。その表情は少し怖くなるほどだった。

花恵は彼女を、居間に案内した。お構いなくといわれたが、日本茶を出した。

それから間もなくだった。予定外のことが起きた。玄関のドアが開閉する音が聞こえたので史也が帰ってきたのかと思い、花恵が玄関ホールに行ってみると、靴脱ぎにいたのは父の作造だった。

「何しに来たのっ」彼女は訊いた。当然、怒気を含んだ声になった。

作造は顔を歪ませた。それに合わせて無数の皺も歪んだ。

「そんな言い方をすることはないだろう。いつでも来てくれって史也さんはいってたぞ」

「あたしは嫌だっていったよね。今夜は忙しいの。帰って」

「そういうなよ。ちょっと頼みがあるんだ。時間は取らせないからさ」古びた靴を脱ぎ、勝手に上がり込んだ。

「待ってよ。お客さんがいるんだから」声をひそめていい、父の腕を摑んだ。「お願いだから、今夜は帰って」

作造は耳の穴をほじった。

「こっちも時間がないんだ。客が帰るまで待ってるよ。それならいいだろ」

どうせ金だろう。行きつけのスナックの支払いが滞り、出入り禁止になったに違いない。いつものことだ。

「じゃあ、奥で待ってて。うるさくしないでよ」

「ああ、わかった。ビール、あるといいな」

このクズじじい、と腹の中で罵倒した。

ダイニングテーブルに向かって座った作造の前に、缶ビールを乱暴に置いた。グラスを使わせる気はない。

「客って何者だ。こんな時間に」缶ビールのプルタブを開けながら、作造が小声で訊いてきた。

「あんたには関係ない」花恵はぶっきらぼうにいった。二人きりの時、作造をお父さんなどと呼ぶことはない。

七時半頃、史也から電話がかかってきた。浜岡小夜子が待っていることをいうと、彼は少し動揺した様子だった。

「わかった。俺から説明しよう。浜岡さんに替わってもらってくれ」

花恵は電話を浜岡小夜子に渡した。

二言三言話した後、浜岡小夜子は通話を終えた。電話の子機を返してきた。

「いつ帰れるかわからないので日を改めてもらえないか、とのことでした。残念ですけれど、仕方がありませんね。今日は帰ります」浜岡小夜子は帰り支度をした。

思わぬ展開に、花恵は狼狽した。今日一日、一体どんな話を聞かされるのだろうと気をもみ続けた。何も聞けないとなると、この思いを抱えたままで今後しばらく過ごさねばならなくなる。

花恵は浜岡小夜子を呼び止めた。夫から思わせぶりなことだけをいわれ、ずっと気になっている、どうか用件を話してもらえないだろうかと頼み込んだ。

しかし相手は首を縦には振らなかった。今日は聞かないほうがいい、というのだった。

「聞いても気持ちが落ち込むだけです。せめて、御主人が一緒の時のほうがいいと思います。あなたのためです」

こんなことをいわれ、却って気になった。何を聞いても驚かない、取り乱したりしない、だから教えてほしいと花恵は食い下がった。すると次第に浜岡小夜子も気持ちが揺れてきたようだ。

「そうね、どうせいつかは奥様も知ってしまうことだし、それなら先にお話しして、御夫婦で今後のことを話し合ってもらったほうがいいかもしれませんね。でも断っておきますが、本当に辛い話ですよ。驚かないし、取り乱さないとおっしゃったけど、たぶんそれは無理です」

構わない、と花恵は答えた。聞かないまま彼女を帰すことなどできなかった。

「わかりました。ではお話しします」浜岡小夜子は花恵の目を見つめて切りだした。「結論を先にいいます。あなたの御主人は殺人犯です」

この一撃で花恵は目眩がしそうになった。実際、身体が揺れたようだ。大丈夫ですか、と浜岡小夜子が訊いてきた。

「やっぱり、やめておいたほうがいいんじゃないですか」

「いえ、大丈夫です。続けてください」呼吸を整えながら辛うじていった。こうなれば、余計に先を聞かないわけにはいかない。

こうして花恵は、浜岡小夜子の口から語られる、仁科史也と井口沙織による二十一年前の犯罪を聞くことになった。その内容は花恵の覚悟と想像を超えたものだった。あまりの衝撃に、聞き終えた直後は頭がぼうっとしていた。

「聞かないほうがよかったでしょう？」話し終えた後、浜岡小夜子はそう尋ねてきた。

たしかに聞きたくない話だった。だが一生知らないままでは済まされなかっただろうと花恵は思った。それに、この話を聞いたことで腑に落ちたこともあった。

ずっと不思議に思ってきた。なぜ史也は自分を救ってくれたのか、と。

青木ヶ原で初めて出会った時、彼はそこにいた理由を、墓参りのようなものだといっていた。あれは二月だった。彼等が赤ん坊を埋めた季節と一致する。たぶん自分たちが殺した子供の供養のために来ていたのだろう。その帰り、たまたま様子が変な女を見かけた。いかにも自殺を企んでいそうな雰囲気だ。何より見逃せなかったのは、その女が妊娠していたことではなかったか。

史也は、かつての恋人とその子供の姿を、花恵に重ね合わせていたのだと彼女は気づいた。昔の過ちを悔い、どうすれば償えるだろうかとずっと悩んでいたに違いない。だから花恵のことを放ってはおけなかったのだ。彼女を救い、生まれた子供を自分の子として育てることで、少しでも贖罪になればと考えたのではないか。

長年の謎が解けたことで、花恵は一層史也への感謝の念が強くなった。彼の愛は同情でも気まぐれでもなく、崇高な魂から発せられたものだとわかり、感激さえした。だから、浜岡小夜子が今後どうするつもりなのか、何のために史也に会いに来たのかが気になった。

そのことを花恵が問うと、それは御主人の態度次第です、と浜岡小夜子はいった。

「私は井口沙織さんに自首するよう勧めました。彼女も、そのつもりでいます。ただ、やはり仁科さんの同意がほしいというのが彼女の考えなのです」

同意——それはつまり史也も一緒に自首するということだ。そう気づいた瞬間、どうしようもなく身体が震えだした。

「もし……主人が同意しなければどうするのですか」花恵は、おそるおそる訊いた。

浜岡小夜子の表情が俄に険しくなった。

「御主人は同意されないと思うのですか」その声はとても冷たく聞こえた。

「それは、わかりませんけど……」花恵は答えた。内心では、史也ならば同意するだろうと考えていた。彼女自身が同意してほしくないと思っているだけだ。

「もし同意が得られないなら仕方がありません。井口沙織さんを説得して、私が警察に連れていきます。事件が発覚し、立件されたとして、井口さんは自首が認められるでしょう。でも御主人に対して認められるかどうかは保証できません」

浜岡小夜子の言葉に、花恵は絶望的な気持ちになった。もはや逃げ場はないということなのか。史也は殺人犯として罰せられるのだろうか。

そんなことは何としてでも食い止めねばならないと思った。そのためには、この女性に考え直してもらうしかない。

気づいた時には、花恵は床に跪《ひざまず》いていた。そのまま頭を下げた。

「お願いです。どうか見逃してください。若い頃に過ちを犯したかもしれないけれど、今はとても良い人です。あたしたちを幸せにしてくれています。どうかどうか、何も知らなかったことにしてください。お願いします。お願いします」懸命に訴えた。

だが、浜岡小夜子を翻意させることなどできなかった。そんなことはやめてください、と淡泊な口調でいった。

「見逃すことなどできません。たとえ生まれたばかりの赤ん坊でも立派な人間です。その命を奪っておいて、何の償いもしないということが許されていいわけがありません。それがわかっているから、井口沙織さんは苦しんでいるのです。あなたの御主人も、自分が犯した罪としっかりと向き合う必要があります」

「向き合っていると思います。主人は自分の罪深さをわかっていると思います。あの人がどれだけ誠実に生きているか、あたしが一番よく知っています」

「誠実に生きるなんて、そんなのは人間として当たり前のことです。誇るようなことではありません」浜岡小夜子は椅子から立ち上がった。「私は、たとえどんな理由があろうとも、人を殺した人間は死刑になるべきだと考えています。命とは、それほど大事なものだと思うからです。どれだけ反省しようが、どんなに悔いようが、失われた命は戻ってはこないのです」

「でも、二十年以上経っているのに……」

「それが何なのですか。その年月にどんな意味があるのですか。あなたにもお子さんがいるんでしょう？　その子が殺されたとして、殺した人間が二十年間反省したといえば、それであなたは許せるのですか」

頭上から浴びせられた言葉に、花恵は反論できなかった。浜岡小夜子のいうことは正論だった。

「あなたの御主人も死刑に処せられるべきだと私は思います。でもそうはならないでしょう。今の法律は犯罪者に甘いですからね。人を殺《あや》めた人間の自戒など、所詮は虚ろな十字架でしかないのに。だけどたとえそんな半端な十字架でも、せめて牢屋の中で背負ってもらわなければなりません。この罪を見逃せば、すべての殺人について見逃す余地が生じることになります。そんなことは絶対に認められませんから」

そして、「出直します。私の気持ちは変わりません。御主人とよく話し合ってみてください」といい残し、浜岡小夜子は立ち去った。

玄関のドアが閉まる音を、花恵は土下座の姿勢のままで聞いた。

22

仁科花恵の話から嘘は感じられなかった。小夜子の反応は、おそらくそういうものだったのだろうな、と中原は思った。どんな理由があろうとも人を殺した者は死をもって償わねばならないというのが彼女の信念であることは、例の『死刑廃止論という名の暴力』の原稿からも明らかだ。井口沙織と仁科史也の行為は、判例から考えて死刑にはならないだろうが、闇に葬ることなど断じて許せなかったに違いない。

「それからしばらくして主人が帰ってきました。あたしの様子を見て、浜岡さんから話を聞いたのだなと思ったそうです」花恵は隣の夫を見た。

「青ざめた顔で、しかも目を泣き腫らしていましたからね。二十一年前の話を聞いたのかと尋ねると、そうだと答えました。――ああ、いいよ。ここから先は俺が話そう」仁科は妻のほうに小さく手を上げ、中原に顔を向けた。「見逃してくれるよう浜岡さんにお願いしたけれどだめだったといって花恵は嘆きましたが、私は仕方がないと思いました。いずれは裁かれなければならない身だったのです。覚悟を決めるしかないと彼女にはいいました。その後、私は浜岡さんに電話をかけたのですが、どうしても繋がりません。そのうちに花恵が奇妙なことをいいだしました。父親がいないというんです。一体、何のことかと思いました。すると、浜岡さんがいらっしゃった直後に父親が来たというじゃありませんか。ダイニングルームで待たせていたと。ところがいつの間にか姿が消えていたんです」

「浜岡さんから話を聞いた後は、ずっと気が動転していて、父のことをすっかり忘れていたんです」花恵が横からいい添えた。

「来客との話が長いので、しびれを切らして帰ったのだろう、と思いました。その時点では、深刻には考えませんでした。何しろ、もっと大きな問題を抱えていましたから」

「ところが無関係どころの騒ぎではなかった、ということですね」

中原の言葉に仁科は頷いた。

「翌日の午後七時頃、義父がやってきました。深刻な顔つきで、大事な話があるといいます。私は依然として浜岡さんとの連絡がつかず、落ち着かなかったのですが、とりあえず話を聞くことにしました。聞いてみて、驚きました。いや、驚いたなんてもんじゃない。心臓が止まるかと思いました」

「浜岡小夜子を殺した、といったんですね」

「そうです。だから何も心配いらない、あんたは黙っていればいい、そういいました」

「心配いらない、黙っていればいい、ですか。それはつまり……」

ええ、と仁科は一瞬目を伏せた。

「義父は浜岡さんと花恵とのやりとりを隣の部屋で聞いていたんだそうです。そこでこれはまずい、自分が何とかするしかないと思い、台所に行って包丁を手にし、こっそりと家を出て、浜岡さんが出てくるのを待った――そういいました」

「その後小夜子を尾行し、彼女の自宅付近で刺した、というわけですね」

「そういうことらしいです」仁科は暗い声で呟いた。

「小夜子を殺害してから翌日の夜まで、町村がどこで何をしていたか、御存じですか」

「知っています。いや、でも……」仁科は顔を上げた。「沙織とお会いになったのなら、あなたもすでに御存じなんじゃありませんか」

「ええ、聞きました」中原は答えた。「町村は井口さんのところに行ったみたいですね」

「義父によれば、浜岡さんのバッグの中に取材ノートのようなものがあって、そこに沙織の住所や連絡先が記してあったということです」

「井口さんは、殺されることを覚悟した、といってました」

仁科は額に手を当てた。「そんなことにならなかったのが、唯一の救いです」

「町村は井口さんに約束させたそうですね。今後何があっても赤ん坊殺しのことは口外しない、と」

「義父はそのようにいいました。だから大丈夫だ、とも。私は、冗談じゃない、何という馬鹿げたことをしてくれたんだと思いました。すぐに自首するようにいいました。二人で警察に行こう、自分も二十一年前のことで自首するから、と。しかし義父は、それはだめだといいました。それでは何のために自分があの人を殺したのかわからなくなる。頼むからあんたは口をつぐんでいてほしい。今のまま娘と孫を幸せにしてやってほしい。そういって泣きながら頭を下げるのです」仁科は隣の花恵に目を向けた。「そのうちに花恵も義父と一緒になって頼み込んできました。お願いだから、父の願いを聞いてやってくれって。

私は二人に、無駄だといいました。だって、沙織が義父との約束を守る保証なんてどこにもありません。すると二人は、だったらせめてそれまでは黙っていてくれといいます。彼等を見ているうちに、私の思いは揺れてきました。そして……」言葉を途切れさせ、唇を嚙んだ。

「すべてを隠し続けることにしたわけですね」

「間違ったことだとは思います。嘘に嘘を重ねたところで、誰も救われない。そんなことはわかっていましたが、この嘘を背負っていくという責任の取り方もあるのかなと……。すみません。虫のいい考えでした」仁科は、がっくりと首を折った。

すると花恵がそんな夫を横から見つめ、首を振った。「ううん、そんなことない。虫のいい考えなんかじゃない。あなたが辛いことは、よくわかっていた」

それから彼女は中原に目を向けてきた。その眼差しは、はっとするほど鋭かった。

「あなたの前の奥さん……浜岡小夜子さんは、間違っていたと思います」先程までとはうって変わった、明瞭で力強い口調だった。「今回の事件の後、あなた方が昔、お嬢さんを殺されていたと知りました。とてもお気の毒だと思います。浜岡さんがあれほど厳しい考え方をされるようになるのも当然かもしれません。それでもあたしは、あの方は間違っていたと思います」

花恵、と仁科が呼びかけた。「何をいいだすんだ」

「あなたは黙ってて。あたしにも少しいわせて」

中原は身構えた。「どう間違っていたというんですか」

花恵は唇を舐め、大きく呼吸をしてから口を開いた。

「主人は……あたしの夫は、償い続けてきましたっ」高らかに宣言するようにいった。その途端、彼女の目から涙が溢れだした。それを拭おうともせずに続けた。「夫は、これまでの人生のすべてを、二十一年前の罪を償うことに捧げてきたんです。浜岡さんから話を聞き、あたしは初めてそのことに気づきました。同時に、長い間ずっと不思議に思っていたこと……どうしてこんな素晴らしい人が、あたしのような出来の悪い女を救ってくれたのかという疑問が、やっと解けたんです。あたしの息子の本当の父親は主人ではありません。愚かだったあたしが、騙されて身籠もった子です。でもそんな子を、自分の子供として育ててくれた。すべて主人なりの贖罪だったんです。父の面倒をみてくれたのもそうです。隣の部屋で浜岡さんの話を聞いていた父にも、それはわかったと思います。だから父は恩返しをしなければと思い、あんなことをしたんです。もしあの時――」

涙で声が詰まったのか、唾を呑み込んでから花恵は続けた。

「あの時、主人に出会っていなければ、あたしは間違いなく死んでいました。息子も生まれてはきませんでした。主人は二十一年前に一つの命を奪ったかもしれません。でもそのかわりに二つの命を救いました。そして、医師として多くの命を救い続けています。主人のおかげで、どれだけ多くの難病を抱えた子供たちが助かっているか、あなたは御存じですか。身を削り、小さな命を救おうとしているんです。それでも主人は何の償いもしていないといえますか。刑務所に入れられながらも反省しない人間など、いくらでもいます。そんな人間が背負う十字架なんか、虚ろなものかもしれません。でも主人が背負ってきた十字架は、決してそんなものじゃない。重い重い、とても重い十字架です。中原さん、かつてお子様を殺された御遺族としてお答えください。ただ刑務所で過ごすのと、主人のような生き方と、どちらのほうが真の償いだと思いますか」声のトーンは上がり続け、最後のほうでは悲鳴に似た響きを伴っていた。

もういい、と仁科が横から声をかけた。「もうやめるんだ」

だが花恵は鋭い視線を中原に向けたまま、「答えてください」といった。

「やめろといってるだろっ」仁科は彼女を叱責した後、すみません、と中原に謝った。

花恵は両手で顔を覆い、そのまま突っ伏した。激しい泣き声が響き渡った。それを咎めることもなく、仁科は沈痛な顔を下に向けている。

中原は、ふっと息を吐いた。

「奥さんの気持ちは、大変よくわかります。何が正解なのか、私にも答えられません。だから、ああしろこうしろとは申しません。井口さんにも約束しましたが、私から警察に何かを知らせることはありません。仁科さん、すべてあなたにお任せします」

仁科は顔を上げ、驚いたように目を見開いた。

中原は頷いた。

「あなたがどういう結論を出そうと文句をいう気はありません。人を殺した者は、どう償うべきか。この問いに、たぶん模範解答はないと思います。あなたが悩んで出した答えが、今回に関しては正解なのだと考えることにします」

仁科は目を瞬かせた後、はい、と短く答えた。

中原は広げていた雑誌を鞄に収め、腰を上げた。花恵はまだ泣いていたが、その声は聞こえなくなっていた。背中が細かく震えている。

お邪魔しました、といって中原はドアに向かった。

玄関で靴を履いていると仁科が見送りに出てきた。

「ではこれで」中原は頭を下げた。

「ひとつ教えていただきたいことがあります」仁科がいった。「彼女の……沙織の連絡先はわかりますか」

中原は相手の真摯な目を見つめ返した後、もちろん、といって携帯電話を取りだした。

23

部屋に帰ってから、流し台の前で水道水をコップで飲んだ。沙織は吐息を漏らし、振り返ってテーブルの上を見た。白いビニール袋が置いてある。その中身は洗濯ロープだ。百円ショップで見つけた。何も買わずにスーパーマーケットを出た後、通りかかった店だ。不意に思いついたことがあり、中に入った。

紐を探した。適度な長さがあり、丈夫な紐だ。

そうして見つけたのが、この洗濯用ロープだった。清潔感を漂わせる鮮やかなブルーは、使い途《みち》を考えると少し不似合いな気がしたが、ほかに適当な紐が見当たらなかった。

沙織はこの品をレジカウンターに持っていき、代金を支払って受け取った。つまり購入したのだ。それが自然にできたことが嬉しかった。ほんの少しまともな人間になれたような気がした。

洗濯ロープを出してみた。長さは五メートルある。あまり太くはないが、沙織一人の体重がかかったぐらいでは切れないだろう。

室内を見回した。どこかに、このロープをかけられるような突起はないだろうか。彼女の体重に耐えられるだけの頑丈なものでないといけない。

ぐるりと一度顔を巡らせた後、沙織は小さく頭を振って椅子に腰を下ろした。そんな都合のいい突起などあるわけがない。少し考えればわかるはずだ。紐を入手することだけで頭がいっぱいだった自分の迂闊さに、改めて嫌気がさした。本当に、何ひとつまともにできやしない。生きている価値のない人間だ。

ぼんやりとリビングボードの上に目を向けた。小さな写真立てに入っているのは樹海の写真だ。青木ヶ原に行ってから一週間ほどが経った頃、史也が持ってきてくれた。それをずっと飾り続けている。

あなたが救われる道はひとつしかない——浜岡小夜子の言葉が耳に蘇った。二十一年前に犯した過ちのことを沙織が告白した後、発せられた。

今からでも遅くはない、自首すべきだ、浜岡小夜子はそう続けた。

「きちんと罪と向き合ってこなかったから、自分のことも大切にできないのよ。そんなまやかしの人生は捨てなさい。警察に行きましょう。私もついていってあげるから」

彼女のいうことは尤もだと思った。赤ん坊を殺した日から、沙織の人生は狂っていった。何をしてもうまくいかず、誰とも良い人間関係を築けなかった。近づいてくる男は多かったが、どの男も最低だった。

だが自首する場合、一つだけ気がかりがあった。いうまでもなく、仁科史也のことだ。彼が今、どこでどのように暮らしているのかはわからない。沙織が自首すれば、当然彼も罪に問われるだろう。

そのことを浜岡小夜子にいうと、わかった、と彼女は頷いた。

「じゃあ、仁科さんの居場所を突き止めて、本人の了解を取りましょう。彼だって同罪なんだから、一緒に自首してもらわないとね」

承知してくれるだろうかと沙織は不安だったが、そういう問題じゃない、と浜岡小夜子は強い口調でいった。

「人を殺したのだから、罪を償うのは当然のこと。彼が自首しないというのなら、逮捕されるだけ。あなたが迷う必要はない」

かつて我が子を殺された女性フリーライターの言葉には、強烈な説得力があった。すべてお任せします、と沙織は答えていた。

二人で青木ヶ原を訪れることになったのは、その二日後だった。浜岡小夜子が、その現場を見ておきたいといったからだ。あなたも見ておくべきだ、ともいった。

あの時と同じコースを辿ろうということになり、まずは富士宮に寄った。町の様子はずいぶんと変わっていた。沙織が富士宮に帰るのは父が亡くなって以来だから九年ぶりだ。

そのことをいうと浜岡小夜子は、「まだそれほどお歳ではなかったんでしょう？　御病気で？」と訊いてきた。

火事です、と沙織は答えた。ストーブの火がカーテンに引火し、壁へと広がったという話だった。その夜、宴席帰りだった洋介は、二階で眠り込んでいたらしい。消火後、黒焦げの死体が見つかったとのことだ。

通夜の席で、沙織は人目も憚《はばか》らずに泣いた。少女のように泣いた。

父には親孝行らしいことを何ひとつしてやれなかった。

何度もリストカットする娘を心配し、洋介は理由を尋ねてきた。本当のことなど話せない。「何となく生きてるのがつまんないから」の一言で片付けた。だがそれで洋介が納得するわけがない。彼は娘を神経科に連れていこうとした。沙織は必死で暴れて抵抗し、そのまま家を出た。三日間帰らなかった。それ以後、めったに洋介とは口をきかなくなった。父のほうも、あまり話しかけてはこなくなった。

内心では申し訳なさでいっぱいだった。洋介が身を粉にして働いている間、自分は人間として最低の行為に走っていたのだ。セックスに溺れた末、妊娠し、生まれた赤ん坊を殺して埋めた。

高校卒業後に上京したのは、この町から逃げ出したかったからにほかならない。忌まわしい記憶の残るこの町から。しかし何も知らない洋介は、「沙織が生き甲斐を得られるのならそれでいい」といって送り出してくれた。上京後も、生活費のことなどを心配する電話を時々かけてきた。

美容師になる夢は一年あまりで断念した。そのことを洋介にはいえなかった。新宿のキャバクラで働いていることも隠していた。

二十四歳の時に結婚したが、ウェディングドレス姿を洋介には見せてやれなかった。二人だけでハワイに行き、挙式したからだ。相手は七歳上の料理人だった。見た目がいいので好きになったが、一緒に暮らしてみて、ひどい男だとわかった。独占欲が強く、思い込みが激しい。挙げ句、すぐに暴力をふるった。背中をナイフで切りつけられた時には、このまま殺されるのではないかと思った。その時の傷は、今も残っている。

離婚したことを洋介に報告すると、それでよかった、と父はいった。最初に紹介された時から、よくない男を摑んだなと思い、心配していたのだそうだ。

何とかして次は洋介が安心できるような相手を見つけようと思った。ところが結局、それは叶えられなかった。沙織の離婚から半年後、火事で父は死んだ。

すべて自分のせいだ、と沙織は思った。自分が幸せになれないのも、父があんな悲しい末路を辿ったのも、あの時に子供を殺した報いなのだ。

万引きに走るようになったのは、それからのことだった。

「だから罪と向き合うことが必要なのよ」沙織の話を聞き、浜岡小夜子はいった。

史也の家の近くに行った時には胸騒ぎがした。彼が突然現れたらどうしようと思った。

そんな心中を察したのか、「あなたは先に駅に戻ってて」と浜岡小夜子がいった。

沙織が駅で待っていると、しばらくして浜岡小夜子が現れた。

「近所で聞き込みをしたら、すぐにわかった。慶明大学医学部に入って、今はそのまま附属病院勤務だって。秀才ね」

医者に――。

そうだろうな、と沙織は納得した。あの彼なら、それぐらいのものにはなれる。自分なんかとは大違いだ。

富士宮駅からバスを乗り継ぎ、青木ヶ原に行った。樹海に足を踏み入れるのは、あの日以来だ。遊歩道を少し歩くと、まるで昨日のことのように記憶がありありと蘇ってきた。この日のため、脳の特別なところに保存されていたのかと思うほどだった。

遊歩道を進み、やがて足を止めた。周囲には鬱蒼と木々が茂っていた。このあたりだと思う、と沙織はいった。

「よく覚えてるわね。二十年以上も経つのに」

「でも、ここだと思います」沙織は立ち並ぶ樹林の中を指差した。「ここから真南に六十メートル」

浜岡小夜子は頷いてカメラを出し、周囲の写真を何枚か撮った。

「行ってみたいけど、我慢しましょう。危険だし、掘り出すのは警察に任せたほうがいい。

素人が下手なことをして、証拠を壊したりしたら大変だから」

証拠というのが赤ん坊の遺骨だと気づくのに、ほんの少し時間を要した。沙織は改めて樹林の奥を見つめた。この先にあの時の子が埋まっている――。

突然、こみ上げてくるものがあった。彼女はしゃがみこみ、両手を地面についた。目から涙がぽたぽたと落ちた。

ごめんね、ごめんね、ごめんね――我が子に詫びた。せっかくこの世に生まれてきながら、母親の乳をもらうことも抱きしめられることもなく、両親によって命を奪われたかわいそうな子。

「これできっと、あなたも生まれ変われる」浜岡小夜子が背中を撫でてくれた。

それから一週間ほどして、彼女から連絡があった。仁科史也を見つけた、それどころかすでに本人に会ったというのだった。

「たまたま、うまく会えるチャンスを見つけたの。あなたのことを話したから、たぶん連絡してくると思う。かなりショックを受けていた様子だったけど、覚悟を決めたようにも見えた。おかしなことはしないんじゃないかな」

おかしなこととは何なのか。尋ねてみると、浜岡小夜子は少し躊躇ってから、自殺、と答えた。

「変に地位と名誉を手に入れちゃってるから、それらを失うのが怖くて死を選ぶ。そういうおそれもあるかなと思ってたの。でも彼はそういうタイプじゃない」

彼女の話を聞き、沙織の心は再び揺れた。自分の告白によって仁科史也が手に入れた人生に罅《ひび》が入ることに後ろめたさを感じた。

だが、もはや流れを止めることはできなかった。その翌日も浜岡小夜子が電話をかけてきて、史也の家に行くことになったというのだった。

ああ、とうとう——。

史也には恨まれるかもしれないと思った。永遠に二人だけの秘密にしようという約束を、一方的に反故《ほご》にしたのだ。浜岡小夜子に打ち明けてしまって本当によかったのだろうか。後悔する気持ちが全くないといえば嘘になった。

浜岡小夜子が史也に会いにいくという日は落ち着かなかった。食欲などまるでなく、動悸がおさまらなかった。もちろん仕事は休んだ。

ところが、夜遅くになっても浜岡小夜子からの連絡はなかった。あまりに気になったので、電話をかけてみた。だが彼女の携帯電話は繋がらなかった。

史也との間で何かあったのだろうか。話し合いが物別れに終わったとしても、彼女が何も連絡してこないのはおかしかった。不安で胸が押し潰されそうになり、寝床に入っても眠れそうになかった。

起きているのか眠っているのかわからないまま、朝まで過ごした。首筋に気持ちの悪い汗をじっとりとかいていた。

起き上がっても何をする気にもなれず、ただひたすら連絡を待った。もしかすると浜岡小夜子が携帯電話を紛失したのではないか、ということも想像した。だとすれば、直接部屋に訪ねてくる可能性もある。そう思うと気分転換に外出することもできなかった。

午後になり、さらに時間が流れた。ろくに食事もしないまま、沙織は待ち続けた。そうするしかなかった。

玄関のチャイムが鳴ったのは、午後五時を少し過ぎた頃だった。ドアの内側から、どちら様ですかと訊いてみた。すると、意外な答えが返ってきた。

「浜岡さんの知り合いの者です。言伝《ことづて》を頼まれまして」嗄《しゃが》れた男性の声だった。

沙織はドアを開けた。見たことのない小柄な老人が立っていて、丁寧に頭を下げてきた。手に紙袋を提げている。

「お見せしたいものもあるんです。中に入れてもらえますか」

いつもなら断ったかもしれない。しかし浜岡小夜子の名前を聞き、冷静な判断力を失っていた。一刻も早く言伝というのを知りたかった。見せたいものとは何だろう。

老人を部屋に入れた。何か飲み物を出したほうがいいだろうか。紅茶やコーヒーは手間がかかる。冷蔵庫にはペットボトルの茶がある。

そんなことをぼんやり考えていると、老人が紙袋から何かを出してきた。それが何なのか、すぐにはわからなかった。あまりに唐突で頭が反応しなかったのかもしれない。

「声を出さんでくれ。出したら、刺すしかない」老人はいった。さっきとはうって変わった、余裕のない険しい口調だった。

ここで初めて沙織は、老人の手に握られているものが出刃包丁だと気づいた。その刃に血が付いているのもわかった。

声を出すなといわれたが、もし出せといわれても無理だっただろう。恐怖と驚きのあまり、全身が固まった。声を出す器官が麻痺したかのようだった。

「わしの……わしの娘は、仁科史也さんの嫁だ」老人がいった。

娘？　嫁？　単純な言葉なのに人間関係が頭に入ってこない。だが史也と繋がりのある人間だということはわかった。

「気の毒だけど、浜岡っていう女の人は、殺した。ゆうべ、わしが刺し殺した」

それを聞いた瞬間、全身が総毛立った。浜岡小夜子が殺された？　なぜそんなことになるのか。まるで信じられなかった。沙織は立ち尽くしたままで首を振った。声はやはり出せなかった。

「今頃は警察が捜査を始めてるだろう。わしは逃げ隠れしない。潔く捕まるつもりだ。だけど、その前にやっておかなきゃならんことがある」包丁をゆらゆらと上下させた。血塗られてはいるが、金属部分は不気味に光った。

どうして浜岡さんを——呻くように訊いた。

「死んでもらうしかないだろうが」老人は顔を歪めていった。「うちの婿さんは、それはもうよくできた人間だ。聖人君子だ。あの人のおかげで、うちの娘は幸せになれた。娘だけじゃない。わしみたいなクズの面倒までみてくれた。今あの人がいなくなったら、どれだけの人間が困ると思う？　二十年以上も前に、若気の至りで作っちまった子供を殺したことぐらいが何だ。堕ろしたのと変わらんだろうが。一体、誰に迷惑をかけた？　誰を悲しませた？　赤ん坊の遺族は誰だ？　あんたらは加害者ってことになるんだろうけど、遺族にしたってあんたらしかいない。その赤ん坊のことを知っている者はほかにはおらん。その子のために悲しんだのは、あんたらだけだ。それなのに刑務所か？　家族と引き離して懲役か。それのどこに意味がある？　教えてくれ。あんたが今自首して刑務所に入ったら、どんないいことがあるんだ。ただの気休めじゃないか」

矢継ぎ早に繰り出される言葉の雨に、沙織は何ひとつい返せなかった。史也がどんなふうに生きてきたかなど、あまりよく考えてはいなかった。自首して刑務所に入ったら、どんないいことがあるのか。そんなものは彼女にもわからない。日本のルールがそうだから、罪に向き合うにはそうするしかないと思っただけだ。ただし、それが真に自分の意思なのか、浜岡小夜子に植え付けられただけのものか、明言できる自信はなかった。

告白するんじゃなかった、と後悔した。やはりあの秘密は死ぬまで心にしまっておくべきだったのだ。

沙織は膝から崩れた。床に腰を落とすと、両手で頭を抱えた。何という失敗。取り返しのつかないことをしたという自責の念が、激しく頭の中で渦巻いた。

「悪いけど、あんたにも死んでもらわなきゃいけない」老人が近づいてきた。「その前に教えてくれ。浜岡という人以外に、赤ん坊殺しのことを話した相手はいるのか。もしいるのなら、わしはそいつらのところにも行かなきゃいけない」

沙織は激しく首を振った。ほかには誰にも話してないと答えた。さらに、浜岡小夜子にもいわなければよかった、自分が黙っていればこんなことにはならなかった、何もかも自分のせいだといって泣き始めた。

「殺してくれていいです」沙織は泣きながら老人にいった。「あたしが生きていたら、いろいろな人に迷惑がかかるんだってよくわかりました。あたしと関わらなきゃ、浜岡さんが死ぬことはなかったし、あなたが殺人犯になることもなかった。悪いのは全部あたしだからもう死んだほうがいいんです。どうか殺してください」

ところがこのように観念した彼女に対し、老人は気後れした気配を示した。包丁を握りしめたままで低く唸っていたが、それ以上近づこうとはしないのだ。

沙織のほうから逆に、どうしたのですか、と訊いた。

老人は黙り込んで荒い呼吸を繰り返していたが、やがて、約束できるか、と訊いてきた。

「金輪際《こんりんざい》、赤ん坊殺しのことは誰にもしゃべらない。浜岡っていう人が殺された事件についても、史也さんとのことについても、一切知らぬ存ぜぬで押し通す。そんなふうに約束できるか。もし約束するというんなら、わしはこのままここから出ていく。あんたには指一本触れない。それでどうだ」

沙織は老人の目を見た。そこに宿っているのは狂気の色ではなく、救いを求める光だった。人殺しなどやりたいわけではない。彼もまた、生と死のぎりぎりの縁を生きているのだとわかった。

沙織は首を縦に動かした。約束します、と答えた。

「本当だな。嘘じゃないな」老人は念を押してきた。

嘘ではないと沙織は繰り返した。ここで嘘をついて生き延び、後から警察に駆け込んだところで、誰も救われない。むしろ、もっと不幸な人間を増やすだけだ。そんなことはやりたくない。

彼女の思いが伝わったのか、老人は頷き、包丁を紙袋にしまった。

「わしが来たことも誰にもいうなよ」そういって部屋を出ていった。

沙織は、そのまましばらく動けなかった。すべてが現実だとは思えなかった。しかし老人に向けられた出刃包丁の鈍い光は、目に焼き付いていた。

老人の話が事実だということは、ネットのニュースで確認した。江東区木場の路上で女性が刃物のようなもので刺されて死亡——これに違いないと思った。さらに後日のニュースで、老人が自首したことを知った。

申し訳なさから暗澹《あんたん》たる気持ちになった。あの老人は刑務所に入るのだろう。彼の娘や、その夫である仁科史也も、加害者の家族として多くの苦難を背負うことになる。

そして——。

悲劇はそれだけでは終わらない。あの中原という人物の行動次第では、悲劇の連鎖はまだ続くかもしれない。

沙織はテーブルに置いた洗濯ロープを、再び手にした。法によって裁かれることができないのなら、自分の手で決着をつけるしかない。

もう一度室内を眺め回した。やがて、トイレのドアが目に留まった。

そういえばドアノブに首を吊って亡くなったミュージシャンがいた。自殺か事故かは不明だということだが、死ねることはたしかなようだ。一体どうやったのだろうか。

ドアとドアノブを見つめているうちにアイデアが閃《ひらめ》いた。沙織はドアに近づき、内側のドアノブにロープの一端を結びつけた。さらに残りのロープをドアの上に通し、反対側から引っ張ってみたところ、びくともしない。

これなら大丈夫だ、と思った。垂れ下がっているロープを結び、輪を作った。ほどけないよう、結び目を何重にもした。

椅子をドアの前に移動させた。その上に乗り、ロープの輪を首に通した。

遺書を書いたほうがいいだろうか、という考えが一瞬浮かんだ。だがすぐに打ち消した。この期に及んで何を書き残すというのか。何も残せないから、こういう道を選ぶのだ。

目を閉じた。蘇ってきたのは、あの忌まわしい二十一年前の場面だった。史也と二人で赤ん坊を殺した。手に肌の温もりを感じながら、残酷なことをした。

ごめんね。今、ママが謝りに行くからね——椅子から飛び降りた。

頸動脈の圧迫を感じた。ああこのまま死ぬのだな、そう思った直後、がくんと身体が落ちた。沙織は尻餅をついていた。同時に首に解放感があった。何が起きたのかわからず、周りを見回した。

洗濯ロープが落ちていた。ドアノブに結びつけておいたはずの一端がほどけてしまったのだ。沙織は、がっくりと項垂れた。自分は何をやってもだめだ。首吊りすら、一回ではうまくいかないのか。

立ち上がり、ドアノブにロープを結び直した。何度か引っ張り、緩まないことを確認した。今度こそ大丈夫なはずだ。

先程と同じように輪にしたロープをドアの上から垂れ下がらせ、椅子に乗ろうとした時だった。スマートフォンの呼び出し音が鳴った。ああそうか、と思った。たぶんバイト先のファッションヘルスだ。欠勤することを今日は伝えていなかった。

電源を切ろうと思い、沙織はスマートフォンを手にした。表示されているのは、全く知らない番号だった。何となく気になり、出てみた。「はい」

「あ……もしもし、井口沙織さんでしょうか」男性の声が訊いてきた。低いが、よく通る声だ。

「そうですけど」答えながら、胸騒ぎを覚えていた。聞いたことがある。この声の主を自分はよく知っている——。

少し間をおいてから相手はいった。「仁科史也です」

はい、と沙織は答えた。心臓の鼓動が速くなっている。

「どうしても話したいことがあります。会っていただけませんか」

沙織は電話を握りしめながら、トイレのドアに目をやった。ドアノブにきつく縛り付けられたロープを見ながら、先程あれがほどけたのは、あの世にいる赤ん坊の仕業だったのかもしれない、と思った。

24

段ボール箱を開け、中原は思わずのけぞった。覚悟はしていたが、実物は想像以上にインパクトがあった。太さは男性の手首ぐらいはありそうだ。長さは二メートルほどか。白と黒のまだら模様が毒々しい。カリフォルニア・キングスネークだ。

「亡くなった原因は？」飼い主に尋ねた。

「わかんない。気がついたら動かなくなってて、友達に見せたら死んでんじゃないのってことになって」二十代前半と思われる女性だ。髪は茶色で、目元のメイクが派手だ。爪の一つ一つに色鮮やかな飾りが付いている。

「あなたが飼っておられたんですか」

「うーん、それは微妙。元々、飼ってたのは彼氏なんだけど、その人、最近になって部屋を出ていっちゃったんですよねえ」

「それであなたが面倒を見ていたんですか」

「面倒……見てないなあ。餌も全然やってないし。水槽に入れたままで何日も留守にして、久しぶりに帰ったら動かなくなってたんです」

なるほど、というしかなかった。モラルのない人間に飼われたペットの悲劇は、これまで何度も見てきた。いちいち注意する気はない。

「で、お葬式はどのようにされますか」

「お葬式っていうか、とにかく処分してもらえたらいいんですけど。ここ、焼いてくれるんですよね」

「火葬いたします」

「じゃあ、それだけでいいです」

「御遺骨は?」

「ゴイコツ?」

「骨です。お持ち帰りになられますか」

「ええー、いらない、いらない。適当に捨てちゃってください」

「では、ほかのペットと合同で荼毘《だび》に付しますか」

「ダビ?」

「火葬のことです」

「その場合、あたしはどうすればいいんですか」

「合同祭壇に合祀《ごうし》いたしますから、立ち会っていただくことは可能です」説明しながら、合祀の意味もわかってないだろうなと中原は思った。

「可能ってことは、立ち会わなくてもいいわけね。これでもう帰っちゃっていいんだ」

「もちろん」

「ああ、じゃあ、それでいい。それにします。よかったあ、面倒臭くなくて」心底ほっとした顔をしている。

遺体をここへ持ってきただけでもましか、と中原は自分を納得させた。ひどい飼い主になると、可燃物と一緒にゴミに出したりする。

神田亮子を手招きした。事情を説明し、後を任せた。彼女はほんの少し嫌な顔をした。動物好きの彼女だが、蛇は例外だ。

正面玄関から新たな訪問者が入ってきた。そちらに目を向け、中原はすっと息を吸い込んだ。佐山が小さく右手を上げた。

三階の事務所に案内した。例によってティーバッグの日本茶を出した。

「その後、状況はいかがですか」中原は訊いた。

佐山は茶を啜った後、顔をしかめた。

「いろいろな裏付け捜査でてんてこ舞いです。あなたのせいで何もかも振り出しに戻った」

「迷惑だったでしょうか」

佐山は茶碗を置き、肩をすくめた。

「大変なのはこれからです。事件の内容が全く変わってしまった。裁判における争点も次元の違うものになる。我々警察は客観的事実を積み上げていくだけでいいんですが、裁判ではそれらをどう捉えるかが重要になります」

中原は頷いた。「そうでしょうね」

仁科史也と井口沙織が揃って自首したのは、中原が仁科家に行った三日後のことらしい。二人の間にどんな話し合いがあったのかはわからない。たぶん仁科のほうから彼女に連絡したのだろう。

佐山が中原のところに事実確認をしに来た。仁科たちは中原によって過去を暴かれたことも話したのだろう。

「これ、どうもありがとうございました」佐山が鞄から出してきたのは、例の万引き依存症に関する記事が載った雑誌だ。事実確認に来た時、貸してほしいといわれたのだ。

「裁判、どうなるんでしょうね」

さあねえ、と佐山は顔を傾けた。

「町村作造の弁護人たちは目の色を変えていますよ。単なる強盗殺人となれば無期懲役は免れないが、義理の息子の犯罪を隠すためにやったとなれば、情状酌量の余地も出てくる。懲役十年ぐらいを狙えると目論んでいるんじゃないですか」

佐山の言葉を聞き、中原は複雑な思いに捕らわれた。

「皮肉なものですね。小夜子の御両親は犯人の死刑を望んでいた。ところが私が真相を明らかにしたことで、それは遠のいてしまった」

じつはそのことで中原は、里江と宗一に謝りに行ったのだ。自分が余計なことをしてしまったのかもしれない、と。

しかし二人は怒ってはいなかった。真相を知れてよかった、と口を揃えていってくれた。ただ、刑期が短いものになる可能性が出たことには、強い疑問を抱いている様子だった。動機なんかは関係ない、どんな理由であれ遺族は救われない、だからやはり自分たちは死刑を望む――二人はそういっていた。

「刑罰というのは、矛盾だらけです」佐山がいった。「静岡県警からの情報ですがね、例の場所からは何も出てこないそうです」

「例の場所……とは？」

「青木ヶ原です。二人が赤ん坊を埋めたといっている場所です。彼等の証言は一致していて、樹海という特殊な土地にも拘わらず、比較的特定しやすかったそうですが、かなり広範囲に亘って調べても何も出てこないとか」

「どういうことなのかな。土に変わったんでしょうか」

いやあ、と佐山は首を振った。

「いくら赤ん坊といっても、二十年程度ではそうはならないんじゃないかという話です。何しろ天下の樹海だ。野生動物も頻出するわけで、そいつらがほじくり出した可能性が高いってことでした」

「もしそのまま何も見つからなければ……」

「立件は難しいでしょうね。赤ん坊殺しを証明することは不可能ってことで、不起訴になる可能性が高い。一方、町村の事件では、二十一年前に殺人があったということを前提に裁判が進められようとしている」

中原は刑事の顔を見返した。「たしかに矛盾だらけだ」

「人間なんぞに完璧な審判は不可能、ということかもしれませんね」

お邪魔しました、といって佐山は帰っていった。

刑事を見送った後、中原は窓に近づき、下を見た。神田亮子が段ボール箱を火葬場に運んでいるところだった。

井口沙織の部屋に樹海の写真が飾られていたという話を中原は思い出した。彼女にとって、その写真は大切な遺骨だったのだろう。

※二〇一四年五月　光文社刊

光文社文庫

虚《うつ》ろな十《じゅう》字《じ》架《か》

著者　東《ひがし》野《の》圭《けい》吾《ご》

2017年5月20日　初版1刷発行

発行者　鈴木広和
印刷　萩原印刷
製本　ナショナル製本

発行所　株式会社　光文社
〒112-8011　東京都文京区音羽1-16-6
電話（03）5395-8149　編集部
8116　書籍販売部
8125　業務部

ISBN978-4-334-77466-0　Printed in Japan

組版　萩原印刷